가 나

정용준은 1981년 광주에서 태어나 조선대학교 러시아어과를 졸업하고 같은 학교 대학원 문예창작학과를 수료했다. 2009년 『현대문학』에 단편 「굿나잇, 오블로」가 당선되어 작품 활동을 시작했다. 단편 「떠떠떠, 떠」가 제2회 젊은작가상에, 단편 「가나」가 제1회 웹진문지문학상 이달의 소설에 선정되었다. 현재 '텍스트 실험집단 루' 동인으로 활동 중이다.

정용준 소설집
가나

초판 1쇄 발행 2011년 11월 18일
초판 11쇄 발행 2023년 10월 12일

지은이 정용준
펴낸이 이광호
펴낸곳 ㈜문학과지성사
등록번호 제1993-000098호
주소 04034 서울 마포구 서교동 잔다리로7길 18(377-20)
전화 02) 338-7224
팩스 02) 323-4180(편집), 02) 338-7221(영업)
전자우편 moonji@moonji.com
홈페이지 www.moonji.com

ⓒ 정용준, 2011. Printed in Seoul, Korea
ISBN 978-89-320-2250-5

이 책의 판권은 지은이와 ㈜문학과지성사에 있습니다.
양측의 서면 동의 없는 무단 전재 및 복제를 금합니다.

지은이는 서울문화재단 2011년 문학창작활성화지원사업기금을 수혜했습니다.

가나

정용준 소설집

문학과지성사
2011

차례

떠떠떠, 떠 ... 7
가나 ... 41
벽 ... 69
굿나잇, 오블로 ... 103
구름동 수족관 ... 135
먹이 ... 163
여기 아닌 어딘가로 ... 187
어느 날 갑자기 K에게 ... 215
사랑해서 그랬습니다 ... 253

해설_ 아팠지, 사랑해·김형중 ... 285
작가의 말 ... 300

टठटठटठ, टठ

모음이 사라지길 원해. 혀끝이 입술에 부딪치지 않고 발음되는 단어들, 입천장에 혀가 닿지 않고 태어나는 부드러운 언어들, 입술 사이에 암초처럼 걸려 빠져나오지 않는 커다랗고 단단한 단어들, 이런 것들이 사전과 인간의 기억에서 모조리 지워졌으면 좋겠어. 아라비아, 암모니아, 에너지, 에스컬레이터, 맘모스, 엘리베이터, 안나 카레니나, 옐로, 에어플레인, 윌리엄, 헬로, 27, 예스터데이, 파인애플, 테이블, 탁구…… 이런 단어들이 삭제된다면, 아니 그것들이 처음부터 존재하지 않았다면, 그랬다면 나는…… 좀더 좋아졌을까? 하지만 알아. 아무것도 사라지지 않겠지. 상처를 주면 두 배로 늘어나는 플라나리아처럼 점점 많아질 뿐이야. 나는 지쳤어. 더 이상 그것들에게 엉겨 거품처럼 버글대며 희미해지고 싶지는 않아.

차라리, 벙어리가 되겠어.

*

얼굴을 벗는다. 바닥에 떨어뜨린다. 사자의 머리가 바닥을 뒹군다. 얼굴은 땀으로 범벅이고 피부는 붉고 뜨겁다. 마주 보는 거울의 표면이 열기로 뿌옇게 흐려진다. 사자의 몸에서는 빨지 않은 섬유에서 뿜는 오래된 땀 냄새가 난다. 아무리 맡아도 익숙해지지 않는 냄새. 라커룸 문을 열고 고여 있는 내부의 공기를 들이마시고 고개를 돌려 훅— 뱉어낸다.
저기, 사자 씨.
낯선 목소리. 나는 본능적으로 몸을 오른쪽으로 빼며 고개만 살짝 돌려 뒤를 확인한다.
이름이 어떻게 되세요?
등 뒤에는 제 머리를 오른손에 들고 있는 판다가 서 있다. 나는 못 들은 척 다시 라커룸으로 얼굴을 돌린다. 판다의 기분이 상하길, 그것이 호의든 적의든 그저 단순한 호기심이든 나에 대한 관심이 사라지길 원한다. 그러나 룸미러에 반사된 판다의 표정에는 변화가 없다. 기다리겠다는 듯 들고 있던 머리를 바닥에 내려놓고 가만히 서서 무연한 눈빛으로 내 등을 바라보고 있다. 나는 거울을 손으로 닦고 판다의 얼굴을 유심히 쳐다본다. 땀에 젖은 긴 머리가 동그란 이마에 달라붙어 있고 얼굴은 나처럼 붉은, 여자다. 꾹 다문 얇은 입술 끝은 살짝 올라가 있다. 미묘하게 장난스러워 보이는 그녀의 기다림이 당혹스럽다. 혀가 입천장에 달라붙고 플라스틱처럼 딱딱해지기 시작한다. 툭, 툭, 툭, 경동맥 뛰는 소리가 들린다. 나는 급히 가방을 뒤져 사원증을 꺼내 판다에게 내민다. 판다는 손바닥 위에 놓인 사진과 이름을 물끄러미 내려다본 후 고개를 들고 말한다.

질문을 했는데 대답을 하셔야지요.

나는 미간을 잔뜩 좁히고 입을 꾹 다문다.

말…… 못하세요?

턱을 밑으로 당기고 판다의 눈에 눈을 맞춘다. 나는 오른손을 들어 입을 가리고 거칠게 고개를 끄덕이며 기분이 상했음을 어필한다. 판다는 입술을 살짝 벌려 픽 웃으며 입을 뗀다.

거짓말.

판다가 얼굴을 꼿꼿이 들고 내 눈을 쏘아본다. 거울로 제 눈을 가만히 응시하는 것 같은 집요하고도 흔들림 없는 눈동자, 구멍처럼 새까맣다. 혀가 뒤로 말리고 숨이 가빠진다. 신발 속으로 침투한 빗물에 발끝이 젖는 것처럼 기분이 확 더러워진다. 나는 판다의 눈길을 피해 바닥에 떨어진 사자의 머리를 집어 든다. 라커룸 문을 소리 나게 닫고, 앞을 가로막고 서 있는 판다를 옆으로 밀치고는 화장실 쪽으로 향한다. 커다란 몸피의 판다는 맥없이 옆으로 쓰러진다. 쓰러지는 그때였다. 불현듯 하얗게 표백된 어떤 이미지 하나가 강한 압력으로 내부를 밀어내며 떠올랐다. 뭉쳐진 허파꽈리가 연쇄적으로 타다닥 터진 것처럼 숨이 탁 막혔다. 걸음을 멈춘다. 천천히 고개를 돌려 판다를 쳐다본다. 바닥에 주저앉아 이편을 바라보는 판다의 눈이 붉어지고 있다.

*

 다시 열한 살로 돌아갈 수만 있다면, 정말 그럴 수 있다면 책상 위에 책을 내려놓고 오른손에 연필을 움켜쥐겠어. 공들여 깎은 연필의 뾰족한 검은 끝을 선생의 왼쪽 목덜미에 정확하게 겨냥할 거야. 선생은 그때처럼 교탁에 가슴을 대고 통통하게 살진 손가락에 냄새나는 침을 묻히며 무료하게 여성잡지를 넘기고 있겠지. 나는 발소리를 죽이며 선생에게 은밀히 다가가. 선생의 주름진 목 밑에 숨은 경동맥은 평화롭고 규칙적으로 천천히 뛰고 있겠지. 숨을 깊게 들이마시고 잠시 멈춰, 손가락 관절 하나하나에 힘을 주겠어. 그리고 아무 망설임 없이 선생의 목에 연필을 찔러 넣을 거야. 도살되는 돼지처럼 꾸익꾸익 소리를 지르는 선생의 사지가 버둥대며 흔들리겠지. 나는 연필을 똑바로 잡고 손바닥으로 꾹꾹 눌러. 목 밑으로 점점 짧아지는 연필을 보며 선생의 표정을 확인하지. 값나가는 돼지의 머리처럼 미소 지어서는 곤란해. 연필을 연필깎이의 핸들처럼 돌리며 선생의 숨이 고통스럽게 멎는 소리를 들을 거야. 눈 하나 깜빡하지 않고 조롱하며 소리 없이 웃어주겠어. 선생의 목에서 흐른 피가 녹아내린 딸기 맛 아이스크림처럼 흰 블라우스를 적시고 교탁 위에 동그랗게 고이면 선생의 눈앞에 교과서를 쫙 펼치며 이렇게 말할 거야.

천천히 읽어봐. 한 문장씩. 또박. 또박. 또박.

달력에서 모든 27일을 도려냈다. 27이라는 검은 숫자를 빨간 펜으로 빈틈없이 덧칠했다. 뭐든 좋으니 27일에 특별한 일이 생기게 해달라고 밤마다 두 손을 움켜쥐고 기도했다. 홍수도 나지 않았고, 전염병도 돌지 않았으며, 전쟁도 나지 않았고, 대통령도 죽지 않았다. 내 기도와 상관없이 27일은 수요일로 혹은 월요일로 아무 문제없이 멀쩡히 도래했다. 지금 생각해보면 선생은 가벼운 우울증을 앓고 있었는지 모른다. 아니, 어쩌면 자궁에 정자가 달라붙지 않아 평생을 수치심과 자격지심에 시달려야 했던 불행한 여인일 수도 있다. 아니면 그저 조금 정신이 날카로운 환자였을 수도 있겠다. 그럴 수 있다. 하지만 그런 것과 상관없이 아직도 그녀가 어딘가에서 멀쩡히 숨 쉬며 건강하게 늙어가고 있을 생각만 하면 몸에 열이 오르고 어금니가 꽉 조여진다. 열한 살을 27일, 단 하루만 남기고 까맣게 만들어버린 그 선생을 용서할 수 없다.

선생은 교탁에 앉아 무료한 목소리로 말했다.

27번.

나는 자리에서 일어났다. 선생은 물끄러미 나를 봤다. 하얗게 질린 얼굴과 부들부들 떨고 있는 작은 몸을 아주 느리고 집요한 눈빛으로 차근차근 쳐다봤다. 그리고 말했다.

읽어.

난, 읽을 수 없다. 읽지 않아도 이미 알고 있었고, 내가 읽지 못한다는 것을 선생도 알았으며, 새까만 악마 같은 다른 열한 살들도 알고 있었다. 그런데도 선생은 매월 27일만 되면 내게 책 읽기를 시켰다. 심지어 7일이나 17일에도 나를 불렀다. 어떤 날은 아무 연관도 없는 3일이나 6일 같은 날도 27번을 불렀다.

나는 입술을 달싹거리며 그냥 서 있었다. 선생은 종종 천천히 읽어봐, 또박또박, 어서, 라는 말을 무책임하게 던지며 교탁에 놓인 잡지를 뒤적거렸고 밀려 있는 업무를 처리했다. 친구들 중 몇몇은 킥킥거리며 웃었고 몇몇은 병신, 더듬이, 장애인 같은 말로 나를 조롱했다. 뒤에서는 작게 잘라 침을 묻혀 동그랗게 뭉친 종잇조각이나 지우개가 날아와 뒤통수를 때렸다. 선생은 그런 모습들을 따분한 눈빛으로 바라보다 교탁을 몇 번 손가락으로 탁탁 때릴 뿐 그들의 모든 행동을 방치했다. 가끔은 나를 내버려두고 화장실이나 교무실에 다녀오기도 했다. 때로는 주먹으로 교탁을 내리치며 날카롭게 소리쳤다.

선생님 말이 안 들리니? 읽어. 빨리 읽으란 말이야!
어쩔 수 없이 나는 입을 뗐다.

떠, 떠, 떠, 떠, 떠, 떠, 어…… 뜨, 뜨……

읽으려 했다. 어떻게든 읽고 싶었다. 하지만 여전히 읽어지지 않았다. 울어도, 고개를 숙여도, 비참하게 떠, 떠, 떠, 떠 더 읊어도 선생은 주름진 눈꺼풀조차 까딱하지 않았다. 기어이 내게 책을 읽히는 것이 자신의 위대한 교육적 사명이라도 되는 것처럼 선생의 태도는 완고했다. 시간이 얼마나 흘렀을까. 나는 감각하지 못했다. 극지방의 시간이 얼음에 갇혀 빠져나오지 못한 층위에 영원히 머무는 것처럼 결빙된 일 초 일 초가 뜨거운 핏속을 유빙처럼 느리게 떠다녔다. 더 이상 나는 친구들의 흥미조차 되지 못했다. 웃는 소리도 들리지 않았고 담임의 목소리도 들리지 않았다. 담임은 교탁에 머리를 박고 뭔가를 했고 친구들은 지겨운 시간을 견디기 위해 칼로 책상에 자국을 내거나 교과서 여백마다 낙서를 했다. 오직 나만이 떨리는 입술과 몸으로 기립을 유지하며 부유하는 글자들을 입술로 짓이기며 울고 있었다. 그 정적을 깨뜨린 것은 마침내 성공한 나의 책 읽기가 아니었다.

붉은색 원피스를 입고 있는 여자아이가 책상을 쓰러뜨리고 교실 바닥에 쓰러졌다. 쓰러져 있는 여자아이는 사람이라기보다 기묘한 패턴으로 움직이는 모종의 사물 같았다. 껍질이 으깨진 곤충이 마지막 남은 신경을 이용해 떨고 있는 것처럼, 여자아이는 인간으로서 도저히 취할 수 없는 포즈로 온몸을 꼬고 끔찍한 소리를 질러댔다. 보이지 않는 수많은 선이 관절 하나하나에 묶여 서로 다른 방향으로 잡아끌고 있는 것처럼 여자아이는 사지를 뒤틀었다. 무엇인가의 목을 조르고 있는 것처럼 아이의 작은 손가락은 허공의 어떤 부분을 강하게 쥐어짜고 있었고 무릎과 팔의 관절은 굽혀지지 않는 반대편을 향해 맹렬하게 뻗어나고 있었다. 한 손으로도 쥘 수 있을 것 같은 얇은 목에서 튀어나온 푸른 정맥은 포유류의 발밑에 깔려 몸을 뒤트는 새끼 뱀처럼 쉴 새 없이 꿈틀거렸다. 여자아이의 보라색 입술에서는 하얀 거품이 일었고 뒤집힌 눈동자는 완전한 흰색이었다. 놀란 열한 살들은 소리를 지르며 각자의 엄마를 부르며 울었고 선생은 어찌할 바를 몰라 허둥대다 날카로운 목소리로 옆 반에 있는 남교사를 불렀다. 나는 지금도 명징하게 기억한다. 교실 바닥에 누워 몸을 뒤틀고 있는 여자아이의 붉은색 치마 사이로 보이던 눈부시게 하얗던 팬티. 그 흰색이 조금씩 젖으며 노랗게 변색되는 모습을. 여자아이는 한동안 학교에 나오지 않았다. 나는 온종일 여자아이의 빈 의자를 쳐다봤다. 부재는 여자아이의 모습을 복원시켰고 복원된 이미지는 제법 진짜처럼 교실을 걸어 다니며 내 정신의 한 면을 압박했다. 기다림은 전에는 느껴보지 못한 이상하고도 고통스러운 경험이었다. 나는 처음으로 누군가를 기다리는 데 시간을 온전히 사용했다. 시계의 초침이 분침처럼 분침이 시침처럼 더디게 움직였다. 여자아이는 일주일 뒤에 등교했다. 선생은 여자아이가 다른 학교로 전학을 간다고 했다. 여자아이는 공식적인 작별 인사도 하지 않고 자신의 물건들을 챙겨 뒷문으로 조용히 빠져나갔다. 나는 일정한 간격을 두고 여자아이를 따라갔다. 여자아이는 학교 현관을 나가기 직전 잠시 멈춰 뒤돌아 나를 쳐다봤다. 금방이라도 눈물을 뚝뚝 흘릴 것 같은 여자아이의 눈동자. 물속에 섞여가는 붉은 잉크가 춤추며 허물어지듯, 그것은 빨간색이었다.

*

 할 수 있는 게 이것밖에 없어. 얘는 언제나 웃고 있거든. 어떤 상황이 와도 절대 인상을 쓰지 않아. 완벽한 포커페이스. 그게 마음에 들어.
 그녀는 판다의 머리를 쓰다듬다 주먹을 쥐고 가볍게 머리를 툭 때린다. 판다는 여전하다. 영원히 웃다 끝내 소각될 얼굴.
 너는 전보다 얼굴이 많이…… 딱딱해졌구나.
 그녀는 다시 판다의 얼굴을 뒤집어쓰며 말했다.
 나가자. 일하러 가야지.

 나 역시 할 수 있는 것이 이것밖에 없었어. 말을 하지 않고도 할 수 있는 일은 많아. 하지만 말을 하지 않거나 못하는 사람에게 일을 주는 곳은 없지. 나는 오랫동안 장애(障礙)라는 단어에 대해 고민해왔어. 무엇인가 가로막고 혹은 결핍되어 불안하게 절룩거리는 단어. 늘 내 자신에게 묻곤 했지. 내게 장애가 있나? 단어가 입술 사이를 가로막아 산산조각이 난 언어. 끝없이 누수되는 호흡, 치아 사이사이로 모래처럼 빠져나가는 말들. 나는 분명 장애가 있지. 타인의 장애를 이해한다는 것이 가능한 일일까? 장애는 이해할 수 있는 게 아니야 오직 확인만 가능할 뿐이지. 잘려져 나가거나 뽑혀져 없어져야만 비로소 알아볼 수 있는 불구. 혹은 처음부터 남다른 기형의 조건들. 그들은 오직 확연하게 다른 것만 분간할 수 있거든. 입속에 숨은 작은 혓바닥이 아무리 떨며 뒤틀려도 내 혀는 불구가 아니야. 그들은 내 장애를 이해할 수 없어.

동물이 됐다. 일하는 것이 가능해졌다. 사자의 탈을 뒤집어 쓰고 있으면 아무도 내게 질문하지 않는다. 동물은 인간의 언어가 필요 없다. 대화할 필요도 없다. 그저 용맹스럽게 포효하고 털이 무성하게 난 팔과 다리를 흔들면 된다. 덜 자란 아이들은 끊임없이 내게 안기고 싶어 하고 연인들은 나와 사진을 찍고 싶어 한다. 토끼도 있고 다람쥐도 있지만 가장 인기가 많은 동물은 단연 백수의 왕인 사자다. 판다가 나의 인기를 시기하며 왕좌를 빼앗기 위해 호시탐탐 기회를 노리고 있지만 판다처럼 우둔한 동물이 귀여움 하나만으로 사자를 이길 수는 없는 법이다.

아이들은 사자와 판다의 싸움을 좋아한다. 아이들이 우르르 몰려오면 사자는 판다에게 시비를 건다. 판다의 엉덩이를 걷어차고 뒤통수를 때리고 도망간다. 아이들은 우아— 하는 소리를 내며 사자의 앞발처럼 손가락을 구부려 공중에 붕붕 휘두르며 맹수 흉내를 낸다. 판다는 절대 당하고만 있지 않는다. 괴성을 지르며 사자에게 덤빈다. 사자와 판다는 자존심을 걸고 치열하게 싸운다. 사자가 이길 때도 있고 판다가 이길 때도 있다. 하지만 주로 판다가 승리한다. 물론 사자가 늘 봐주는 것이다. 어른들은 사자와 판다의 연애를 좋아한다. 판다가 갑자기 달려와 사자를 끌어안는다. 판다는 과감하게 사자의 입에 입을 맞춘다. 사자가 도망가면 판다가 쫓아온다. 판다가 사자의 발을 걸어 넘어뜨린다. 사자는 바닥에 등을 대고 쓰러진다. 판다는 사자를 덮친다. 사자는 판다의 옆구리를 간질이고 간혹 판다의 뒤에서 엉덩이를 잡는다. 남자들은 괴성을 지르며 좋아했고 여자들은 부끄러워하면서도 자꾸 사진을 찍었다.

'말을 더듬는다'는 문장은 잘못된 표현이야. 말은 물리적인 방식으로 더듬어서 입술 밖으로 빼낼 수 있는 성질의 것이 아니거든. 형체가 없거나 혹은 너무 커. 입속에 넣어 굴리던 얼음이 녹아버린 것처럼 아무것도 뱉어내지지가 않아. 말은 입속에서 제 형체를 잃어버리지. '에어플레인' '아라비아' 같은 말들이 그래. 모음으로 시작하는 이런 단어들은 기체처럼 이미 증발된 말이야. 내쉬는 바람 소리 외에 입술 사이에서 나올 음성은 하나도 없어. 어떤 말은 몸피가 너무 커서 입 밖으로 나오지 못해. 아무리 입을 크게 벌리고 혀를 부지런히 놀려도 말은 입안에 꽉 끼어 도무지 움직여지지 않아. '탁구'나 '파충류' 같은 말처럼 입술이 강하게 파열되어야 가능한 말들이 그렇지. 이런 말들은 철창 밖으로 내민 새끼 원숭이의 얇은 팔다리처럼 타, 타, 타, 파, 파, 파 일부만 겨우 내밀 수 있을 뿐이야. 죽음에 대한 의견은 모두 살아 있는 자들의 상상이지. 그런 의미에서 죽음에 대한 모든 논의는 허구이지. 말을 더듬는다는 것도 말을 더듬지 않는 이들의 추측이고 상상의 문장일 뿐이야. 내가 말을 하지 못하는 것은 성격이 급한 것도, 말이 꼬여서도 아니야. 자신감이 없기 때문도 아니고 어휘력이 떨어져 단어 선택을 하지 못하는 것도 아니지. 내게 말은 붕괴된 조직이고 소멸된 유적이며 퇴화된 신경과도 같아. 혀끝에 달라붙어 절대로 떨어지지 않는 말은 이끼와도 같고 증발하고 흔적만 남은 얼룩과도 같지. 나는 이것을 고쳐보려고 노력했어. 초성을 길게 발음해보기도 하고 비교적 발음하기 쉬운 단어로 도치시켜보기도 했지. 방구석에 혼자 앉아 되지 않는 발음을 수도 없이 연습하고, 연습하고, 또 연습했어. 이렇게 마음으로는 얼마든지 가능한 말이 왜 입술 밖으로는 단 한 마디도 나오지 않는 걸까.

그런데, 내 맘이 너에게 들릴까?

열여섯 살. 이것이 마지막이라 여기고 육교에 섰다. 하드보드지에 '저는 말을 더듬습니다. 꼭 고치고 싶습니다. 용기를 얻기 위해 이 자리에 섰습니다'라는 글귀를 적어 목에 걸었다. 지나가는 사람들이 걸음을 멈추고 나를 쳐다봤다. 연민에 찬 눈빛도 있었고 서툰 배우들의 길거리 연극을 보는 듯한 무신경한 표정도 있었다. 나는 입을 열고 말하기 시작했다. '안녕하십니까? 제가 이 자리에 선 이유는'이라고 말하려 했다. 말이 나오지 않았다. 아, 아, 숨을 들이쉬고 다시, 아, 아, 아. 발을 바닥에 탁, 탁, 탁 구르며 어떻게 해서라도, 아, 아…… 조금 쉬었다가 다시 한 번 아, 아, 아. 한 문장이라도 아니 초성이라도 어떻게든 발음해보려고 아, 아, 아. 이렇게까지 했는데, 이렇게라도 하면, 어떻게든 될 줄 알았다. '안녕하십니까?'의 '안'이라는 짧은 초성 하나 발음하지 못하고 나는 육교 한가운데에 정물처럼 서 있었다. 지켜보던 사람들이 나를 내버려두고 그냥 지나가기 시작했다. 1초도 안 되는 짧은 시간 동안 툭 던진 그 눈빛들이 화살처럼 날아와 팔과 다리에 박혔다. 수없이 많은 관통상이 남아 너덜너덜해진 몸과 마음으로 나는 천천히 주위를 둘러봤다. 그들의 눈빛은 명확한 동기도 없이 모금을 하는 의심쩍은 사람을 바라보는 눈빛처럼 싸늘했다. 그때 육교에서 뛰어내리고 싶었다. 지나가는 트럭에 깔려 죽거나 두 개의 다리 중 하나라도 잃어 차라리 장애인이 되어 평생 휠체어에 앉아 커다란 바퀴를 돌리며 사는 것이 이것보다는 나을 것 같았기 때문이다. 나는 육교에서 내려왔다. 누구든 좋으니 커다란 사람의 품에 얼굴을 대고 울고 싶었다. 하지만 아무도 없었다. 사람들이 내가 지나갈 수 있도록 자리를 비켜주었다. 그들의 은밀하고 낮은 시선이 어깨와 등 뒤에 얼룩처럼 남았다. 그들이 벌려준 넓은 길을 홀로 천천히 걸어 나오며 다짐했다. 이것으로 끝이다. 내게 조금이라도 남아 있는 말과 언어가 있다면 그것마저 다 버리겠다. 이제 나는 벙어리다.

*

우리는 일이 끝나면 작동이 멈춘 놀이기구에 앉아 사람이 빠져나간 한적한 유원지를 감상했다. 때로는 목마 위에 앉기도 했고 때로는 범퍼카에 나란히 앉았다. 그녀는 말했고 나는 들었다. 그녀가 벗어놓은 판다의 얼굴을 껴안고 그녀의 말을 듣고 있으면 내 안쪽 속살이 따뜻해지는 것을 느꼈다. 따박따박 움직이는 그녀의 입술 사이에서 흘러나오는 말이 물처럼 얼굴에 닿을 때마다 딱딱한 표정의 단단한 표면이 깎이거나 녹아내렸다. 그녀는 끝없이 질문을 던졌지만 대답을 바라지는 않았다. '그렇다고?' '아니야?' 같은 질문에 나는 고개를 끄덕이거나 웃으면 그만이었다. 그러면 그녀는 '그런가 보네' '웃긴다' 같은 말로 유연하게 대화를 다시 이끌어 나갔고 때때로 내 표정과 가벼운 수화를 보고 대화의 화제나 분위기를 바꾸어갔다. 그녀의 말은 놀랍도록 건강한 것이었다. 표정과 어투, 가늘고 긴 손가락의 움직임까지 물속에서 막 끄집어내 움켜쥔 생선처럼 탄력적이었고 물기를 머금은 야채처럼 싱싱했다. 나는 그녀의 말끝마다 웃었다. 웃고 있다 보면 웅덩이에 고여 어지럽게 부유하던 잡다한 것들이 소리 없이 바닥에 침전하는 것 같았다. 그녀는 양손을 마주잡아 깍지를 끼고 낮게 한숨을 내쉬며 왼편 하늘을 쳐다보며 말했다.

왼쪽을 쳐다보면 창문이 있었어. 그리고 열한 시 방향으로 얼굴을 돌리면 네가 앉아 있었지. 창문 너머 파랗게 열린 하늘이나 그 하늘을 가로질러 가는 비행기의 느린 움직임을 지켜보는 것처럼, 나는 너를 봤어. 앉아 있을 때는 녹슨 흉상처럼 느껴지다가도 서 있을 때는 폭풍 속에 흔들리는 연약한 나무 같았지. 금방이라도 뿌리째 뽑혀 어딘가로 날아갈 것 같은 너를 보고 있으면 난 이상하게도 마음이 저릿해져 손바닥으로 왼쪽 가슴을 꾹 누르곤 했어. 네가 책을 들고 서 있을 때마다 나는 알아볼 수 있었어. 입술이 바들바들 떨리고 손끝이 위태롭게 흔들리는 모습을. 입속에 갇혀 부들부들 떨리고 있을 너의 혀를 본 것도 같았지. 아니 온몸이 한 조각의 혀처럼 보였어. 흠뻑 젖어 미세하게 떨리는 모습을 보고 있으면 금방이라도 눈물이 쏟아질 것 같았거든. 그때 넌 내게 어떤 풍경과도 같았어. 그 풍경 속에 뛰어들어 너의 손을 한 번이라도 잡아주고 싶었는데 그럴 수는 없었지. 그때는 너무 어렸으니까. 아마도 그때부터 나는, 너를 사랑했던 것 같아.

그녀가 쳐다보는 그곳엔 아이들이 놓쳐버린 분홍색 풍선이 높은 나뭇가지에 걸려 깃발처럼 흔들리고 있었다. 그녀의 옆얼굴을 바라보며 생각했다. 어쩌면 나도 그때부터 그녀를 사랑했을지도 모른다고. 그 순간이었다. 갑자기 그녀가 내게서 판다의 머리를 빼앗아 뒤집어썼다. 두 팔을 엇갈아 안고 있던 팔을 푸는 과정에서 그녀의 손톱이 팔목을 긁었다. 나는 날카로운 통증을 느끼며 그녀를 쳐다봤다. 그녀는 두 주먹을 불끈 쥐고 판다의 관자놀이를 꾹 누르며 떨고 있었다. 판다의 표정은 여전히 명랑하게 앞뒤 양옆으로 흔들리고 있었다. 이길 수 없는 쾌감이 몸을 통과하고 있거나 완전히 미쳐버린 표정처럼 판다는 고통스럽게 웃고 있었다. 그녀의 손가락이 기묘하게 뒤틀리기 시작했다. 불끈 쥔 주먹이 부르르 떨렸다. 이상한 떨림이었다. 손가락들이 마치 독립된 개체라도 된 것처럼 꽉 쥔 주먹 사이사이를 뚫고 풀려나며 각기 다른 방향으로 뻗어나고 있었다. 그녀는 짧고 날카로운 비명을 지르며 바닥에 쓰러졌다. 붉은 원피스의 소녀보다 조금 더 성장한 그녀는 그때처럼, 아니 그때보다 더 끔찍하고 위태로운 모습으로 바들바들 떨고 있었다. 웃고 있는 판다의 명랑한 얼굴 이면에 하얗게 눈을 뒤집으며 어둠을 노려보고 있을 그녀의 진짜 얼굴. 나는 오른손으로 그녀의 손목을 잡고 왼손으로는 그녀의 목을 감싸 안았다. 그녀의 내부에서부터 맹렬한 힘이 내 손을 밀어냈다. 마치 그녀의 몸속에 숨어 있던 짐승이 그녀의 내벽에 몸을 부딪치며 날뛰고 있는 것 같았다. 나는 어떻게 해야 할지 몰라 으으으, 울며 그녀의 어깨를 껴안았다. 그녀의 발작은 시간이 지나면서 자연스럽게 꺼져가는 불처럼 천천히 사그라졌다. 외부 자극 없이 저절로 잠에서 깨어나는 늦은 오후처럼 그녀는 손바닥으로 바닥을 짚고 천천히 일어나 앉았다. 그녀의 눈꺼풀이 판다의 눈동자 안쪽에서 느리고 어둡게 깜박였다. 그녀는 물끄러미 내 눈을 바라보고 있었다. 아주 내밀한 곳까지 볼 수 있을 것 같은 깊은 시선이었다. 그녀는 낮은 음성으로 아, 하는 소리를 내며 일어났다. 그리고 뒤돌아 탈을 벗었다. 그리고 손바닥으로 눈가를 만지고 얼굴을 정리했다. 나는 그녀를 등 뒤에서 껴안아주고 싶은 충동을 느꼈지만 그러지 못했다. 그 순간 그녀의 등은 단단한 벽처럼 완고하게 나를 거부하고 있었다. 그녀는 등으로 말하기 시작했다.

 나는 갑자기 잠이 들어. 그러니까 갑자기 잠이 드는 게 내 병이야. '갑자기'라는 시간. 그게 얼마나 무서운 시간인지 너는 모르겠지. 예측할 수도 없고 그래서 대비할 수도 없어. 그 시간은 만나는 사람을 가리지 않고 상황을 고려해주지 않아. 정말, 그저, 갑자기, 잠이 들어버리는 거야. 그런데 그 잠은 말야, 너는 어떻게 생각할지 모르겠지만, 전혀 아프지 않아. 보는 것과 달리 무섭지도 않고. 아니, 저녁이 오고 새벽으로 넘어가는 시간 어둠 속에 누워 서서히 잠드는 정상적인 그것과는 비교할 수 없어. 이 잠은 완벽하거든. 어떻게 표현해야 할까. 이 세계와는 전혀 다른 이상한 세계에 내 방이 있다고 치자. 이 잠은 그 방에 놓여 있는 가장 편안한 침대에서 잠자다 깨어나는 것과 같아. 그 세계는 이 세계와 완전히 다른 곳이야. 평소에 꾸는 꿈은 흐릿하고 불완전하잖아. 심지어 내가 꾸는 꿈인데도 내 마음대로 꿀 수 없지. 꿈은 내 것이 아니야. 늘 쫓기거나 불안해. 정체를 알 수 없는 두려운 존재가 내 목에 칼을 겨누기도 하고 얼굴을 가린 사람들이 나를 둘러싸고 위협하기도 해. 높은 곳에서 떨어져 수없이 몸이 부서지고, 사랑하는 사람들과는 끝없이 이별해야 해. 우리가 자면서 꾸는 꿈이란 게 결국 늘 결핍되어 있고 조각나 있는 거야. 그래서 늘 두렵지. 그런데 내가 갑자기 잠드는 세계에서 꾸는 꿈은 달라. 난 한 번도 그 꿈에서 울어본 적 없어. 꿈속에서 만난 사람은 늘 나를 안아줬어. 그 세계는 믿을 수 없이 따뜻하고 너무도 고요해. 홀로 이 잠에서 깰 때면 아쉽고 외로워서 또다시 그 잠 속으로 들어가고 싶을 정도야. 하지만 다른 사람들이 있는 곳에서 깨어날 때가 문제야. 그럴 때면 잠에서 깨는 것이 반대로 꿈 같아. 가장 더럽고 차가운 세상에 던져진 것 같은 악몽. 나는 늘 버려진 아이처럼 길 위에 누워 있어. 정신이 들 때마다 낯선 사람들이 저마다 갖고 있는 가장 끔찍한 표정을 지으며 나를 내려다보고 있다고 생각해봐. 그 누구도 내 손을 잡아주지 않고 그저 보고만 있다는 것. 제사에 쓰일 어린 짐승의 목덜미를 물끄러미 내려다보며 담소를 나누는 백정들이나, 고통 속에서 신음하는 인간을 조롱하며 숨이 멎길 기다리는 악마들 같아. 그때 내가 겪는 감정이란 뭐랄까, 벌거벗고 있는 것 같다고 해야 할까. 아니 그들이 나를 강제로 벌거벗겨 희롱하고 있다는 기분이 들어. 내 모든 틈과 구멍에 그들이 손가락을 집어넣고 활짝 벌려 유심히 쳐다보고 있는 것 같아. 나의 내부를 몽땅 들킨 것 같은 기분이 얼마나 끔찍하고 더러운 것인지 너는 죽어도 알 수 없을 거야.

그녀는 몸을 돌려 나를 바라봤다. 초식동물의 것처럼 커다랗고 까만 눈동자에 투명한 막이 덮였다. 그녀는 엄지손가락을 내밀어 눈물로 범벅이 된 내 눈가를 닦아냈다. 그리고 말했다.

부탁이 있어. 앞으로 내가 또 쓰러질지도 몰라. 아니 갑자기 또 그렇게 되겠지. 입에 거품을 물고 눈이 하얗게 뒤집힐 거야. 온몸을 떨며 괴물처럼 이상해지겠지. 하지만 절대로 나를 만지지 마. 허둥대지도 말고 놀라지도 마. 절대로 울지도 말고 걱정하지도 마. 가능하다면 잠시 산책을 다녀오는 것도 좋겠어. 그리고 내가 깨어나면…… 마치 아무 일도 없었던 것처럼 대해줘. 내가 너의 얼굴을 보고 슬퍼하거나 놀라지 않도록. 심지어 갑자기 잠들었다는 사실조차 느끼지 못할 정도로 말이야. 그렇지 않으면 나는 견딜 수 없을 것 같아. 만약 또다시 네 눈이 지금처럼 눈물로 가득하다면 나는 너를 더 이상 만날 수 없을 것 같아.

  그 밤 나는 잠을 거의 자지 못했다. 잠이 들면 꿈을 꿨고 꿈속에서 그녀는 날카로운 돌멩이가 깔린 길바닥에 누워 몸을 비비며 발작을 했다. 같은 꿈이 끝없이 반복됐고 반복되는 꿈만큼 그녀는 입에 부글부글 거품을 물었다. 나중에는 내가 잠이 들면 그녀가 고통스러워진다는 생각이 들어 눈을 감는 게 두려웠다. 아주 긴 시간이 흐른 것 같았지만 일어나 보면 시계의 분침은 제자리거나 아주 조금 전진해 있었다. 어둠이 시간의 모든 틈을 메워버린 것처럼 밤은 좀처럼 흐르지 않았다. 불을 켰다. 하얀 형광등 불빛이 피부에 차갑게 묻는 것 같아 순간 한기를 느꼈다. 책장에서 책을 한 권 꺼냈다. 왜 그런 생각이 들었는지 모르겠지만 나도 나만의 방식으로 괴로워야 한다는 생각이 들었다. 활자를 가만히 내려다보다 입을 열어 읽기 시작했다. 밤의 표면이 바닥에 떨어진 유리병처럼 산산조각이 났다. 깨진 조각들이 입술을 찢고 가슴을 꿰뚫었다. 이빨은 딱딱 부딪치고 입술이 떨리고 호흡은 불규칙해졌다. 여전히 읽어지지 않았지만 읽으려 했다. 말을 시작하니 방이 분주해졌다. 분명 혼자 있는 공간인데 수없이 많은 사람들이 유령처럼 소리 없이 들어와 내 곁에 선다. 어느새 발 디딜 틈 없이 꽉 찬 내 방. 그들의 귀가 나방처럼 펄럭거리며 날아다니고 몇몇은 벽에 단단하게 붙어 내 말을 듣는다. 견딜 수 없이 부끄럽고 민망했다. 무릎 꿇은 내 허벅지 위에 채찍을 휘두르며 자해하는 기분이었다. 하지만 나는 견뎠다. 더듬거리는 소리가 그녀에게 들렸으면 좋겠다는 생각 하나만 남고 모든 것이 산산이 부서지는 밤이었다.

*

  우리는 연인이 됐다. 이제껏 누군가에게 무엇이 되어본 적이 없다. 하물며 누군가 내게 무엇이 되어준 적도 없었다. 하지만 사랑이라니. 나는 웅크리고 누워 접혀진 무릎을 만지며 자위하던 소년이었다. 가끔 웃었지만 주로 울었다. 별수 없이 침묵해야 했고 어쩔 수 없이 입을 다물어야 했던 시간들. 그럴 때면 눈을 감아 어둠을 만들어 그 속에 숨었다. 차라리 죽었으면 좋겠다는 생각도 수없이 많이 했다. 가능하다면 이름 모를 생물이 벗어놓은 허물을 뒤집어쓰고 땅속에 들어가 몇 년 동안 잠들어 있는 상태가 되기를 소망했다. 하지만 내 손가락은 단단한 땅을 파기에 너무 연약했다. 뜨거운 태양 아래 누워 눈을 감으면 붉은 어둠이, 손바닥으로 눈을 가리면 푸른 어둠이 나를 둘러쌌지만 나는 어디에도 숨을 수 없었다. 할 수 있다면 내게 주어진 시간을 앞당겨 죽고 싶었다. 말라죽은 곤충처럼 작은 자극에도 쉽게 바스라질 것 같던 바로 그 시절에 그녀가 나를 찾아온 것이다.

한낮의 유원지가 갑자기 저녁처럼 깜깜해지며 큰 비가 쏟아지던 날이었다. 유원지에 있던 사람들이 비를 피해 소리를 지르며 순식간에 어디론가 사라졌다. 시끄럽고 분주한 유원지가 일순간 바다에 침몰해버린 범선처럼 고요해졌다. 오직 빗소리만 공기처럼 사방을 에워쌌다. 우리도 비를 피해야 했다. 판다는 사자의 손을 꼭 잡고 탈의실을 향해 달리기 시작했다. 탈의실은 그리 가까운 곳에 있지 않았다. 뛰면 뛸수록 털옷이 젖었고 그만큼 몸은 무거워졌다. 물밑에 수풀이 빼곡한 강을 걸어서 건너는 기분이었다. 판다는 갑자기 자신의 머리를 쑥 뽑아 집어던졌다. 판다의 얼굴은 활짝 웃으며 바닥에 뒹굴었다. 그녀의 작고 동그란 이마에 빗방울이 부딪쳐 부서졌다. 그녀는 사자의 얼굴도 뽑아 던져버렸다. 우리는 정체불명의 생물로 기묘하게 변태했다. 우리는 앞서거니 뒤서거니 하며 우스꽝스러운 모습으로 빗속을 달렸다. 이상한 경험이었다. 그녀가 말했던 이상한 세계가 혹시 이런 곳은 아닐까. 우리는 그 세계에 남아 있는 유일한 생물이 된 것처럼 자유롭고 거침없이 세계의 중심을 향해 뛰었다.

 탈의실에 도착하니 쓰러질 것 같았다. 몸은 무겁고 심장은 터질 듯 쿵쾅거렸다. 나는 바닥에 그대로 드러누웠다. 몸에서 뿜어나오는 후끈한 열기가 안개처럼 주위를 흐릿하게 만들었다. 그녀는 멀쩡해 보였다. 남자가 왜 이렇게 약해. 그녀는 바닥에 누운 내 옆구리를 발로 툭 차며 머리카락을 털었다. 그녀의 머리에서 떨어진 물방울이 얼굴에 떨어졌고 나는 눈을 감았다. 눈을 떴을 때 그녀의 얼굴이, 다시 눈을 감았을 때 그녀의 입술이, 다시 눈을 떴을 때 그녀의 혀가 꼭 다문 내 입술을 천천히 열고 있었다. 나는 다시 눈을 꾹 감으며 입술을 열었다. 그녀의 혀는 어항 속 물고기처럼 내 안에서 움직였다. 부드럽고 느린 움직임으로 맴돌다가 갑자기 빠르게 수면까지 떠올랐다 바닥까지 가라앉았다. 그녀의 혀가 내 혀를 만났을 때 내 혀는 뒷걸음질쳤다. 내 혀는 늘 말라 있었고 딱딱했으므로 그녀의 혀를 다치게 할지도 몰랐다. 물러서는 내 혀를 그녀의 혀가 재빨리 붙잡았다. 그녀의 혀는 아주 천천히 내 혀를 만졌다. 나는 더 이상 도망가지 않고 그 자리에서 그녀의 혀를 안았다. 오랫동안 혀뿌리에 옹이처럼 박혀 있던 단단한 긴장이 일순간 무너져 내렸다. 내 혀는 물처럼 녹아 그녀의 혀에 흡수되었다.

정말 이상했어…… 뭐랄까, 네 혀는 말이야. 아, 그러니까 그 감각이…… 아니야. 이것은 감도 아니고 그렇다고 각도 아니야. 정말 이상한…… 그냥, 어떤 느낌이었어. 그렇게 딱딱하고 굳어 있던 네 혀가 갑자기 어디론가 사라져버린 기분이었어. 나는 애타게 너를 부르고 찾아 헤맸지. 그런데 그때, 어디에서부터 스며드는지 알 수 없는 따뜻한 물이 차올랐어. 어느새 내 혀는 수면 위에 떠 있는 작은 돌고래처럼 헤엄치고 있는 거야.

세상에 어떻게 너는 이 멋진 혀로 아무 말도 안 할 수가 있었던 거니.

땅속에서 오래도록 잠들어 있던 생명들이 땅 위로 기어 나오는 때가 있다. 지금처럼 대지에 비가 내리고 끓는 물처럼 땅이 위아래로 뒤섞이는 순간이다. 그들이 땅 위에 올라와 남은 시간을 모두 사용하며 목숨을 거는 유일한 일은 짝을 만나고 사랑을 하는 일이다. 그녀의 입술이 내 입술에서 떨어지는 순간 이런 생각을 했다. 모든 종류의 기억과 흔적이 이제 내겐 덧없고 무의미하구나. 열한 살의 지독했던 시간도 그녀를 처음으로 만났었다는 기억 하나로 완전히 뒤바뀌는 것 같았다. 나는 그때, 그녀의 얼굴을 보며 말하고 싶었다. 너를 사랑해.

그 후로도 그녀는 일하는 도중 가끔씩 갑자기 잠이 들었다. 판다는 변함없이 웃고 있었기 때문에 나는 그녀의 잠든 얼굴을 볼 수 없었다. 갑자기 그녀가 잠이 들 때면 나는 더 열심히 일해야 했다. 아무리 사자가 무섭고 용맹스러운 행동으로 주의를 끌어도 그 순간 판다가 발산하는 치명적인 매력을 뛰어넘기란 쉽지 않았다. 통통하게 살찐 하얀 판다가 갑자기 바닥에 누워 활짝 웃는 얼굴로 뒹구는 모습은 너무 귀여웠기 때문이다. 실제로 살아 있는 판다가 바닥에 등을 비비며 먹이를 달라고 재롱을 부리는 것 같았다. 사람들은 그녀가 갑자기 잠이 들면 소리를 지르며 환호했다. 사람들은 더 많이 사진을 찍었고, 바닥에 뒹굴며 재롱을 떠는 판다의 모습을 지켜보며 행복해했다. 어린아이들은 누워 있는 판다에 올라타거나 바닥에 누워 판다 흉내를 냈다. 그때마다 사자는 번개처럼 달려가 판다 곁을 지키고 서서 아이들을 내쫓고 으르렁거리며 그들을 방해했다. 나는 울지 않았다. 간혹 뜨거운 것이 올라와 목이 멨다. 그녀만 홀로 꿈속에서 행복해할 것을 생각하면 화도 났다. 하지만 나는 그런 사소한 감정들에 휘둘리지 않고 열심히 일했다. 판다에게 쏠린 사람들의 관심을 돌리기 위해서는 갑절의 노력을 해야 했다. 평소에는 절대로 하지 않는 앞구르기나 옆돌기도 하고 지나가는 사람들을 먼저 때리고 도망가기도 했다. 자진해서 사람들과 사진을 찍기도 했고 아이들을 번쩍 안아 어깨에 걸고 뛰기도 했다. 사람들의 관심이 백수의 왕인 사자에게로 다시 돌아왔다. 일정한 시간이 지나면 판다는 천천히 일어났다. 판다는 잠시 우두커니 바닥에 앉아 열심히 일하는 사자를 물끄러미 쳐다봤다. 그리고 곧 자리에서 일어나 손을 탈탈 털고 내게로 달려왔다. 우리는 아무렇지도 않게 다시 싸우고 다시 연애했다.

*

나는 그녀와 내가 만들어낸 냄새 속에 누워 그녀의 흰 등을 만진다.

손가락으로 그녀의 왼쪽 어깨에 이끼처럼 붙어 있는 굳은살을 만졌다. 생각해보니 그녀는 갑자기 잠드는 순간에는 항상 왼쪽으로 쓰러졌다. 그녀의 어깨에 입을 맞추고 혀를 댔다. 단단하고 까슬까슬했다. 천천히 핥기 시작했다. 가능하다면 부드러워지길 원했고, 정말 그것이 가능하다면 혀가 지나가는 방향으로 쓸려 없어지길 바랐다. 아니, 그것이 옮길 수 있는 것이라면 차라리 쓸모없고 딱딱한 내 혀로 옮겨오고 싶었다. 그녀의 몸에는 크고 작은 흉터들이 많았다. 나는 그것들에 일일이 입을 댔다. 간혹 숨을 참았고 자주 침을 삼켰다. 불쑥 울고 싶어졌고 그때마다 큭큭 웃었다. 그녀도 웃으면서 자꾸 몸을 뺐지만 나는 끝까지 따라가 그것들을 하나씩 찾아냈고 집요하게 혀를 댔다. 그녀는 내 머리카락에 얼굴을 묻고 잠시 가만히 있었다. 그리고 천천히 말하기 시작했다.

며칠 전에 현관 앞에서 쓰러진 적이 있었어. 내가 연락도 없이 늦게 출근한 날 있잖아. 그날이야. 그때도 꿈을 꿨어. 낯설고 이상한 곳이었어. 안개가 자욱해서 아무것도 보이지 않았지만 알 수 있었어. 아주 넓은 곳이라는 것을. 이 안개가 걷히면 푸른 초원이나 광활한 사막처럼 하늘과 땅이 나뉘어 있는 지평선을 볼 수 있을 것 같았거든. 아직도 모르겠어. 내가 안개 속에서 무엇을 했던 것일까. 잘 기억나지 않지만 오랫동안 걸었던 것 같아. 그 꿈에서 깨어났을 때 내가 느꼈던 감정이 무엇이었는지 알아? 외로움이었어. 나는 현관 앞에 우두커니 앉아 손등을 이마에 대고 다시 꿈속으로 들어가 보려고 노력했어. 궁금했어. 내가 가려고 했던 곳은 어디였을까? 안개에 가려져 있던 풍경은 어떤 것이었을까? 하지만 무엇보다 궁금했던 것은 외롭다는 감정이 왜 생겼을까,였어. 하지만 그럴수록 안개는 더욱 짙어졌고 꿈은 현실의 공기와 맞닿아 급속도로 금이 갔지. 어쩔 수 없이 포기했지만 이상하다는 마음은 며칠간 사라지지 않았거든. 희미하지만 깨닫게 된 것은 있어. 나는 어디를 가고 있었던 게 아니었어. 누구를 찾고 있었던 거야. 그래서 더 이상했지. 그런데 말야. 지금 그 꿈이 다시 생각났어. 그때는 안개 때문에 볼 수 없었던 풍경까지 생생하게 보여. 너였어. 나는 너를 찾고 있었던 거였어. 끝내 못 찾고 꿈에서 깨 그토록 외로웠었나 봐. 지금은 외롭지 않아. 그 꿈보다 지금 이 순간이 더 완전하고 완벽해. 어서. 들어와.

그녀의 말처럼 그녀의 세계는 완전했다. 균열도 소음도 없었다. 어떤 것도 결핍되거나 과잉되지 않았다. 그곳은 우리에게 모든 면에서 적절했다. 우리는 깊은 바다 밑바닥에 배를 깔고 누워 뒹구는 눈 없는 물고기처럼 서로를 만지고 맛보았다. 그녀의 손가락이 지나간 피부 위에 남은 감각은 조각칼이 지나간 자리처럼 날카롭고 환했다. 우리는 오래 했고 또 자주 했다. 할 때마다 풍경은 다르게 변했으나 공기는 늘 따뜻했고 주변은 고요했다. 그 순간 나는 말하고 싶었다. 그녀처럼 입을 열어 내가 지금 느끼고 있는 이 기분과 감각에 대해 설명하며 끝나지 않는 길고 긴 말을, 수다를 떨고 싶었다. 하지만 내가 고백할 수 있는 유일한 언어는 말할 수 없는 입술과 표현할 수 없는 몸으로 껴안는 무력한 포옹뿐. 그녀는 내 품에 안겨 말없이 숨 쉬며 눈을 감았다. 나는 그녀의 등에 손가락으로 글자를 썼다. 하고 싶은 말을 지금 이 순간 말하고 싶은 이 벅찬 감정을 어떻게든 표현하고 싶었다. 첫 글자는 다음 글자에 의해 지워졌다. 손가락을 떼는 순간 글자는 휘발된 알코올처럼 흔적도 없이 사라졌다. 그녀의 등에 끊임없이 파도가 밀려들었고 나는 파도 밑 흔들리는 모래에 계속 글자를 썼다. 그녀가 천천히 눈을 뜨며 나지막이 말했다.

직접 말해줘. 네 말을 듣고 싶어.

나는 그녀의 눈을 빤히 쳐다봤다. 그녀의 눈은 라커룸에서 처음 봤을 때처럼 단단하고 집요했다. 나는 천천히 고개를 저었다. 그녀는 포기하지 않았다.

괜찮으니까, 더듬어도 되니까, 그러니까, 그냥 말로 해.

말하고 싶었다. 말해주고 싶었다. 그녀의 귀에 대고 또박또박 큰 소리로 이 마음을 표현하고 싶었다. 하지만 나는, 너무도 잘 안다. 더듬거리다 결국 입을 꾹 다물게 될 것이다. 그녀는 울게 될 것이고 나를 연민하게 될 것이다. 내가 그녀에게 받고 싶은 사랑은 연민이 아니다. 나는 손바닥으로 입술을 가리며 천천히 고개를 저었다. 그녀는 손을 뻗어 내 턱을 꽉 잡고 앞뒤로 흔들며 말했다.

알았다고? 지금 알았다고 끄덕인 거지?

나는 그녀가 고집을 절대로 꺾지 않을 것을 알았다. 가슴이 답답해지며 몸에 열이 올랐다. 아무 말도 시도하지 않았는데 목구멍에서부터 굴러온 커다란 돌멩이들이 입안을 가득 채운 기분이었다. 나는 말하기 시작했다. 그녀와 나만 있는 방에 유령처럼 희미한 사람들이 들어오기 시작했다. 똑같은 가면을 쓴 것처럼 그들의 표정은 차갑고 딱딱했다. 더듬기 시작하면 그들은 똑같이 입술을 비틀며 웃거나 저들끼리 속삭일 것이다. 하지만 그녀의 얼굴은 달랐다. 활짝 웃는 표정으로 정면으로 나를 바라보며 가볍게 윙크를 했고 입술을 앞으로 내밀어 키스하는 흉내를 냈다. 나는 힘없이 웃었다. 그리고 천천히 더듬기 시작했다. 시간이 늙고 병든 개처럼 느리게 움직였다. 몇 번이나 입을 다물었고 몸속을 도는 피가 뜨거워져 얼굴이 터질 것 같았다. 더듬는 소리가 스스로도 민망해서 미칠 것 같았다. 그녀 옆에 서 있는 사람들이 끔찍한 표정을 지으며 조소하는 소리가 들렸다. 내 입에서 나오는 소리는 모스부호 같았다. 음성은 끊어졌고 단어는 분절되고 해체됐다. 나의 언어는 조각조각 나뉘고 찢겨져 있어 태어날 때부터 이미 죽어 있는 상태였다. 내가 겨우 그녀에게 들려준 말이라곤 떠, 떠, 떠, 밖에 없었다.

그때, 갑자기 그녀가 몸을 비틀었다. 눈을 뒤집으며 입에 거품을 물었다. 아무 저항 없이 땅으로 추락하는 것들이 갖는 거침없음과 위태로운 속력으로 그녀는 침대에서 바닥으로 떨어졌다. 그녀의 몸이 둔탁한 소리를 내며 바닥에 뒹굴었다. 벌거벗은 그녀는 부러져 말라버린 나뭇가지 같았고 산도를 통과하다 결국 사산되어 바닥에 떨어진 짐승의 새끼 같았다. 나는 어떻게 해야 할지 몰라 그녀 옆에 무릎 꿇고 앉아 그저 아, 아, 아 소리를 내며 괴로워했다. 그녀의 말을 도저히 믿을 수 없다. 이게 어떻게 고통스럽지 않을 수 있단 말인가. 정말 지금 그녀는 아름다운 꿈을 꾸고 있는 것인가. 그녀가 왼쪽 어깨를 바닥에 비비며 오른쪽으로 조금씩 돌기 시작했다. 손가락과 발가락이 금방이라도 뚝뚝 소리를 내며 부러질 것처럼 뒤틀렸고 숨어 있는 정맥이 부풀어 올라 그녀의 피부는 뿌리처럼 갈라졌다. 나는 그녀의 왼쪽 어깨 밑에 이불을 접어 집어넣었다. 내가 할 수 있는 것이란 고작 그런 것뿐이었다. 볼 수도 만질 수도 도와줄 수도 없는 저 먼 세계에서 그녀는 홀로 싸우고 있다. 나는 그녀의 벗은 몸을 내 옷으로 덮어주고 처음으로 그녀에게 천천히 말하기 시작했다. 많은 말을 할 수도 없고 단 한 마디도 정확히 발음되지 않겠지만 상관없다. 나는 말한다. 그녀는 듣는다.

떠, 떠떠, 떠떠, 떠떠떠, 떠, 떠, 아아, 아아아하아아, 아아아, 아, 사, 사, 사아, 아, 아아, 아아아, 라라, 라라라라, 라, 라라라, 아, 아아앙, 해.

가나

1

 소형 피정의 엔진이 돈다. 새벽이 아직 물러나지 않은 바다, 적요한 수면 위로 내려앉은 어둠이 엔진 소리를 삼킨다. 해경들이 피정에 올라탄다. 깊숙이 눌러쓴 모자 밑으로 숨은 눈빛들이 분주하게 움직인다. A는 바다를 향해 견시를 보고, C는 통신을 확인하고 타를 잡는다. 그들의 입에서 뿜어져 나오는 입김이 유령처럼 피정 위를 떠돌다 사라진다. 남쪽 수평선 끝에 어선 몇이 노란 불을 밝히고 조업을 하고 있다. 선미의 녹슨 스크루가 바닷속을 헤집으며 천천히 돌아가고 피정에 열이 오른다. 수평선 끝에 웅크리고 있는 미명은 좀처럼 바다를 비추지 못한다. 붉은 사이렌이 돌고 어둠 속으로 피정이 들어간다. 그 모습은 그늘로 향하는 느릿한 환형동물의 움직임과 닮아 있다.
 견시를 보는 A가 조타실에 있는 C를 바라본다. 레이더의 붉은 불빛만 집요하게 바라보던 C가 입 안쪽의 살점을 꾹 깨문다. 타를 잡은 손바닥에 땀이 찬다. 분명치 않게 수신되는 통신 전문과 점멸하는 레이더 빛이 피정을 어디론가 이끈다. 일출을 앞둔 바다에 안개가 피고 새벽빛이 해면 위로 천천히 움직인다. 갑판 위에 무릎을 대고 앉아 노끈과 방수포대를 정리하던 B가 옷깃을 여미며 짧게 기침을 한다. 보이지 않던 섬들이 하나둘씩 떠오르고, 스크루가 헤집고 있는 바다는 하얀 거품을 토해낸다. 피정이 향하는 바다 끝에 낙지잡이 배 한 척이 떠 있다. 피정은 그곳을 향해 똑바로 나아간다. 이제 막 수평선에 걸린 태양빛이 사방으로 갈라진다. 일곱 시가 막 지난 겨울바다, 아침이 온다.

2

눈을 뜬다. 뿌옇게 흐려지며 뭉그러지는 하늘, 위아래로 뒤섞이며 흔들리는 대지. 이곳은 어디일까. 딛고 설 곳이 아무것도 없으나, 나는 지금 서 있다. 호흡은 멈췄으나 정신은 이곳과 저곳을 분별하고 있고, 혈관 속의 피가 흐르지 않지만 난 조금씩 움직이고 있다. 이해할 수 없으나 지금 이 상황을 인지할 수 있다. 이것은 꿈이 아니며 현실도 아니다. 나는 정말 죽은 것인가.

현인들은 말했다. '죽음이 가엾은 인생에게 그 얼굴을 보여주는 순간, 인생은 과거의 일기들을 마주할 수 있다. 그 시간은 이제까지 경험한 모든 여행 중 가장 긴 여행이 될 것이다.' 하지만 그들은 틀렸다. 그들이 만난 죽음의 얼굴은 상상과 객기에 지나지 않는 것이었다. 죽음은 그렇게 오지 않았다. 얼굴도 없고, 징후도 없고, 위험도 없었으며, 모종의 예감도 없었다. 모든 것이 평소와 다르지 않았다. 그저 잠이 오는 것처럼, 죽음은 그렇게 왔다.

잠이 든다는 것은 선택할 수 있는 영역이 아니었고 의지로 취할 수 있는 것도 아니었다. 엔진 소리에 귀가 울려도 끝없이 졸렸고, 그물을 당기며 온몸의 수분이 다 빠져나가는 순간에도 불쑥 잠은 찾아왔다. 그러나 빛 한줄기 들어오지 않는 선실의 완벽한 어둠 속에서는 잠이 오지 않았다. 시간의 흐름을 감각할 수 없는 불면의 경험은 땅속에서 웅크리고 몇 년을 살아야 하는 유충이 된 것만 같은 기분을 느끼게 했다. 그 어떤 소리도 들리지 않는 침묵의 새벽. 그 정지된 시간을 멀쩡한 정신으로 견디는 것은 고통스러웠다. 차라리 죽음이 더 나을 것 같다는 절망스러운 포기만이 좁은 선실에 켜켜이 쌓여가는 나날이었다.

지금 내가 잠을 자는 것인가, 꿈을 꾸는 것인가, 아니면, 죽은 것인가. 그렇다. 인정하고 싶지 않지만 나는 죽은 것이다. 죽음은 잠처럼 익숙하게, 하지만 예상할 수 없게 찾아왔다. 어, 하는 그 사이에, 나는 죽었다.

3

 붉은 물체가 바다에 떠 있다. 낙지잡이 배 옆으로 피정이 멈춰 선다. 깃발을 흔들며 어부가 피정으로 건너온다. 부산하고 성급한 발걸음이다. 어부는 C에게 알아듣기 힘든 말을 다급히 쏟아낸다. C는 이미 통신을 통해 들었던 정보지만 어부의 말을 충실히 상황판에 옮겨 적는다. A는 엔진을 정지시키고 붉은 물체를 가만히 응시하고 있다. A의 들숨과 날숨이 조금 빨라진다. B는 하얀 포대를 준비하고 카메라를 손에 든다. 파도에 흔들리며 위아래로 움직이는 물체는 빨간색 점퍼다. 그 밑으로 정체를 알 수 없는 그림자가 암초처럼 크고 검다. 작은 보트가 바다에 내려진다. 보트에 A와 B가 올라선다. A는 두꺼운 줄을 어깨에 감았고 B는 하얀 포대를 들고 있다. 빨간색 점퍼에 다가선 B가 움찔 놀라며 코를 감싼다. 엄청난 악취가 풍긴다. A가 물속으로 손을 집어넣고 파도가 높아지길 기다린다. 순간, 파도가 높아지고 붉은 점퍼가 떠오른다. 그 틈을 타 A가 줄을 점퍼 밑으로 통과시킨다. B가 반대편으로 빠져나온 줄을 잡는다. A와 B는 양쪽 줄을 잡고 잠시 호흡을 고르며 서로를 바라본다. B의 충혈된 눈에서 기어이 눈물이 흐른다. A와 B가 눈을 맞추고 같은 호흡으로 순간적으로 줄을 끌어올린다. 잠겨 있던 그림자가 순식간에 파도 위로 모습을 드러낸다. 사람이다. 뒤집힌 사람의 허리가 반쯤 보트에 걸쳐진다. 아직 얼굴과 하체는 물속에 잠겨 있다. A와 B가 손바닥으로 줄을 한 바퀴 돌려 감으며 한 번 더 힘을 쓴다. 보트 위로 사람이 완전히 올라온다. 붉은 점퍼에 두꺼운 조업용 비닐 바지를 입고 있는 남자다. B가 돌아서며 바다에 구토를 한다. 소리는 요란하지만 토사물은 말갛고 내용물이 없다. A가 침착하게 사진을 찍는다. 떠오른 남자의 얼굴이 심하게 벗겨져 있다. 하얗게 부풀어 오른 피부는 오래된 고무처럼 헐겁고 너덜거린다. 남자의 입은 완전히 벌어졌고, 입 주위로 오랫동안 면도하지 않은 수염이 무성하다. 힘을 잃은 항문에서 쏟아진 배설물이 남자의 몸을 뒤덮었다. A의 손에 들린 카메라 뷰파인더에 재생된 화면이 떨리고 있다.

4

오랫동안 부르지 못한 이름을 불러본다. 하비바, 언제나 대답이 없던 당신은 여전히 대답이 없다.

문 앞에 서 있는 그녀를 처음 봤을 때 나는 들고 있던 술잔을 벽에 던져버렸다. 나이가 조금 어리다고만 들었다. 하지만 그녀는 여자가 아닌 아이였다. 게다가 들을 줄만 알고 말은 못하는 벙어리였다. 고개를 숙이고 서 있는 그녀의 모습은 어머니의 화장품을 바르고 어른 흉내를 내는 것처럼 부자연스러웠다. 나는 그녀를 문밖에 두고 나갔다. 등 뒤에서 닫히는 문소리가 부서질 듯 크게 들렸다. 나는 결혼에 대한 어떤 것도 듣지 못했다. 들었다 한들 내가 무엇을 바꿀 수 있었을까. 내가 흠모하던 여자는 카밀라였다. 난 간절히 기도했다. 신의 가호가 나와 카밀라 사이에 임하기를. 신의 계획은 나의 바람과 달랐다. 카밀라는 삼촌과 결혼했다. 따를 수밖에 없었다. 모든 것은 어른들의 결정으로 이루어지기 때문이다. 거부할 수 없는 운명으로 가득 찬 밤하늘을 향해 나는 조소했고, 신을 저주했고, 불 꺼진 마을을 향해 소리를 지르고 술병을 집어 던졌다.

나는 그녀를 만지지 않았다. 신의 뜻에 저항하고 싶었고, 어떻게든 그녀에게 나의 적의를 느끼게 해주고 싶었다. 죽은 새처럼 웅크리고 잠든 그녀의 야윈 어깨를 바라볼 때마다, 타르처럼 검고 깊었던 성숙한 카밀라의 눈동자가 떠올랐다. 견디기 힘든 어떤 날은 잠든 그녀에게 고함을 쳤다. 그때마다 그녀는 조용히 무릎을 감싸고 바닥에 앉아 고개를 숙였다. 그녀는 나를 두려워했고 언제나 내게 이유 없이 미안해했다. 그 모습이 보기 싫어 나는 그녀를 자주 때렸다. 그녀는 눈물도 흘리지 않고 입술을 꾹 다물고 그 시간을 견뎠다. 그녀는 집 안을 낯선 사람처럼 조심조심 걸어 다녔다. 그 가벼운 걸음은 내 마음에 불편한 자국들을 만들어냈다.

도적들이 마을을 습격했다. 일주일 전에 시장에 나타난 도적들이 상인들을 죽이고 물건을 약탈했다는 소문이 돌았지만 그저 두려움에 떨 뿐 마을은 어떤 대비도 할 수 없었다. 도적들은 끝까지 저항하는 사촌 이수와르의 이마에 총을 쐈고 마을의 어른들을 사람들이 보는 앞에서 죽였다. 기르던 양 떼가 도적들에게 모두 약탈당했다. 양은 마을의 유일한 생계 수단이었다. 도적 중 한 명이 뒤통수에 총을 겨누었을 때 나는 무릎을 꿇고 바닥에 이마를 대고 한 번도 고개를 들지 못했다. 뒤늦게 도착한 경찰들과 군인들은 도적들이 사라진 길을 향해 욕하고 침을 뱉을 뿐, 그 어떤 대책도 마련하지 못했다. 마을은 슬픔에 잠겼다. 차갑게 식은 이수와르를 땅에 묻으며 죽음 앞에 한없이 비겁하고 무력했던 나 자신이 미워 견딜 수가 없었다. 양들이 없는 초원은 황량했다. 빈 초원의 풀을 움켜쥐며 여자들은 오열했고, 남자들은 담벼락에 주저앉아 푸슬푸슬한 흙만 쥐었다가 놓았다. 집으로 돌아오니 그녀가 의자에 걸터앉아 트랜지스터라디오를 듣고 있었다. 라디오에서는 음악이 흘렀는데 전파가 약해 불분명하고 잡음이 많았다. 그녀는 입을 꼼지락거리며 무엇인가를 자꾸 중얼거렸다. 난 그때 그녀의 소리를 처음 들었다. 그녀의 입에서 들리는 소리는 거칠고 끔찍했다. 기가 찼다. 양들을 모두 약탈당했고 마을은 슬픔에 잠겼다. 그런데 저 철없고 어린 아내는 라디오나 들으며 듣기 싫은 소리를 내며 노래를 하고 있다. 난 고함을 치며 그녀의 어깨를 거칠게 잡고 돌려 앉혔다. 그녀는 놀라지도, 고개를 숙이지도 않고 계속 노래를 불렀다. 그녀는 나무판에 무엇인가를 써서 내게 건넸다. 분노의 감정에 휩싸인 나는 그것을 읽지도 않고 발로 밟아 깨뜨리고 그녀의 뺨을 쳤다. 그녀는 헝겊처럼 너무도 쉽게 바닥으로 쓰러졌다. 나는 주저앉은 그녀의 등을 밟았다. 분노는 사실 나 스스로를 향한 것이었다. 나는 이수와르를 지키지 못한 내 뺨을 쳐야 했고, 도적들에게 소리치지 못하고 돌려버린 부끄러운 내 등을 밟아야 했다. 하지만 그 분노마저 나는 비겁하게 그녀에게 돌렸다. 나는 그녀가 듣고 있던 라디오를 들어 던지려고 했다. 그런데 갑자기 앉아 있던 그녀가 나를 향해 달려들었다. 그녀는 라디오를 들고 있는 내 오른손에 매달려 힘을 썼다. 그녀는 짐승처럼 날카로운 눈빛으로 나를 쏘아보며 입을 크게 벌렸다. 들리지 않았지만 나는 알 수 있었다. 그녀가 비명을 지르고 있다는 것을. 기어이 그녀가 내 팔뚝을 물어뜯었다. 나는 통증을 느끼고 라디오를 바닥에 내려놓았다. 그녀는 그것이 마치 자신의 심장이라도 되는 것처럼 가슴 깊숙이 품고 구석으로 숨었다. 그녀의 돌발적인 행동으로 당황한 나는 비로소 정신을 차렸다. 지금 내가 무슨 짓을 하고 있는 것인가. 웅크린 그녀의 등을 멍하니 바라보며 지독한 부끄러움을 느꼈다. 바닥에 뒹굴고 있는 토막난 나무판을 집어 들었다. 그것을 맞추어 판에 적혀 있는 글을 읽었다.

'엄마가 죽었습니다. 엄마가 좋아하는 노래입니다. 엄마가 죽었습니다. 나는 노래하고 싶습니다.'

소리 없이 열린 그녀의 입에서 바람이 불었다. 바람은 내 마음을 뚫고 지나갔다. 뚫려진 면이 거칠어 너무도 따가웠다. 그녀를 처음 봤던 날이 떠올랐다. 내가 신을 저주하고 운명을 거부하며 술을 마시고 마을을 향해 소리를 지르던 그 순간, 그녀는 낯선 집의 닫힌 문 앞에 홀로 서서 어두운 하늘을 바라보며 밤새 이슬을 맞았을 것이다. 그녀는 그 밤을 어떻게 기억하고 있을까. 아무것도 기댈 곳 없는 그녀를 나는 집에서조차 발꿈치를 들고 다니게 만들었고 또 방치했다. 묶여 있던 끈이 툭 끊어지듯 마음이 휘청거렸다. 나는 웅크리고 떨고 있는 그녀의 어깨를 잡고 천천히 돌려 앉혔다. 그동안 한 번도 울지 않던 그녀의 눈에서 눈물이 뚝뚝 떨어졌다. 나는 그녀를 끌어안았다. 그녀의 눈물이 목울대에 닿고 천천히 옷을 적셨다.

그 밤, 처음으로 나는 그녀의 남편으로 그녀 옆에 누웠다. 그녀의 작은 가슴을 손바닥으로 모아 움켜쥐었다. 오직 작은 유두만이 손바닥에 감각될 뿐, 그녀는 너무 야위었고 작았다. 하지만 불가해하게도 그녀의 품은 놀라울 정도로 넓었다. 그녀의 얇은 막이 찢겨지고 허벅지에 묻어나는 뜨거운 피를 손바닥으로 닦으며 나는 울었다. 그녀의 작은 손이 머릿속에 들어와 나를 가만가만 어루만졌다. 잠이 쏟아졌다. 마을은 절망에 잠겨 뜬 눈으로 밤을 지새웠지만, 난 너무도 오랜만에 그녀의 품에 안겨 깊은 단잠을 잘 수 있었다.

5

 지루함이 길면 죽고 싶어진다. 파도에서는 더 이상 소리가 들리지 않는다. 바닷속에 잠겨 있던 침묵이 파도의 움직임을 따라 부서지는 것뿐. 들리는 것은 끝없는 침묵, 침묵뿐이다. 지루하다. 지루해지면 곧 우울해졌다. 우울함이 길어지면 마음 깊숙한 곳이 뒤집히고, 수없이 많은 방이 텅텅 비는 것 같은 허무함을 느꼈다. 그럴 때면 아무도 동정하지 않는 눈물이 흘렀다. 나는 갑판에 몇 번이고 침을 뱉었다. 침은 금세 말라붙어 죽은 새우 껍질처럼 하얀 찌꺼기들을 남겼다. 그 찌꺼기들을 보고 있으면 또 지루해지고, 우울해지고, 기어이 죽고 싶어졌다. 시간은 죽고 싶다는 생각의 끝없는 회귀이고, 삶은 그것을 버텨내는 불안함이자 미쳐가는 정신의 바다를 항해하는 돛 없는 배였다. 난 끝없이 표류하고 조금씩 침몰했다.

 배를 타고 있는 그 누구도 이 배가 어디로 향하는지 알지 못했다. 사실 그것은 무의미했다. 항구를 떠난 지 얼마나 됐는지, 어느 정도의 시간이 흘러야 다른 항구로 들어갈 수 있을지가 중요했다. 바다의 수평선은 이곳과 저곳의 경계를 허문다. 경계가 허물어졌다는 것은 세상은 온통 바다뿐이고 바다 위에는 오직 배만 남았다는 것을 뜻했다. 선원들은 말을 하지 않기 시작했다. 모두가 지루해 죽고 싶거나, 누군가의 목에 칼을 꽂고 싶어

했다. 내가 그랬으니 남들도 그럴 것이다. 이곳은 각자의 개성도, 상황도, 생각도 존재하지 않는 곳이다. 바다 위에 떠 있는 한 우리는 모두 같다. 그럼에도 견디는 단 한 가지 이유는 돌아갈 고향이 있기 때문이다. 나는 두고 온 아내와 아이가 얼마나 자랐을지를 상상한다. 그 상상력은 너무도 허약해 금세 부서졌고, 언제나 분명하지 않았으며 안개처럼 흐릿했다. 조업은 예상보다 잘 되지 않는 날이 대부분이었고 냉동 창고는 너무도 더디게 채워졌다. 그물이 헐겁게 들썩거리고 바다의 문이 열리지 않을 때마다 내 안의 크고 작은 문들이 하나씩 '쾅' 소리를 내며 닫혔다.

나도 바다의 노래를 들은 적이 있다. 바다가 너무도 잔잔해 그 어떤 움직임도 느껴지지 않는 날이었다. 완전히 정지된 배는 사막 한가운데에 서 있는 나무처럼 흔들림이 없었다. 낯선 고요는 수면을 방해하고 정신을 또렷하게 만들었다. 대책 없이 떠도는 불면은 위험한 것이다. 나는 어금니를 꽉 깨물고 자리에서 일어나 갑판으로 올라갔다. 어딘지 모르게 평소와 다른 밤이었다. 갑판을 둘러싼 공기는 봄처럼 따뜻했다. 검게 열린 하늘에는 별자리를 알아볼 수 없을 만큼 많은 별들이 떠 있었고, 작은 파도조차 없는 검은 바다가 거울처럼 그 모습을 온전히 반사하고 있었다. 하늘은 바다에게 바다는 하늘에게 서로의 경계를 내어주며 섞여갔고, 떨어진 별들이 바닷속에서 물감처럼 빛을 풀어내며 녹아갔다. 배가 하늘로 조금씩 떠올랐다. 모든 것이 우주를 향해 천천히 부유했고 난 중력을 느낄 수 없었다. 침묵의 시간이 걷히고 이제껏 들어보지 못했던 소리가 들렸다. 그 소리는 바로 곁에서 들렸지만 소리의 진원지는 아주 먼 곳인 듯 미세하고 아득했다. 소리는 두고 온 아이의 옹알이 같았고, 잠든 아내가 뒤척이는 소리 같았다. 소리는 바람처럼 갑판 위를 떠돌다가 하늘로 날아올랐고 이내 유성처럼 갑판 위에 투두둑 떨어졌다. 뜨거운 눈물이 두 볼 위로 흘러내렸다. 황홀했고 가슴이 터질 듯이 부풀어 올랐다. 아름다웠다. 이대로 우주 속으로 걸어가고 싶었다. 선장은 입버릇처럼 말하곤 했다.

'바다를 사랑하지 말고 증오해라. 어떻게든지 빨리 이 지옥에서 벗어나려고 노력해라. 바다는 자신을 아름답게 바라보는 눈먼 제물을 절대 놓치지 않는다. 바다의 노래가 들리면 침을 뱉고, 눈을 감고, 귀를 막아라.'

오른쪽 다리는 이미 갑판에서 벗어나 검은 수면을 향해 내딛고 있었다. 검은 수면은 부드러운 비단처럼 보였다. 나는 바다 위에 누워 비단을 머리끝까지 덮고 깊은 잠을 자고 싶었다. 더이상 내게 그보다 큰 염원은 없었다. 그 순간 솟아오른 하얀 물줄기. 바위처럼 커다랗고 흑단처럼 검은 눈동자가 나를 정면으로 쳐다봤다. 고래였다. 배 위를 떠돌던 소리가 갑자기 바다로 떨어지고, 아이의 울음소리가 파도 소리에 묻혔다. 놀란 나는 갑판 위에 주저앉고 말았다. 다시 차가워진 바람이 흐르는 눈물을 훔치며 불기 시작했고, 수면은 구겨지며 파도를 만들어냈다.

다음 날, 엔진을 정비하던 선원 한 명이 사라졌다. 중국인이었고 가장 나이가 많은 선원이었다. 그가 결국 바다의 노래를 듣고 우주 속으로 걸어갔다는 것을 모두 다 알았지만, 아무도 말하지 않았고, 누구도 그를 찾지 않았다.

6

A와 B가 줄을 끌어 남자를 뒤집어 눕힌다. 남자의 오른쪽 허리에서 바닷물이 쏟아진다. 그의 몸속에 숨어 있던 보리새우들이 보트 위에서 팔딱거리며 뛴다. 허리 부분의 점퍼는 찢겨져 있고, 몸통은 함부로 뜯겨져 있다. 그의 손은 퉁퉁 불어 있고 손가락의 끝마디는 몽땅 떨어져 나가 하얀 뼈가 구슬처럼 박혀 있다. 그의 입술은 형체가 거의 남지 않았고 검푸른 잇몸에 박힌 이빨은 유독 하얗다. B가 남자를 하얀 포대로 감싼다. 피정에서 들것이 내려온다. 낙지잡이 어부는 C에게 쉴 새 없이 말을 한다. 어부는 바다 생활 중 시체를 발견하면 재수가 좋고 행운이 따른다는 속설을 믿는다. C는 어부의 말에 대꾸 없이 남자를 피정으로 인계한다. 갈매기들이 하나둘 모여든다. A가 남자를 살핀다. 남자의 몸이 들썩일 때마다 바닷물이 흐르며 악취가 진동한다. A가 남자의 옷을 하나씩 벗겨가며 남자의 신상에 대해 수색하기 시작한다. 부식된 점퍼의 지퍼는 움직이지 않는

다. B가 A를 도와 가위로 점퍼를 자른다. 옷이 벗겨질 때마다 드러난 남자의 몸은 자꾸만 가위질을 멈추게 만든다. 부패한 몸 속에서 정체 모를 소리가 부글거린다. 남자의 귓구멍에서 나온 작은 칠게 한 마리가 눈을 분주하게 움직이며 갑판을 면밀히 살핀다. 남자의 오른쪽 허리에 난 구멍 속에는 검은 고동들이 빼곡하게 붙어 있다. 인상을 찌푸리며 바라보던 어부가 핸드폰으로 남자를 찍는다. C가 어부를 저지하고 주의를 준다. B는 남자의 바지 주머니에서 동전 몇 개와 구겨진 술집 전단지를 빼낸다. A가 점퍼에서 국적을 알 수 없는 외국 담배와 작은 사진을 발견한다. 무표정한 소녀와 갓난아이의 사진이다. 소녀가 입고 있는 옷은 이국적이다. 하지만 A는 그 옷이 어느 나라의 것인지 알지 못한다. 낙지잡이 어부가 담배를 꺼내 물고 B에게 한 대 권한다. B가 담배를 받아들고 남자의 몸에 머물던 눈길을 돌린다. A가 방수포를 끌고 와 남자의 몸을 덮는다. C가 조타실에 들어간다. 무전기를 들고 상황을 보고한다. 높이 떠오른 해가 바다를 골고루 비춘다. 파도의 결을 따라 부서지는 노란 햇빛에 눈이 부셔 B는 모자를 눌러쓰고 담배를 깊숙이 빤다. A는 오랫동안 사진에서 눈을 떼지 않는다.

7

배는 작은 항구에서 이틀간 정박하기로 했다. 다가오는 항구를 바라보는 선원들의 표정은 모두 상기되어 있었다. 이틀은 짧고도 긴 시간이었다. 그토록 밟고 싶었던 땅이었지만 정작 갈 곳이 없었다. 그렇게 사람들이 보고 싶었지만 만날 사람이 없었다. 그저, 돈을 쓰는 일밖에 할 수 있는 일이 없었다. 나는 이틀 동안 술만 마셨다. 사람들은 이방인인 나를 시종일관 호의적이지 않은 눈빛으로 쳐다봤고 입술을 비틀고 묘하게 웃으며 키득거렸다. 나는 불편했지만 그곳을 피해 달리 갈 곳도, 할 수 있는 것도 없었다. 육지의 모든 것들은 나와 무관하게 움직였다. 나는 육지를 꿈꾸고 그리워했지만 육지는 내게 관심이 없었다. 마지막 술잔을 비우며 생각했다. '결국 난, 술을 마시기 위해 배를 탔구나.'

항구에서의 마지막 밤은 추웠다. 선장은 일찍 들어와 통신기기를 점검하고, 지도 위에 항로를 그렸고, 먼저 들어온 선원들은 선실에 모여 앉아 블랙잭을 했다. 상실감을 애써 숨기고 있는 듯 모두 비슷한 표정이었다. 노란 백열등 불빛이 그들의 표정 속에 숨어 있는 우울한 결을 더욱 부각시켰다. 선실로 들어가기 전, 잠시 갑판에 앉아 그녀를 생각했다. 아직도 그녀는 나를 기다리고 있을 것이고, 아이는 이제 걸어 다닐지 모른다. 아이의 울음소리를 상상해보려 했지만 파도 소리가 자꾸만 그 순간을 앗아갔다. 1년에 한두 번은 고향에 돌아갈 수 있을 줄 알고 넘은 국경이었다. 하지만 벌써 2년 동안 집으로 돌아가지 못했다. 배를 타는 것은 어려운 결정이 아니었다. 까다로운 서류도 필요 없었고 내 경력이나 국적을 누구도 문제 삼지 않았다. 하지만 그것이 이토록 오랜 여행이 될 것이라고는 아무도 말해주지 않았다. 점퍼에서 사진을 꺼내고 그녀의 얼굴을 물끄러미 바라봤다. 웃으면 더 예쁜데 사진 속 그녀는 무표정하다. 웃으라고 했지만 사진기 앞에서 그녀는 어쩔 줄 몰라 했다. 그녀는 지금 무엇을 하고 있을까. 차가운 바람이 불었다. 사진을 손바닥으로 포개고 몸을 움츠렸다. 사진을 다시 점퍼에 집어넣고 크게 한숨을 내쉬며 어둠 속으로 흩어지며 섞이는 입김을 바라봤다. 어쩌면, 영원히 집에 돌아가지 못할 수도 있겠다는 생각이 들어 머리를 양옆으로 세차게 흔들었다. 우울한 생각이 들 때마다 머리를 흔드는 것은 배를 타며 생긴 버릇이었다. 머리가 아프고 속이 쓰렸지만 쉽게 선실로 돌아가지 못했다. 반짝거리는 불빛들과 육지에서 바람처럼 들려오는 소음들, 그리고 곳곳에 우뚝 서 있는 섬들. 그것들을 머릿속 깊숙이 새겨놔야 했다. 밤마다 들려오는 바다의 노래를 이겨내는 힘을 기르고 고향으로 돌아갈 희망을 놓지 않기 위해서는 좋았던 기억을 떠올리고 육지를 상상할 수 있어야 했다. 육지는 고향으로 돌아갈 수 있는 유일한 문이기 때문이다. 어두운 수면 위로 배가 조금씩 움직였다. 출항을 위해 배를 육지에서 멀리 이동시켜야 했다. 물때를 잘못 만나면 스크루가 바닥에 박혀 배가 움직일 수 없다. 나는 선미 끝에 앉아 멀어지는 불빛을 바라봤다. 파도가 제법 심해 배가 위아래로 크게 출렁거렸다. 줄을 잡고 선미에 매달려 마지막 남은 술병을 열었다. 그때, 줄의 매듭이 풀렸다. 차가운 날씨가 많은 곳을 얼어붙게 했다. 얇게 얼어붙은 얼음은 발의 중심을 빼앗았다. 힘이 풀려 허우적거리는 발은 허공을 내딛었다. 어, 하는 소리를 짧게 내뱉고 난 바다로 떨어졌다. 바다에 떨어지면서 회전하는 스크루 끝에 몸이 부딪혔다. 죽음은 그렇게 쉽게 찾아왔다. 어떤 놀람도, 고통도 없었다. 난 바닷속으로 서서히 빨려 들어갔다.

8

인근 노역장에서 일을 했다. 아침에는 돌을 깨고, 오후에는 깨진 돌을 바구니에 담아 산을 넘었다. 고되고 힘든 일이었지만 그마저 자리가 없어 이틀에 한 번씩은 집으로 그냥 돌아와야 했다. 집에 돌아오면 그녀는 더운물을 준비했고 괜찮다고 발을 빼도 언제나 직접 내 발을 닦아주었다. 도적이 든 후부터 나는 쉽게 잠을 이루지 못했다. 분노와 무력감이 새벽 내내 마음을 사로잡았다. 나는 마음을 가라앉히기 위해 가끔 불 꺼진 방에 앉아 창문을 열고 노래를 불렀다. 양 떼가 없는 빈 들을 비추는 달빛을 보고 있으면 마음이 곧 부드러워졌다. 그녀는 내가 부르는 노래가 좋다 했다. 나 역시 눈을 감고 내 노래를 듣는 그녀의 얼굴을 보는 것이 좋았다. 어느 날, 그녀가 처음으로 내게 무엇인가를 부탁했다. 시타르를 구해달라는 것이었다. 시타르? 그녀가 나무판에 쓴 것을 처음에는 잘 이해하지 못했다. 악기를 말하는 것이냐는 물음에 그녀가 천천히 고개를 끄덕였다. '엄마가 잘 켜시던 악기였어요. 나중에 꼭 배우기로 했었는데.' 그녀는 잠시 고개를 숙였다. '엄마처럼 시타르를 배워 나도 노래하고 싶어요.' 그녀는 시타르를 제법 잘 켰다. 작은 손가락이 현을 짚을 때마다 울리는 음은 창문 틈으로 뒤채고 부는 바람 소리 같았다. 그녀에게도 만약 목소리가 있다면 시타르의 소리처럼 높고 쓸쓸할 것 같았다.

　마을은 자급자족할 능력을 완전히 상실했다. 그동안 남자들은 국경 근처의 도로를 닦는 일을 해왔다. 하지만 공사 현장은 차를 타고 가도 반나절이나 걸리는 거리였고 우리 마을에 할당된 일이 거의 끝나버려 누구도, 어떤 곳에서도 일할 수 없었다. 청년들은 돈을 벌기 위해 하나둘 마을을 떠났다. 나는 어떻게든지 마을에서 살아보려고 노력했다. 그녀를 두고, 태어난 지 일주일도 안 된 아들을 두고 마을을 떠날 수는 없었다. 하지만 결국 나는 아이의 이름도 짓지 못하고 브로커와 함께 급히 국경을 넘었다. 금방 돌아오겠다고 했고, 그럴 수 있을 줄 알았다. 다시 돌아오는 날, 아이의 이름을 짓자고 했다. 그녀는 천천히 고개를 끄덕였다. 집을 떠나는 날, 아이는 높은 소리를 내며 울었지만 그녀는 울지 않았다. 단지, 까만 눈동자가 깊이 잠겼을 뿐이었다. 국경을 넘고 생경한 풍경과 지형을 대할 때마다 나는 그녀를 생각했다. 하비바, '사랑받는 자'라는 뜻이다. 난 그 이름대로 그녀를 사랑하며 행복하게 살게 해주겠노라고 발바닥이 낯선 땅을 딛을 때마다 신에게 다짐하고 또 다짐했다.

9

낯선 소리가 들렸다. 잠에서 깨어나는 것처럼 의식은 천천히 명징해졌다. 눈을 뜨면 언제나 엔진 소리부터 들렸다. 숨을 들이쉬면 아무리 맡아도 익숙해지지 않는 냄새가 지겨웠다. 갑판 위에는 버려진 생선의 살점이 썩어가고 있었고, 공기는 불완전하게 연소된 기름 냄새로 가득했다. 하지만 이 낯선 소리들은 무엇일까. 입안에 고인 이 차갑고 말간 느낌은 무엇일까. 소리의 진원지를 찾는다. 소리는 작지 않았고 불명확하지도 않았다. 도리어 너무 커서 정신이 없을 정도였다. 소리는 머리 위에서 떨어졌고, 양옆에서 미풍처럼 스쳐 지나가기도 했으며, 발밑에서 아지랑이가 피어오르듯 흔들거리기도 했다. 먼 곳에서 끊임없이 바위가 굴러갔고, 이름 모를 생물들이 서로를 부르는 소리는 크고 높았다. 나는 서 있었다. 그리고 떠 있었다. 풍경은 둥근 원 안으로 휘어져 들어왔다. '이곳이 바닷속이구나'라는 생각이 천천히 머릿속에 맴돌며 죽었다는 인식과 함께 배 위의 지루했던 삶과 돌아가야 할 고향이 젖은 의식을 뚫고 부표처럼 둥둥 떠올랐다.

해류가 몸을 떠민다. 그것은 무겁고 밀도가 높은 바람과 같았다. 그 흐름에 따라 천천히 발이 움직이고, 난 바닷속을 산책하듯 천천히 걷기 시작했다. 지금 이곳을 어찌 형용할 수 있을까, 부드러운 흙 속에 심겨진 나무뿌리처럼 나는 바닷속에 잠겨 있다. 생각이 난다. 회전하는 스크루에 강한 충격을 받았다. 그때, 내 심장이 멈췄을 것이다. 오른쪽 허리가 심하게 손상되었다. 헤쳐진 살점과 내장들이 붉은 해초처럼 흔들린다. 갈치 두 마리가 내 곁에 맴돈다. 갈치가 움직일 때마다 칼날이 흔들리듯 날카로운 빛이 반짝거린다. 갈치가 내 몸을 먹는다. 너덜거리는 살점을 먹고 손상된 내장을 뜯는다. 떠 있던 다리가 바닥에 닿는다. 바닥의 모래는 이제껏 밟아봤던 그 어떤 땅보다 부드러웠다. 바닷속에 숨겨진 땅은 아름다운 곳이었다. 크고 작은 바위들이 곳곳에 솟아 있고 바위틈마다 색색의 말미잘들이 셀 수 없이 많은 촉수를 흔들며 움직였다. 크고 작은 물고기들이 뺨을 스치고 지나갔고, 작은 새우들은 머리카락과 수염 속에 기어들어와 제 몸을 숨겼다. 해류가 몸의 방향을 바꾸어놓았다. 난 꽃씨처럼 느릿느릿 바닷속을 떠다녔다. 모래 속에 반쯤 잠긴 폐선이 보였다. 수초와 이끼가 폐선의 몸체를 뒤덮고 있었다. 폐선은 진흙을 뒤집어쓰고 낮잠을 자는 게으른 당나귀 같았다. 불 꺼진 폐선의 선실은 발광하는 꼬리민태들로 분주했다. 청록색으로 빛나는 꼬리가 흔들릴 때마다 낡은 선실은 등을 켜놓은 것처럼 조금씩 되살아났다. 조타실에는 해마들이 단정한 모습으로 떠 있었다. 마치 오래전부터 조타실의 주인은 자신들이라는 듯, 곧게 선 해마의 몸은 고상하고 위엄 있어 보였다. 폐선의 갑판에 달라붙은 검은 고동들의 더듬이는 물속에서 느릿하게 흔들렸고 몇몇은 바지 위로 기어 올라왔다. 정수리 위로 커다란 바다거북이 천천히 지나갔다. 무심한 바다거북의 눈동자가 나와 잠시 마주쳤다. 폐선의 엔진이 곧 돌 것만 같았다. 녹슨 스크루가 회전하고 모래 속 깊이 처박힌 닻이 거품에 둘러싸여 천천히 떠오를 것만 같았다. 나는 조타실의 타를 잡고 바다거북이 만들고 간 길을 따라 항해하고 싶었다. 몸이 조금씩 짓물러갔다. 몸속에서 푸른 가스가 피어오르고, 난 점점 가벼워짐을 느꼈다. 발밑의 폐선이 우물에 떨어진 돌멩이처럼 조금씩 작아져 갔다.

10

이제, 몸은 더 이상 내 것이 아니다. 바지에 붙어 있던 검은 고동들은 작은 틈을 비집고 들어와 허벅지에 빼곡하게 붙었다. 고동의 느린 움직임에 따라 조금씩 몸이 녹아가는 것을 느꼈다. 찢겨진 내장 속 배설물이 흩어졌다. 그것은 작은 먼지처럼 물속에 퍼져 어린 물고기들의 먹이가 되었다. 내부는 천천히 부패하고 있었다. 몸속에 가득 찬 가스는 나를 조금씩 떠오르게 했다. 이곳이 어디쯤일까, 풍경은 자꾸 변하고, 서 있는 땅은 늘 새롭다. 얼마만큼의 시간이 지나야 저 수면 위로 떠오를 수 있을까, 의식이 끝없이 알 수 없는 시간 속으로 떨어진다. 끝을 알 수 없는 존재가 가질 수밖에 없는 고독이 나를 떠나 조금씩 먼 곳으로 이동한다. 분주한 소리가 들렸다. 수없이 많은 꽁치 떼들이 빠른 속도로 물속을 뚫고 지나갔다. 그 모습은 해마다 마을의 강을 찾던 철새를 생각나게 했다. 불타는 태양을 가리며 거대한 그림자가 추던 군무. 꽁치들의 무리는 하나의 커다란 생명을 공유한 듯 바다를 푸르게 물들였다. 그 깊숙한 중심에서 들리는 소리는 투명한 심장처럼 꽁치들의 움직임에 피를 공급했다. 난 천천히 그 속을 뚫고 들어갔다. 힘을 잃어버린 피부에 수없이 많은 생채기가 났다. 몇 번씩 몸이 위아래로 뒤집히고 온몸으로 단단한 우박이 뚫고 지나가듯 많은 충격들이 텅 빈 몸을 흔들었다. 피부가 벗겨진 손가락의 뼈가 하얗다. 툭, 오른손 검지의 끝마디가 물속으로 가라앉았다. 깨끗하게 벗겨진 뼈는 하얀 진주 같다. 뼈는 더 이상 떠오르지 않을 것이다. 절대로 발견되지 않고, 누구에게도 속하지 않고, 기름진 땅 어느 곳에 떨어져 나름의 이유를 품고 존재하게 될 것이다. 나도 그리되었으면 싶다. 침전하는 하얀 뼈를 따라 깊은 곳으로 가라앉고 싶다. 더 이상 흔들리지 않는 땅에 의식이 뿌리내렸으면 좋겠다. 문득, 바다의 노래를 따라 우주로 걸어갔던 중국인이 생각난다. 그는 가장 깊은 곳에 숨겨진 땅의 주인이 되었을 것이다. 그를 둘러싸고 있던 모든 것들은 낱낱이 벗겨지고 떨어져 나갔을 것이다. 이제 그의 몸은 깨끗한 보석처럼 반짝거릴지도 모른다. 물이 점점 차가워진다. 내 곁을 맴돌던 물고기들이 하나둘씩 떨어져 나간다.

11

신원 미상. 아랍계 외국인 노동자로 추정. 해당되는 실종 신고 없음.

방수포에 덮여 있던 남자의 시신은 뒤늦게 도착한 함정에 옮겨진다. 함장은 별도의 실종 신고가 없는 것을 확인하고 상부에 특이 사항을 보고하지 않는다. 함장은 피정에 타고 있던 해경들을 격려하고 휴가를 명령한다. 어부에게는 간단한 보안 교육을 하고 몇 가지 주의사항을 알려준다. 어부는 비장한 표정을 지으며 고개를 끄덕거린다. 함정의 해경들이 방수포에 덮인 남자의 시신을 들것으로 옮긴다. 남자는 행려병자로 분류되고 화장터로 옮겨진다. 입고 있던 옷과 몇 개의 소지품들과 함께 남자는 소각된다. 별도의 절차나 의식은 생략된다. 푸른 하늘에 검은 연기가 날린다. 남자의 몸은 가볍고 고운 가루로 변한다. 남자는 장묘 사업소로 옮겨져 땅속에 매립된다. B가 화장 후 남은 재의 일부를 비닐봉지에 몰래 담았다. 그 모습을 C가 본다. C는 무엇인가를 말하려다 말고 모자를 눌러쓰고 조타실로 들어간다. B는 방파제에 앉아 한참 동안 바다를 바라보다 비닐봉지를 연다. 불어오는 바람에 재가 날린다. 한 줌도 안 되는 먼지 같은 남자의 유골이 바다에 닿자마자 사라진다. 갑판에 앉아 줄을 정리하던 A는 남자의 점퍼 주머니에 있던 사진을 생각한다. 자꾸만 소녀의 얼굴이 떠오른다. 그 무표정하고 심상하던 얼굴. A는 들고 있던 줄을 꽉 묶고 하늘을 바라본다. 하얀 진눈깨비가 막 내리기 시작했다.

12

 오랫동안 부르지 못했던 당신의 이름을 부른다. 하비바— 새처럼 가벼운 소리가 하늘을 난다. 당신의 이름은 하늘에 스미며, 비처럼 대지를 적신다.
 혹시 아직도 우리 아이의 이름을 짓지 못했는지 궁금하다. 가나,라고 지으면 어떨까. 대답할 수 없는 당신의 얼굴이 보고 싶다. 내가 당신을 미워하고 멀리했던 그 시절 당신은 어떤 마음이었을지, 혹 내게 하고 싶은 말들이 있었을지, 있었다면 그게 무엇일지, 시타르를 잘 켜셨다던 당신의 어머니는 어떤 분이었을지, 마땅히 나누고 들었어야 할 당신의 이야기가, 나는 국경을 넘고, 배를 타고, 지금에서야 비로소 궁금해졌다. 고향을 떠나오던 날, 당신의 품에 안겨 울던 아이의 소리를 기억한다. 부끄럽지만 아이의 얼굴과 태어난 날을 잊어버렸다. 그것이 지금, 내가 절망스러운 이유다. 하지만 아이의 울음소리만큼은 잊지 않았다. 그 소리를 어찌 잊겠는가, 바다의 노래가 삶을 희롱하며 죽음으로 이끌 때마다, 까닭 없이 무력해진 마음속으로 빠져들어 차라리 죽고 싶어질 때마다, 아이의 울음소리가 내 어깨를 붙들었다. 어쩌면 아이의 울음소리는 노래였는지도 모른다. 노래하지 못하는 당신을 대신해 그 아이가 튼튼한 목청으로 노래를 부른 것이라고 생각된다. '가나', 노래라는 뜻이다. 아이는 노래할 것이다. 그 노래가 당신의 성대를 대신해 떨릴 것이고, 당신의 침묵을 대신해 말하게 될 것이다.

하비바, 나는 당신이 좋아했던 노래가 되었다. 나는 지금 당신이 있는 곳으로 돌아가고 있다. 나는 바람보다 가벼워졌다. 나는 바다를 건너고 산을 넘는다. 국경을 넘어 마을로 향한다. 가나가 만지고 있을 초원의 풀 위로, 새 떼가 뒤덮는 하늘 위로, 나를 기다리고 있을 당신의 머리 위로, 그리고 당신의 말라버린 성대 속으로. 조금만 더 기다려주면 좋겠다. 오래 걸리지 않을 것이다.

벽

어두워진다. 21은 움직임을 멈추고 하늘을 쳐다본다. 남쪽의 먼바다로부터 먹구름이 염전을 향해 빠르게 움직이고 있다. 이마에서 흘러내린 땀이 눈을 자극해 눈꺼풀이 감긴다. 21은 눈 주위를 손바닥으로 비비고 귀를 문지른다. 땀이 손바닥에 흥건하게 묻어난다. 비가, 오겠군. 21의 입술이 소리 없이 달싹거린다. 손에 쥐고 있던 끌개를 고쳐 쥐고 바닥을 힘껏 밀어내는 21의 걸음이 왼쪽으로 기운다. 하얀 소금 결정이 쓰윽— 소리를 내고 한쪽으로 밀리며 쌓인다. 끌개가 지나간 자리는 거울처럼 맑다.

바람이 거세진다. 반장들의 목소리가 커지고 증발지에 있는 일꾼들의 행동이 빨라진다. 반장5가 눈을 가늘게 뜨고 하늘을 올려다보다 바람이 부는 쪽을 향해 고개를 틀며 욕설을 뱉어낸다. 반장5는 목구멍 깊숙한 곳에서 끓어올린 가래를 소리 나게 뱉는다. 인내심이 없고 다혈질인 반장5, 그의 흥분으로 일꾼들 사이에 팽팽한 긴장감이 흐른다. 창고에 들어가야 할 소금이 곳곳에, 너무도 많이 쌓여 있다. 비가 온다는 예보는 없었다. 반장12가 아침에도 점심에도 확인했다. 하지만 지금, 구름은 빠르게 움직이고 있고 하늘은 어지럽다. 일꾼들의 행동이 빨라졌음에도 불구하고 반장들의 소리는 악에 가까워지고, 눈빛은 고양잇과 동물의 것처럼 날카롭게 변한다.

기어이 비가, 내린다. 툭, 툭, 투두두둑, 쌓여 있던 소금 더미가 파도 앞의 모래성처럼 허물어지기 시작한다. 반장들이 일꾼들을 공격한다. 9는 끌개질을 멈추고 구타를 시작한 반장들을 쳐다본다. 그들의 주먹질은 아이를 향해 달려드는 미친개의 이빨처럼 집요한 구석이 있다. 9는 시선을 옮겨 허물어지는 소금 더미를 쳐다본다. 그 어떤 기대도 욕망도 없는 무심한 눈빛, 9는 들리지 않게 한숨을 내쉬고 숨을 참는다. 반장10이 9의 손에서 끌개를 빼앗고 등을 내려찍는다. 9는 아무런 저항 없이 얼굴부터 바닥에 푹 묻고 쓰러진다. 증발지의 짠물에 얼굴이 반쯤 박힌 9의 시선은 비를 맞고 선 채로 이쪽을 향해 서 있는 벽에 닿아 있다.

막사 안에 일꾼들이 모로 누워 있다. 짧은 머리와 물 빠진 회색 티셔츠, 오른쪽 허벅지 부분에 'PEACE'라는 흰색 글씨가 인쇄된 갈색 트레이닝복. 그들은 언뜻 보기에 비슷하거나 거의 똑같아 보인다. 갓 부화한 새 새끼처럼 젖어 있고 너나 할 것 없이 몸에서는 불쾌한 냄새가 난다. 아물지 않은 멍 위로 새롭게 피멍이 생겨난 22, 눈두덩이가 완전히 부어 눈이 떠지지 않는 17, 입술이 심하게 찢겨 입이 다물어지지 않는 18, 어금니 외에는 이빨이 없는 9. 그들의 신경은 더 이상 자극과 통증을 감각할 수 없을 만큼 무뎌졌다. 하지만 표정만큼은 편해 보인다. 한마디도 오가지 않는 막사 안. 무너진 지붕 틈새로 떨어진 빗방울이 바닥에 닿아 부서진다. 한 달하고도 사흘 만에 처음으로 갖는 휴식이다. 그동안 평균 열네 시간을 쉼 없이 일했다. 긴장이 풀린 일꾼들의 몸이 점액질처럼 침상에 끈끈하게 달라붙는다. 9의 옆자리에 누운 21이 몸을 뒤척이며 들리지 않게 한숨을 나누어 쉬고 있다. 평소 모두가 잠든 새벽에도 쉽게 잠들지 못하는 21이었다. 9의 손바닥이 21의 가슴을 가만히 누른다. 9의 손가락은 느리고 부드럽게 21의 가슴을 토닥인다. 21의 한숨이 잦아들고 호흡이 일정해진다. 막사의 일꾼들은 모두 꿈조차 없는 깊은 잠에 빠져든다. 목덜미에 새겨진 숫자들이 해면 위 부표처럼 느릿느릿 흔들린다.

*

공원 벤치에 누워만 있던 남자가 있었다. 남자는 '그저'라는 부사가 가지고 있는 의미와 완벽하게 들어맞는 사람이었다. 남자는 그저 누워만 있었다. 아무 생각 없이도 한나절을 보낼 수 있었고, 초점 없는 멍한 시선으로 무엇이든지 오랫동안 볼 수 있었다. 보고 있다,기보다 차라리 뜨고 있다,고 해야 좋을 눈이었다. 비둘기들의 배설물이 어깨에 쌓여도 개의치 않았고, 공원을 뒹굴던 과자 봉지가 날아와 남자의 얼굴을 덮어도 남자는 움직이지 않았다. 남자는 벤치 위에 놓인 정물 같았다. 남자와 무관하게 사람들은 바쁘게 걸었고 태양은 정해진 궤도로 변함없이 움직였다.

어느 날, 남자에게 누군가 찾아왔다. 단정한 하늘색 투피스 차림에 동그란 안경을 쓰고 핑크색 립스틱을 칠한 사십대 여자였다. 여자는 남자에게 알은체를 하며 말을 걸었다. 남자는 처음 보는 여자였다. 여자는 시종일관 남자에게 '선생님'이라는 경어를 붙이며 예의 바르게 행동했다. 중요한 말인데 좀 길어질 것이라며 여자는 남자를 여관에 데려갔다. 남자의 손에는 여자가 쥐여준 명함이 들려 있었다. 결이 만져지는 재질의 종이는 코팅되어 있었고, 인디언 블루 빛 배경은 명함을 한층 고급스럽게 보이게 만들었다. 〈이웃을 사랑하는 시민연대〉 총무 한연주. 명함은 여자의 정체를 그렇게 밝히고 있었다. 남자의 눈에 유독 '이웃'과 '사랑'이라는 단어가 도드라져 보였다.

지금은 법이 바뀌어 국가에서 개개인이 독립할 수 있을 때까지 지원을 해주고 있어요. 선생님께서는 당연히 받을 수 있는 혜택을 받는 것이기 때문에 저에게 고마워하지 않아도 됩니다. 선생님…… 다시 시작하셔야죠.

남자에게 여자의 말은 잘 들리지도 않았다. 너무도 오랜만에 침대에 등을 눕혀보는 거였다. 오랜 벤치 생활로 등 근육은 딱딱해졌고 남들은 손가락으로 만져보지 않으면 그 존재조차 모르는 꼬리뼈가 지속적인 마찰로 부어 있었다. 남자는 엉덩이 부분이 무엇인가에 의해 조금만 스쳐도 밑으로 송곳이 들어오는 것 같은 통증을 느꼈다. 매트리스는 말랑말랑했다. 통증 없는 엉덩이를 매트리스에 비비며 남자는 편안함을 느꼈다. 여자는 남자의 방에 끼니마다 밥을 시켜주며 말을 걸었다. 주로 질문이었고 남자는 대답했다. 여자는 매시간 메뉴를 바꾸는 섬세함도 가지고 있었다. 여자는 이틀째 되는 날, 남자에게서 신분증과 명의를 빌렸다. 남자가 여관에 들어오고 사흘째 되는 날. 여자는 남자에게 오십만 원을 내밀었다.

국가에서 주는 첫번째 지원금이에요.

남자는 현금을 손에 들고 여자에게 인사를 했다. 고마운 그녀에게 국밥이라도 한 그릇 대접했어야 했는데, 남자는 두고두고 그것을 아쉬워했다.

남자는 특별히 사치스럽게 산 것도 아닌데 돈을 다 써버렸다. 남들처럼 바람이 불지 않는 실내에서 잠을 청하는 것, 때마다 끼니를 해결하는 것, 그리고 동전 몇 개로 뽑아 마시는 자판기 밀크커피. 지극히 평범하고 당연한 일상이 요구하는 돈이 남자에게는 버거웠다. 하지만 걱정하지 않았다. 조금만 있으면 여자가 찾아와 또 오십만 원을 줄 것이다. 그것은 자신의 권리고 마땅히 받아야 할 혜택이라고 하지 않았나. 이번에는 십만 원이라도 아껴 적금을 들어야겠다는 생각을 하며 남자는 빵 봉지를 뜯었다. 고소한 버터 냄새가 남자의 후각을 자극했고 그것은 남자를 쉽게 행복하게 만들었다.

남자 앞에 검은 선글라스를 쓴 청년이 다가와 섰다. 청년은 한참 동안 선글라스를 벗지 않고 남자를 내려다보았다. 눈을 맞추기 힘든 각도였다. 남자는 고개를 젖혀 선글라스를 쳐다봤다. 선글라스 뒤에 숨은 위협적인 눈빛, 남자는 본능적으로 몸을 움츠렸다. 여자가 그랬던 것처럼 청년도 남자의 손에 명함을 쥐여주었다. 청년의 손가락이 강제로 남자의 손가락을 폈다. 여자의 명함과는 달랐다. 하얀 바탕에 검정색 글씨. 〈한국신용협회〉 과장 박종식. 표면은 거칠게 잘려 있어 펄프 가루가 손가락에 묻었다. 청년은 남자에게 몇 가지를 말했다. 청년의 말에 의하면 남자는 얼마 전에 카드를 발급받았고 그 카드를 통해 삼천만 원을 대출받았다 했다.

아니, 저 같은 사람이…… 무슨, 카드…… 대출……이라니요. 가진 돈은 없어도 남의 돈은 빌린 적이 없습니다.

청년은 남자에게 서류를 내밀었다.

서류의 내용은 복잡해 잘 이해되지 않았지만 분명 자신의 주민등록증 사본과 직접 서명한 이름이 적혀 있었다.

　남자는 모르는 일이라고 말하려 했으나 그러지 못했다. 본능적으로 느꼈던 것이다. 청년의 주먹이 당장이라도 뻗어 나갈 것 같은 에너지를 모으고 남자의 얼굴을 향해 장전하고 있다는 것을. 순간, 친절했던 여자의 미소가 떠올라 남자는 입술을 꾹 다물었다. 청년은 인내심이 약해 보였다. 청년은 이 일로 인하여 자신이 매우 힘들었다며 얼굴 근육을 위협적으로 꿈틀거렸다.

　이제 어떡할 거요?

　남자는 바닥을 내려다보며 침묵했고 청년은 남자의 정수리를 노려보며 침묵했다. 그렇게 오후의 시간이 무겁게 흐르고 있었다. 침묵을 깨고 입을 연 것은 청년이었다.

　방법이 없는 것은, 아닙니다.

　느릿하게 말하는 청년의 얼굴은 안면 근육이 미묘하게 당겨지며 감정을 분간할 수 없는 어색한 표정으로 바뀌었다. 청년의 말을 듣고 남자는 힘없이 고개를 끄덕였다. 달리 방법이 없었다. 무엇보다 앞에 서 있는 청년을 자극하고 싶지 않았다. 어색하게 몸에 달라붙은 싸구려 슈트는 청년의 야만성을 전혀 감추지 못했다. 눈치는 노숙을 통해 터득한 남자의 유일한 생존 감각이었다. 남자는 청년의 제안에 따르기로 했다. 남자는 1년 동안 월 오십에 청년과 계약했다. 그래도 숙식은 해결되고 작업 환경이 좋다 하니, 그나마 다행이라고 생각했다. 청년은 남자의 손목을 움켜잡고 흔들며 말했다.

벽 77

참, 아는 사람 있으면 데리고 와요. 특별 수당을 얹어줄 테니까.

남자는 점박이 영감과 함께 청년의 봉고차에 올라탔다. 영감은 남자처럼 노숙을 하기는 했지만 힘이 생기면 동냥을 하러 다니거나 인력 소개소에 나가 일을 구하는 등 제법 부지런한 사람이었다. 코 한가운데에 큰 점이 있어서 평소에 점박이 영감으로 불렸다. 봉고차에는 남자와 영감 말고도 두 명이나 더 있었는데 눈빛이 불안하고 행색이 초라한 것으로 미루어 비슷한 처지에 놓인 사람들인 것 같았다.

오늘은 무슨 일이야? 현장에서 우리 써준대?

잘 몰라요. 별로 안 힘들고, 작업 환경도 좋대요.

남자는 더 이상 말하지 않고 창밖을 쳐다봤다. 청년은 운전대를 손바닥으로 탁탁 치며 휘파람을 불었다. 봉고차는 시내를 벗어나 구불구불한 국도로 향했다.

*

21이 면도를 한다. 일회용 면도기의 날이 녹슬고 무디다. 면도날이 턱밑을 지날 때마다 미간을 좁히며 인상을 찌푸린다. 하지만 21은 면도를 멈추지 않는다. 아니, 면도를 멈출 수 없다. 녹슨 면도기만이 유일하게 수염을 없앨 수 있는 도구이기 때문이다. 손가락에 침을 묻혀 푸석하고 윤기 없는 머리카락을 단정하게 만든다. 21은 불안스러운 표정으로 거울에 비친 얼굴을 살펴보며 최대한 눈을 크게 치켜뜬다. 21은 지금의 표정이 건강하고 활기차 보이기를 간절히 바란다.

새벽, 막사 앞에 일꾼들이 열을 맞추어 선다. 일꾼들 앞에는 여느 때처럼 네 개의 벽이 위태롭게 서 있다. 벽을 발견한 일꾼들의 표정이 갑자기 경직된다. 세 명의 반장들이 일꾼들 사이를 왔다 갔다 하며 일꾼들의 몸 상태를 살핀다. 일꾼들은 굽은 허리를 똑바로 펴고 최대한 의욕적인 표정을 짓는다.

앞으로 가.

반장의 지시가 떨어지자 일꾼들이 일사분란하게 걷기 시작한다. 순간 일꾼들의 어깨가 왼쪽으로 휘청거린다. 21은 현기증을 느꼈지만 입안의 살점을 어금니로 꽉 깨물며 눈을 크게 뜬다. 한 일꾼이 바닥에 쓰러진다. 일꾼의 목에는 23이라는 숫자가 새겨져 있다. 2와 3은 열이 맞지 않고 각 숫자의 위치가 바르지 않아 얼핏 보면 'SW'처럼 보인다. 23은 숫자 위에 아직까지도 핏물이 맺힐 만큼 최근에 들어온 일꾼이다. 23은 들어올 때부터 몸에 열이 있었고 밤마다 식은땀을 흘렸다. 어제는 새벽에 잠꼬대를 해서 옆자리의 14가 23의 입속에 급히 손가락을 집어넣었다. 말하는 것은 일꾼들이 하지 말아야 하는 금지된 법규들 가운데 하나였다. 쓰러진 23의 붉은 얼굴을 보며 21은 스읍— 숨을 깊게 들이마셨다.

23, 열외! 나머지는 소금밭으로 출발한다. 안개가 걷히기 전

에 최대한 많이 긁어야 한다. 늑장 부리거나 머리 쓰는 새끼들은 아주 이참에 주저앉힐 테니까 잔머리 굴리지 말고 뼈 빠지게 일해라. 출발!

23을 제외한 열두 명의 일꾼들이 소금 창고로 향한다. 모두 형편없이 마른 몸에 구부정하게 허리가 휘었다. 왼쪽으로 절름거리는 일꾼들의 기우뚱한 모습이 사막에 버려진 한 무리의 펭귄들 같다. 뒤에서 따라오는 반장5의 소리가 일꾼들의 발걸음을 재촉한다.

빨리 움직여! 병신 새끼들아.

9가 21을 향해 왼쪽 눈을 찡긋거린다. 21은 슬며시 뒤를 돌아보며 반장5를 살핀다. 반장5와 12는 한참 뒤처져 자기들끼리 장난을 치고 있다. 9는 갑자기 괴상한 표정을 짓는다. 9의 표정은 변검처럼 자주 바뀐다. 기묘하게 희극적인 표정이다. 9는 새끼손가락을 코에 집어넣었다가 입으로 넣는다. 맛있는 음식을 먹고 있다는 듯, 행복한 표정이다. 그리고 다시 왼쪽 귓구멍에 집어넣더니 손톱만 한 귓밥을 끄집어낸다. 21은 풋, 소리 없이 웃는다. 9도 입을 벌리고 소리 내지 않고 웃는다. 앞 이빨이 하나도 없는 9의 입안이 우물처럼 검다. 9는 일꾼들 중 유일한 한 자리 숫자 일꾼이다. 21은 9가 언제부터 이곳에서 일하게 되었는지, 몇 살이나 되었을지, 잠깐 생각해본다. 그리고 그, 개새끼 5를 제외한 1, 2, 3, 4, 6, 7, 8의 행방이 갑자기 궁금해진다. 그러다 이내 고개를 외로 비튼다. 궁금해하지 말자, 생각하지 말자, 21은 창고에서 벗어나 처음으로 막사에 들어온 날 침상에 누워 천장을 바라보며 했던 다짐을 곱씹었다. 느리고 눅눅한 바람 속에 짠내가 가득하다. 염전 전체에 가득한 안개, 오늘은 절대 비가 오지 않을 것이다. 21은 주먹을 꽉 말아쥐고 팔뚝에 힘을 준다. 아스팔트에 끼얹은 한 바가지 물처럼 흔적만 남은 연약한 근육의 결이 잠깐 뒤틀리다 곧 사라진다. 사만 제곱미터의 소금밭이 점점 가까워지고 있다.

*

굴도. 남자는 한 번도 들어보지 못한 섬이었다. 이름을 듣고 의아한 표정을 짓는 남자를 보고 청년은 거칠게 선글라스를 벗어젖히며 말했다.

이 나라 섬이 삼천 개가 넘어. 그걸 일일이 다 알면 네가 여기 있겠어?

청년의 왼쪽 눈썹 위에는 새끼손가락 굵기의 칼자국이 나 있었다. 부릅뜬 흰자위에는 혈관이 뒤덮고 있어 금방이라도 피눈물을 흘릴 것 같았다. 게다가 왼쪽 목덜미에는 10이라는 숫자가 화상을 입은 것 같은 흉터로 남아 있었다. 남자는 그제야 뭔가 잘못됐음을 느꼈다. 남자가 돈을 더 받기 위해 데려온 영감은 단체관광이라도 가는 것처럼 배의 갑판에 걸터앉아 부서지는 바다 거품을 보며 좋아했다. 남자도 영감을 따라 망망한 바다에 불안한 눈빛을 던졌지만 낡은 운동화 속의 발가락은 오글오글 말려들고 있었다.

선창에 내린 남자와 영감 그리고 함께 있던 사람들은 파란색 화물용 트럭에 옮겨 태워졌다. 청년은 불투명 비닐 천막 속에 사람들을 태우고 천막 문을 닫았다. 트럭이 도착한 곳은 소금 창고였다. 남자는 트럭이 왔던 길을 돌아봤지만 멋대로 자란 느티나무만 있을 뿐 위치를 추측할 만한 어떤 지형지물도 없었다. 창고는 황량했다. 단지 창고와 어울리지 않는 커다란 냉동실만 덩그러니 놓여 있을 뿐이었다. 청년은 사람들을 창고에 일렬로 세웠다. 창고 안에서 한 사내가 사람들을 향해 천천히 걸어왔다. 고도비만이라고밖에 표현할 수 없는 우둔한 몸집과 짧은 머리카락의 사내는 통이 넓은 면바지와 낚시용 조끼밖에 입지 않아 움직일 때마다 유두가 함몰된 가슴이 덜렁거렸다. 자신을 염전의 주인이라 밝힌 사내는 대뜸 영감의 복부를 걷어찼다. 억, 하는 소리를 내고 영감은 바닥에 쓰러졌다.

이런 늙탱이를 데리고 와서 어쩌자는 거야?

사내는 쓰러진 점박이 영감의 뒤통수에 침을 뱉었다. 뱀의 허물처럼 하얗고 메마른 침이었다. 사내는 소리쳤다.

일하러 온 새끼들이! 왜 이리 비리비리해!

정신을 차렸을 때 남자가 가장 먼저 느낀 것은 추위였다. 뒤이어 오른쪽 광대뼈에서 극심한 통증을 느꼈다. 남자는 신음을 내뱉으며 천천히 자신의 몸을 살폈다. 벌거벗겨져 있었다. 손목과 발목은 아플 정도로 꽉 묶여 있었다. 오른쪽 어깨와 왼쪽 어깨를 번갈아 바닥에 대며 힘을 주어 일어서보려 했지만 몸이 말을 듣지 않았다. 순간, 당혹감과 두려움이 밀물처럼 밀려와 남자를 송두리째 사로잡았다. 죽고 싶은 마음과 부끄러움이 뒤섞인 지독한 느낌, 그것은 남자가 노숙 생활에서도 느낄 수 없던 존재 자체가 완전히 부정되는 끔찍한 감정이었다.

사내는 가죽이 찢긴 낡은 소파에 앉아 남자가 꿈틀거리는 모습을 흥미롭게 보고 있었다. 약 오 미터 간격으로 같은 차에 타고 있던 사람들이 남자와 똑같은 모습으로 묶여 있었다. 몇몇은 우는지 콧물을 삼키는 소리를 냈고, 몇몇은 비명을 지르며 저항했다. 갈라진 소리 틈으로 무력하게 느껴지는 떨림은 남자를 더욱 두렵게 만들었다. 사내가 소파에서 몸을 일으켰다. 구겨진 인조 피혁이 펴지는 소리와 낡은 스프링 소리가 창고에 윙윙 울렸다.

너희들이 정신없이 자는 동안에 한 가지 서류를 더 만들었다. 너희들이 늦게 일어나는 바람에 그냥 찍었는데 별 상관은 없겠지?

남자는 자신의 오른쪽 엄지손가락에 묻은 붉은 인주를 쳐다봤다.

있잖아. 앞으로 여기서 열심히 일을 해주면 되는데, 사실 일이라는 것이 힘들기 마련이거든. 그런데 너희처럼 쓰레기 같은 녀석들은 특히 일하기 싫어하지. 일하지 않는 자! 먹지도 말라! 그런 말 들어봤지? 먹으려면 일해야 하는 거야. 그래서 여기에는 몇 가지 법이 있어. 그 법을 너희들이 성실하게 지키겠다는 내용이야. 이 서류는.

사내는 종이를 부채처럼 쫙 펴서 흔들었다.

누, 누구야 넌? 난, 안 해. 날 보내줘!

목소리의 주인은 점박이 영감이었다. 남자는 속으로 소리쳤다.

제발, 그 입 좀 다물어요.

창고 벽에 기대어 서 있던 정체불명의 사람들이 소리 나는 쪽으로 달려갔다. 창고는 영감이 내지르는 비명 소리와 사람의 배를 가격할 때 들리는 둔탁하고 물렁한 소리로 시끄러워졌다. 영감의 소리는 멎었지만 구타는 그치지 않았다.

아, 저 사람은 법을 어기고 말았네. 지금 말해주려고 했는데. 그러니까 잘 들어. 먹여주고 재워주고 월급도 주는데 씨발, 말이라도 잘 들어야지. 아, 이것저것 많은데 차차 알아가기로 하고 몇 가지만 알려줄게. 일단 방금처럼 말하면 안 돼. 화장실 가도 돼요? 안 돼! 일은 언제 끝나요? 안 돼! 아파요. 안 돼! 집에 가고 싶어요. 안 돼! 또. 씨발, 입 아파. 어쨌든 말은 안 돼. 알았어?

누군가 가늘게 대답했다. 사내는 잠시 말을 멈췄다. 또 누군가의 비명이 창고에 울려 퍼졌다.

거봐. 방금 말해줬는데도 멍청하게 말을 하잖아. 또 있어. 집에는 갈 수 없어. 언젠가는 너희들도 일을 그만하게 되겠지. 그 때 집에 가는 거야. 그리고 아프면 안 돼. 아프면 일을 할 수 없 잖아. 그냥 무조건 열심히 일해. 참…… 이건 니들을 위해서 하는 충고인데. 될 수 있으면 생각을 하지 마. 고민도 하지 말 고, 궁금해하지도 말고. 그래야 조금 덜 힘들어. 일이라는 게 그렇거든. 손발이 바빠야지 머리가 바쁠 필요가 없단 말이야. 참, 그리고 본격적인 일에 투입되기 전에 너희들을 좀 손볼 거 야. 솔직히 너희들이 워낙 인간답지 않은 생활을 오래 했잖아. 그래서 그래. 일단, 관리 차원에서 몸에 번호를 새길 거야. 여 기 주민등록번호라고 생각하면 돼. 조금 따끔거릴 거야. 그리고 가끔, 그래서는 안 되지만 도망가려는 놈이 있어. 그래서 왼쪽 발목을 딱 사분의 일만 자를 거야. 걱정 마. 일주일만 지나면 걸어 다닐 수 있어. 좀 절기는 하겠지만. 걱정 마. 여기 일은 뛸 필요가 없거든. 느긋하게 일하기에 더없이 좋은 다리를 가지게 되는 거지. 사실, 진짜 우리도 피곤해. 너희들한테 일자리 주 지. 월급 주지. 인간 만들어주지. 암튼. 끝까지 살아남아서 훌 륭한 일꾼이 되길. 이상!

사내는 손바닥으로 아랫배를 두어 번 탁탁 치고 창고에서 나 갔다.

창고 안에서 사람들은 알몸으로 손과 발이 묶인 채 서 있었 다. 가만히 서 있는 것은 그들에게 허락된 유일한 행동이었다.

하지만 시간이 갈수록 가만히 서 있는 상태를 유지하는 것조차 점점 어렵고 힘들어졌다. 뼈마디가 굳고 근육에는 경련이 일어났다. 피곤한 몸을 지켜내기 위해 뇌는 끊임없이 수면을 요구했고 그것을 이겨내기 힘든 사람들은 쓰러지기 시작했다. 쓰러지면 누군가 다가와 일으켜 세웠다. 반항하거나 신속히 일어나지 않을 경우에는 허벅지나 정강이를 걷어찼다. 시간의 흐름은 어떤 이에게는 아주 느리게, 어떤 이에게는 정지한 것처럼 느껴졌다. 혹은 시간이 역류하는 것처럼 느낀 사람도 있었다. 하지만 모두에게 공평한 물리적 시간은 결국 흘렀다. 굴도의 염전에는 20을 제외한 19, 21, 22 세 명의 일꾼이 새로 생겼다. 20은 이틀째 되는 날, 죽고 말았다. 비틀거리며 창고에서 나오는 남자의 목에는 21이라는 붉은 숫자가 견장처럼 선명히 박혀 있었다.

*

염전은 바둑판을, 증발지는 바둑판 표면의 작은 사각형을 닮았다. 사각형의 경계마다 놓인 소금 더미는 흰 돌처럼 일정하고 무수하다. 오래된 일꾼 9는 삽날이 넓은 주황색 플라스틱 삽을 소금 더미의 한 부분에 푹 집어넣는다. 잠시 뒤 끙 하는 소리와 함께 삽날 가득 하얀 소금이 딸려 나온다. 얼핏 하얀 눈을 닮았지만 부피만 흡사할 뿐 무게는 비교할 수 없다. 삽을 들고 있는 9의 손목이 떨린다. 하지만 반장에게 연약한 모습을 보일 수는 없는 일. 9는 이를 앙다물고 소금이 담긴 삽을 움직여 외발통수레에 옮겨 담는다. 9는 능숙하게 외발통수레를 운전한다. 사람이 혼자 걷기도 좁은 증발지 사잇길을 통과할 수 있는 것은 오로지 외발통수레뿐이다. 소금을 창고에 들이는 일은 소금 추출의 최종 단계인 만큼 반장들이 특별히 신경을 쓰는 일이다. 때문에 일꾼들은 정신을 집중해야 한다. 외발통수레가 쓰러져 물속으로 빠지기라도 한다면 녹아 없어지는 것은 소금만이 아니기 때문이다. 9의 외발통수레가 임시 저장 창고에 안전하게 도착한다. 소금이 쏟아진 빈 수레는 너무도 가볍다.

9는 더 이상 염전 너머를 보지 않는다. 보게 되면, 보고 싶은 것이 생긴다. 보고 싶은 것이 생기면, 보고 싶은 것을 볼 수 없는 현실이 괴로운 법이다. 충분히 괴로운 상황이다. 이 상황에 결핍감을 보태는 것은 어리석은 일이다. 어떤 이에게는 희망이 살아갈 힘을 줄지 모르지만 이곳에서의 희망은 마약과도 같다. 희망은 거짓 기대와 헛된 욕망을 만든다. 기대와 욕망은 몸에 열을 공급한다. 배출되지 않고 누적되는 열은 결국 자멸에 이르게 한다. 자멸은 곧 벽이다. 염전에서의 희망은 벽 앞에서 늘 산산이 부서져왔다. 9에게 남은 유일한 희망은 그 어떤 것도 희망하지 않는 무감한 마음을 갖는 것이었다.

일꾼이 된 지 얼마 되지 않은 21. 반장들의 주의가 소홀해진 틈을 타 잠시 삽질을 멈추고 쉬고 있는 중이다. 21의 시선은 9의 외발통수레에 머물러 있다. 하지만 곧 21의 시선은 외발통수레를 빗겨나 염전 전체로 향한다. 21의 시선은 염전 너머에 있는 바다를, 그리고 바다 너머에 있는 육지에까지 이른다. 아주 잠시 21의 눈빛이 복잡한 감정으로 반짝거린다. 갑자기 자판기에서 뽑은 달달한 밀크커피의 맛이 그리워진다. 21은 시선을 옮겨 맞은편 증발지를 보려다 어두운 그림자를 발견한다. 벽이다. 21은 황급히 시선을 거두고 삽을 움켜쥔다. 벽의 존재는 21의 정신 뒷면을 압박한다. 마음이 한곳을 향해 똘똘 뭉치는 것 같은 답답함이 느껴진다. 21은 밀려드는 긴장을 이겨내기 위해 의도적으로 바닥에 침을 뱉고 인상을 찌푸린다. 벽은 움직임이 없다.

염전의 경영 방식은 현재까지 최고의 효율을 자랑한다. 전원이 꺼지지 않는 한 멈추지 않는 기계처럼 일꾼들은 멈추지 않는다. 완전히 마모되거나 부서지지 않는 이상 그들은 멈추지 않으리라는 것을 사내는 알고 있다. 그렇게 교육시켰고 통제해왔다. 다만 문제는 녹슨 볼트와 너트처럼 일꾼을 자주 교환해줘야 한다는 것인데 이것 역시 문제될 것 없다. 일꾼이 될 사람은 소금더미만큼이나 많이 널려 있다. 그들은 대부분 신원이 불분명하다. 신원이 밝혀지더라도 그것을 증명해줄 가족이나 근거를 찾기 힘들다. 때로는 멀쩡히 살아 있지만 사망신고가 되어 서류상으로는 존재하지 않는 사람도 있다. 9가 그러하다. 9는 당장 죽어도 아무 상관이 없는 사람이다. 경찰이 9의 시체를 발견하고 신원을 확인하는 순간 알아낼 수 있는 것은 오래전에 기록된 9의 사망기록뿐이다.

극단의 폭력과 모멸은 인간으로 하여금 삶의 의미를 앗아간다. 죽음이 보편적이고 일상적인 곳에서는 죽는다는 것이 의미를 갖지 못한다. 염전에서의 죽음은 더 이상 특별하지 않다. 죽음이 너무도 사소하고 끊임없이 반복되기 때문이다. 하지만 본능은 다르다. 때리면 맞지 않으려고 몸을 웅크린다. 본능은 의지와 상관없이 일어나는 가장 정직한 반응 중 하나인 것이다. 이러한 본능을 일으키는 지속적인 자극은 노력으로 이어진다. 몰아붙일수록 삶의 포기는 선명해지고 생존 본능은 강해진다는 원리는 사내의 생각 중 가장 창의적인 것이었다. 염전은 생존 본능이라는 에너지를 동력 삼아 움직이는 낡은 기계와 같다. 탈출의 욕망보다는 잡힐 것이라는 두려움이, 불만보다는 지금의 상태라도 유지하고 싶은 무력감이 지배하는 땅. 모든 곳이 벽으로 막혀 움직일 수 없는 염전에서 일꾼들이 숨을 수 있는 유일한 장소는 그들이 함께 모여 웅크리고 자는 막사뿐이다.

반장5는 소금을 운반하고 있는 9의 굽은 등을 물끄러미 바라보고 있다. 반장5도 그저, 5였던 시절이 있었다. 막사에 막 들어와 겁에 질려 잠들지 못하는 9의 손등에 손바닥을 올려 진정시켜주었던 것은 5였다. 염전의 일꾼이 하나둘씩 죽어 나갔다. 죽음이 난무하는 곳에서 살아가는 데 거창한 목적 따위는 필요 없었다. 그냥 살아남는 것뿐이었다. 5는 살아남기 위해 하루를 악착같이 살아냈다.

어느 날 밤, 사내가 창고로 5를 불러냈다. 일과가 끝난 후 막사를 벗어난다는 것은 결코 좋은 징조가 아니었다. 막사를 벗어나기 전 5는 고개를 돌려 잠들어 있는 9의 얼굴을 한참 쳐다봤다. 죽음의 공포가 5의 발목을 잡고 놔주지 않아 발길이 쉽게 떨어지지 않았다. 5가 창고에 들어오자 사내는 창고에서 강제적으로 서명한 두번째 서류를 5의 눈앞에서 찢었다.

지금부터 너는 말을 해도 된다.

사내의 목소리는 부드럽고 따듯했다. 5는 멍하니 사내의 얼굴을 쳐다봤다. 사내는 평소 다부진 체격과 강한 근력을 가지고 있는 5를 눈여겨보고 있었다.

너는 승진했다. 다시 말하면 관리직으로 일자리가 바뀌었다, 이거야. 어때, 마음에 들어?

5는 그저, 고개만 끄덕거렸다. 최대한 순응하는 표정을 짓는 것도 결코 잊지 않았다.

좋아. 일은 간단해. 너는 앞으로 일꾼들이 일을 잘할 수 있도록 관리하고 책임지는 반장이야. 근데 너도 잘 알겠지만 너희들이 일반적인 사람들하고는 좀 다르잖아? 그래서 관리하기가 어려울 수가 있어. 필요에 따라서는 좀…… 무슨 말인지 알지?

5는 빠르게 고개를 끄덕거렸다.

효율적인 업무를 위해서는 본보기가 필요해. 갈수록 나약해지고 있는 일꾼들을 자극시킬 그 무엇이 필요하단 말이야. 그것이 반장이 되기 전 네가 해야 할 일이야.

다음 날, 5는 사내가 지목한 두 명의 일꾼, 나이가 많아 걸음이 느린 3과 최근에 열이 많아 유독 작업 속도가 느렸던 8을 불러 세웠다. 5는 1, 2, 4, 6, 7, 9가 보고 있는 막사 앞에서 3과 8을 때리기 시작했다. 5는 눈을 질끈 감고 주먹과 발을 날렸다. 그것이 얼굴일지라도, 혹 급소일지라도 가리지 않았다. 사내가 그만하라는 말을 할 때쯤, 5는 격렬한 경기를 마친 격투기 선수처럼 온몸에 땀을 흘리고 있었다. 그리하여 5는 반장5가 되었다. 3은 5의 구타가 끝나기 전, 이미 숨이 끊어져 있었고 8만이 사내가 원하는 적절한 상태의 본보기가 되었다. 8은 유령처럼 표정도 감정도 없이 숨만 쉬었다. 막사 앞에서도, 식사 시간에도 8은 위태롭게 직립의 상태를 유지하며 일꾼들 앞에 서 있었다. 8의 눈빛은 박제된 초식동물의 유리 눈알처럼 반짝거렸지만 그 속은 텅 비어 있었다. 일꾼들은 8의 눈빛을 피하려 노력했다. 고개를 돌려 외면하거나, 땅바닥을 쳐다봤다. 8은 살아 있는 시체였다. 일꾼들은 8의 눈동자 속에서 자신의 절망적인 미래를 엿봤다. 8은 일꾼들 사이에서 벽으로 통했다. 어디에서나 눈을 들면 눈앞을 가로막고 서 있는 벽이 이편을 향해 서 있었다. 일꾼들은 이제 새로운 목표가 생겼다.

벽이 되지 말아야 한다.

낙오하지 말자, 규칙을 어기지 말자, 누구보다 열심히 일하자, 살아남아야 한다, 같은 생존 의지가 일꾼들의 정신 속으로 바이러스처럼 침투해 나갔다. 그렇게 일꾼의 숫자가 30이 넘어갈 때까지 많은 사람들이 벽이 되거나, 벽이 되었다가 죽거나, 혹은 5처럼 누군가를 벽으로 만들고 반장이 되었다.

반장5는 감상에 빠지려는 마음을 다잡고 눈에 힘을 주었다. 유일하게 자신이 일꾼이었다는 것을 알고 있는 9였다. 9의 눈을 보고 있으면 반장5는 벌거벗은 것 같은 기묘한 수치심을 느꼈다. 그것은 일꾼일 때 느꼈던 수치심과는 다른 종류의 감정이었다. 애써 잊으려 했던 기억들이 불쑥 생각나거나, 힘들게 겨우 옮겨놨던 바위가 처음 위치에 되돌아가 있는 것 같은 무력감이 마음을 사로잡았다. 우연히 9의 눈빛과 마주치면 먼저 눈을 피하는 것은 반장5였다. 21은 아무 생각 없이 반장5를 보고 있다. 9에게서 눈을 돌린 반장5의 눈빛이 21의 눈과 마주쳤다. 잠시 멍해 있던 반장5의 얼굴이 빠른 속도로 일그러졌다.

개새끼가! 뭘 쳐다봐?

평소보다 과격한 반장5의 구타가 오랫동안 이어졌다.

*

숨소리만 떠다니는 침묵의 막사 안에 부릅뜬 눈동자 하나가 천장을 노려보고 있다. 짓이겨진 오른쪽 눈꺼풀은 감겨 떠지지가 않았다. 21은 두 개의 손가락을 사용해 조심스럽게 안구를 벌려보지만 날카롭게 뚫고 들어오는 통증이 어금니를 꽉 맞물리게 한다. 반장5의 얼굴이 떠오른다. 21의 오른쪽 눈꺼풀에 갑자기 경련이 일어난다. 이제는 다 없어진 것 같았던 억울한 감정이 새삼스럽게 몸을 뜨겁게 만든다. 그동안 셀 수도 없을 만큼 많이 증발지 바닥을 긁었다. 흘리는 땀과 묻어나는 염분 탓에 눈은 언제나 충혈되었다. 한낮에는 생산되는 소금의 양이 너무 많아 아무리 힘을 줘도 끌개가 앞으로 나가지 않았다. 왼쪽 발목은 걸을 때마다 욱신거렸고 태양은 너무도 오랫동안 하늘에 떠 있었다. 21은 가끔 이곳을 벗어나고 싶다는 생각을 했다. 하지만 그뿐, 반장의 얼굴만 보면 고개를 숙였다. 그들은 왠지 얼굴만 쳐다봐도 무슨 생각을 하고 있는지 알아차릴 것만 같았다. 도망가더라도 지구 끝까지 쫓아와서 기어이 다시 섬으로 끌고 갈 것이다. 21은 문득 생각을 한다. 나는 불행한가? 또 생각을 한다. 나는 살고 싶은가? 21은 차라리 죽는 것이 좋겠다는 생각을 한다. 어차피 죽어버리면 통증과 감각이 분해될 것이고 아무것도 느끼지 못할 것이다. 또 생각한다. 그런데 죽기까지 얼마나 많은 고통을 이겨내야 하는 걸까? 순간, 치명적인 상상력이 21의 정신을 사로잡는다.

벽.

21은 침을 흘리고 동공이 풀린 채 죽음의 문턱에 선 노인처럼 소금밭 위에 서 있는 자신의 검고 마른 발등을 본 것만 같아 뜨고 있던 눈을 꼭 감는다. 하나의 생각만 소금 결정처럼 오롯이 남는다. 헛생각은 안 된다. 끝까지 살아야 한다. 21의 왼쪽 눈꺼풀이 부들부들 떨린다.

 염전의 매출이 부쩍 늘었다. 올해부터 시작한 택배 거래 탓이다. 처음 한 달간은 하루에 한두 가마니가 전부였지만 지금은 하루 평균 열 가마니 이상 거래된다. 중간상을 거치지 않고 거래되는 택배 거래는 사내에게 막대한 이익을 안겨주었다. 소금 가마니를 직접 선창까지 운반하기 위해서는 반장이 더 필요했다. 일꾼이 아무리 많아도 증발지를 벗어날 수는 없는 일이었다. 사내는 반장5에게 쓸 만한 일꾼을 창고로 데려오라고 했다. 반장10과 12 역시 반장5가 추천한 일꾼들이었다. 8을 제외한 세 명의 벽은 모두 12와 10이 만들어낸 작품이다. 반장5는 9에게 다가간다. 9는 바다에서 증발지로 물을 퍼 올리는 기계를 만지고 있었다.
 따라와.
 평소 같으면 머리카락이나 목덜미를 잡고 끌고 갔을 테지만 반장5는 그냥 앞장서 걷는다. 9는 수문을 막는 방수포를 벽돌로 잘 누른 다음 반장5의 뒤를 따른다. 9의 눈빛에 전에 없던 동요가 일어난다. 창고에는 18이 주저앉아 있다. 낫지 않던 18의 입술은 곪아 환부가 왼쪽 안면부 전체로 퍼져 있다. 창고에 들어간 9의 시선은 가장 먼저 바닥에 엎드려 있는 18을 향하고, 다음으로 가죽 소파에 앉아 발톱을 깎고 있는 사내에게 옮겨졌으며, 이내 앞장서 걷던 반장5의 얼굴로 이어진다. 반장5는 9의 시선을 외면하며 말한다.

데리고 왔습니다.

발톱을 깎던 사내가 깎은 발톱을 손가락으로 집어 들고 냄새를 맡으며 킁킁거린다. 그리고 살짝 인상을 구기고 힐끗 9를 쳐다본다.

고개 오른쪽으로 돌려봐.

9는 천천히 고개를 돌린다.

어? 한 자리네. 이야. 튼튼하네. 튼튼해.

손톱깎이를 호주머니에 집어넣고 사내가 자리에서 일어난다.

뭐, 솔직히 너도 여기서 굴러먹은 짬이 있으니까 대충 알 거야. 너도 승진이다. 축하한다. 넘버 나인! 멋지게 해봐.

9는 고개를 숙인다. 떨고 있는 18의 눈과 9의 눈이 마주친다.

옆에 있던 반장5가 갑자기 달려와 18의 배를 걷어차면서 말한다.

이렇게! 치라고. 새끼야.

18이 몸을 웅크리고 애벌레처럼 꿈틀거린다.

9는 움직이지 않는다.

어서 해.

사내가 조용히 채근한다. 9는 움직이지 않는다. 반장5가 9의 뒤통수를 주먹으로 때린다. 9는 움직이지 않는다. 옆에 서 있던 반장10이 달려와 9의 뺨을 때린다. 9는 움직이지 않는다.

잠시 침묵이 흐른다. 9는 움직이지 않는다. 사내가 다시 소파에 앉는다.

저 새끼. 보내. 다른 놈 데리고 와.

반장5가 9의 한쪽 팔을 거칠게 잡는다.

사내가 호주머니에서 작은 칼을 꺼내 발바닥의 굳은살을 깎아내며 말한다.

그냥 보내지는 말고.

아주 잠깐 동안 침묵이 흐른다. 창고 벽에 등을 기대고 쳐다보고 있던 반장10과 12가 반장5를 의아한 눈빛으로 쳐다본다. 9는 반장5의 눈에 눈을 맞추며 천천히 고개를 끄덕인다. 반장5의 눈은 곧 쏟아질 것 같은 눈물을 가득 담고 벌겋게 충혈되어 있다.

반장5는 9의 정강이를 걷어찬다. 뼈와 뼈가 부딪치는 둔탁한 소리가 들리고 9가 넘어진다. 반장5의 발길질은 멈추지 않는다. 집요하고 지속적으로 9의 왼쪽 발목을 밟는다. 보고 있던 사내는 지루한 듯 하품을 하며 창고에서 나간다. 바닥에 앉아 있던 18은 소리 없이 울기 시작한다.

다음 날, 새벽 네 시 반. 염전에 안개가 가득하다. 어제 미처 들이지 못한 소금을 창고에 들이는 것이 오늘 오전 일과다. 안개가 사라지기 전에 끝마쳐야 하는 일. 평소보다 막사 앞 반장들의 목소리가 크다. 21은 누구보다 빠른 속도로 일어나 신발을 신고 있다. 하지만 평소와 다르게 9의 움직임이 굼뜨다. 뭔가 이상함을 느낀 21이 9의 얼굴을 보려고 하지만 9는 얼굴을 들지 않는다. 9가 침상에서 바닥으로 굴러 떨어진다. 21이 다급히 9의 몸을 잡고 일으키지만 9는 일어서지 못한다. 9의 왼쪽 발이 바닥을 디디는 순간, 9의 몸은 자꾸만 쓰러진다. 21은 9의 왼쪽 발목을 만져본다. 단지 부어 있다,라고만 표현할 수 없을 만큼 다리 전체가 심하게 부풀어 있다. 이윽고 막사에 반장10과 12가 들어온다. 반장10은 9의 겨드랑이를, 반장12는 9의 목덜미를 잡고 막사 밖으로 끌고 간다. 21이 일꾼이 된 이래로 처음으로 옆자리에 9가 아닌 14가 서 있다. 반장5는 어디에 있는지 보이지 않는다.

*

9는 바닥에 누워 창고의 천장을 본다. 그날이 생각난다. 소금이 너무 많이 나온 날이었다. 끌개가 잘 밀리지 않아 평소보다 힘들던 날이었다. 곳곳에서 일꾼들이 쓰러지고 다시 일어서길 반복하던 날이었다. 해가 지고 노을마저 사라진 뒤 창고 바닥에 빈 외발통수레를 내려놓은 날이었다. 소금이 하얀 산처럼 창고에 가득 쌓인 날이었다. 살가죽 밑에 박혀 있을 수많은 뼈 마디마디가 산산조각 난 것처럼 몸이 아팠던 날이었다. 쌓인 소금 위를 절름거리며 기어올라가 손바닥으로 천장을 만져본 날이었다. 발바닥 밑에 쌓인 거대한 왕릉 같은 소금 속으로 천천히 파고들어가 그냥 영원히 잠들고 싶다고 생각한 날이었다. 9는 생각한다.

그날, 차라리······ 그렇게 했어야 했다.

아주 오래된 기억도 떠오른다. 할 수 있으면 잊어버리려 노력했던 그 기억이다. 정신이 온전치 않았지만 귀염성이 있던 아내와 두 명의 아들이 있었다. 갑자기 떠오른 생각으로 9의 얼굴에는 설렘과 쓸쓸함이 함께 스친다. 쪽방촌에 커다란 화재가 발생했었다. 얇은 베니어판만 집의 경계를 나눌 뿐 창문도 없고 비상구도 없는 벌집 같은 쪽방은 화재에 취약할 수밖에 없었다. 화재는 공식적인 사망자만 백 명이 넘는 엄청난 사고였다. 9는 자신의 이름을 실종자 명단에 올렸다. 무능력한 가장보다 아내와 자식들에게는 돈이 더 필요했다. 그리고 얼마 뒤, 화재 지역에 보상을 위한 정밀 수사가 시작됐다. 그날로 9는 화재에서 죽은 사람이 되어야 했다. 9는 생각한다.

지금 아이들의 키가 얼마나 될까, 아내는 잘 있을까, 보고 싶구나.

창고 문이 열리고 반장10과 12가 들어온다. 그리고 반장들의 손에 붙들린 21이 잔뜩 겁에 질린 얼굴로 끌려 들어온다. 최근 기상 시간이 누구보다 빠른 21이었다. 21을 발견한 9가 급히 고개를 숙이고 바닥에 엎드린다. 아침부터 보이지 않던 반장5

는 창고에서도 보이지 않는다. 21은 식사 시간 때마다 반장5가 반복해서 말하던 협박이 생각난다.

많이 먹어라. 그리고 아프지 마라. 개새끼들. 아침에 일어나 제대로 못 걷는 새끼들은 진짜 병신이 되니까. 저기 병신들 보이지?

반장5의 턱짓은 벽을 가리키고 있었다.

그러다 죽으면 개죽음이야. 손과 발 다 자르고 이빨까지 몽땅 뽑아서 바다에 던져버리니까. 장난 같지? 병신들. 한번 걸려봐.

21은 지금 후회하고 있다. 더 빨리 일어나고 더 열심히 일했어야 했다. 주인의 말을 들었어야 했다. 헛생각을 하는 것이 아니었다. 불만을 갖는 것이 아니었다. 괜히 반장5를 쳐다보거나 가끔씩 집에 가고 싶다는 생각조차 하는 것이 아니었다. 귀신 같은 반장들이 마음을 읽어낸 것이리라. 겁에 질린 21은 허벅지가 떨리고 혈관이 툭툭툭 뛰었다. 창고에 사내가 들어오고 문이 닫힌다.

*

반장10이 다섯 명의 새로운 사람을 염전으로 데리고 온다. 그들이 창고에서의 일주일을 잘 버티면 염전은 32, 33, 34, 35, 36의 새 일꾼을 갖게 된다. 반장21이 승진 후 처음으로 해보는 일꾼 교육이다. 반장12는 망가진 숫자 인두의 형상을 끌로 다

듣고 있고, 반장10은 괜히 창고 벽을 주먹으로 텅텅 치고 있다.

21은 18을 벽으로 만들고 반장이 되었다. 처음부터 발목이 완전히 부서져버린 9는 몇 번의 발길질만으로 숨이 끊어졌다. 주인은 어차피 제대로 설 수도 없는 녀석이라 죽지 않았어도 죽을 때까지 때릴 참이었다고, 늙어서 이제 죽을 때가 다 되었다고, 이제 막 새롭게 반장이 된 땀투성이 일꾼을 위로했다.

반장21은 정신을 잃고 창고 바닥에 누워 있는 사람들의 옷을 벗기고 팔목과 발목을 폐그물로 묶는다. 아직 깨끗하고 하얀 발목을 만지며 반장21은 끝까지 고개를 들지 않고 죽은 9를 생각한다. 차라리 잘됐다는 생각을, 한다. 벽이 되지 않았다는 것, 통증을 느끼는 감각과 신경이 비교적 빠른 시간에 분해된 것에 대해 차라리 다행이라는 생각을, 한다. 그리고 생각한다. 9를 때리라는 주인의 명령을 듣고 아주 짧은 시간 동안의 갈등. 지금 나는 불행한가? 불행하다면 염전에 오기 전, 나는 불행하지 않았나? 사내의 말을 거부하고 내가 막사로 다시 돌아갈 수 있을까? 혹시 내가…… 벽이 된다면? 선택은 아주 빠르고 간단하게 내려졌다. 아니, 선택을 하기도 전, 이미 21의 주먹은 바닥에 누워 있던 9의 뒤통수를 향해 뻗어 나가고 있었다.

두 명이 견디지 못하고 죽었다. 반장12의 발길질이 지나치게 사람들의 목젖을 향했던 것도 이유였겠지만 그럼에도 불구하고 잘 이겨냈어야 했는데 그러질 못한 것이다. 냉동실의 문이 열리고 반장21이 죽은 두 명을 집어넣는다. 반장21은 죽은 사람의 차갑고 무거운 몸을 들어 냉동실에 집어넣은 날을 기억해낸다. 냉동실 안에 무거운 겨울 코트처럼 걸려 있던 사람들, 아니 도저히 사람이라 부를 수 없을 만큼 비현실적으로 보였던 냉동된 하얀 물체들. 그리고 왠지 낯익은 얼굴 하나. 얼굴 중앙에 서리가 껴 정확하게 보이지 않는 희미한 회색빛 점과 목덜미에 새겨진 20이라는 숫자. 그 순간 자신의 입에서 쉴 새 없이 뿜어져 나오던 하얀 입김.

지금, 냉동실은 텅 비어 있다. 반장5의 말은 사실이었다. 딱딱하게 얼어 있는 손목은 망치질 한 번에 고등어 몸통처럼 쉽게 떨어져 나갔다. 달이 뜨지 않은 그믐밤, 냉동된 시체의 몸에 벽돌을 묶어 바다에 하나씩 퐁당퐁당 던질 때, 반장21은 주문처럼 같은 말을 되뇌었다.

이것은, 사람이 아니다. 이것은, 사람이 아니다. 이것은…… 사람이 아니다.

일을 마치고 배가 굴도 선창에 닿을 때, 반장21의 눈은 살짝 젖어 있었지만 마음은 한결 편안해졌다.

반장21은 차가운 냉동실 끝에 두 명을 집어넣는다. 냉기가 살갗에 닿아 소름이 돋는다. 반장21은 천천히 숨을 내쉰다. 따뜻한 온도가 팔뚝에 닿고 하얀 입김은 유령처럼 냉동실을 떠돈다. 냉동실 문을 닫는다. 돌아선 등 뒤로 차가운 기운이 서린다.

지금도 반장21은 예전처럼 빨리 잠들지 못한다. 그때마다 반장21은 손바닥을 펴 왼쪽 가슴에 댄다. 그리고 아주 천천히 다섯 개의 손가락으로 토닥토닥 가슴을 두드린다. 그러면 놀랍게도 곧 깊은 잠이 든다.

*

 태양이 좋은 날이다. 하늘에서 내리는 소금이라 하여 천일염이다. 오늘은 소금밭에 굵고 좋은 소금이 무수히 많이 내릴 것이다. 반장21은 가볍게 손목을 꺾고 일꾼들이 있는 증발지로 향한다. 길가에 서 있는 벽들의 시선이 반장21의 등에 머물고 있다.

굿나잇,
　　오블로

1

 오블로의 몸무게가 얼마나 될지 가늠하기는 힘들다. 3년 전, 거대한 몸과 경이적인 몸무게로 세상을 놀라게 했던 오블로는 그때보다 더욱 커졌다. 붉은 카펫이 깔린 방에 누워 있는 오블로의 모습은 해변을 피로 물들이고 죽어가는 고래를 연상케 한다. 방 한가운데에 놓인 침대는 철거가 중단된 건물의 철골처럼 불안정하다. 프레임에 칠해진 회색 페인트는 곳곳이 벗겨지고 녹이 슬어 있다. 오블로가 숨을 쉴 때마다 침대에서는 삐걱거리는 쇳소리가 났다. 견고하게 용접된 병실용 철제 침대임에도 불구하고 무거운 무게를 감당하기에는 버거워 보인다. 지방이 두껍게 쌓인 오블로의 피부는 갑각류의 껍질처럼 단단하다. 밀집된 살덩어리들은 독립된 세포들이 자체 번식하듯 커져만 갔고, 그 속에 화석처럼 숨은 흰 뼈들은 힘을 잃고 점점 물러져갔다.

　오블로는 세상에 믿기 어려운 일들이 실제로 많이 일어나고 있다는 것을 증명해주는 TV 프로그램에 출연했었다. 브라운관을 통해 비춰진 오블로의 모습은 컴퓨터 그래픽을 통해서만 볼 수 있었던 비대한 몬스터의 실물, 그 자체였다. 진행하던 MC와 방청객들은 극적인 효과를 위해 주기적으로 비명과 탄성을 질러댔다. 오블로의 몸무게를 재기 위해 준비됐던 분홍빛 플라스틱 체중계는 리포터의 손에 들려 한참 동안 장난감처럼 비춰졌다. 결국, 동물들의 무게를 재는 작은 기중기 같은 것이 동원됐다. 사람들이 몸에 줄을 매달고 여러 가지 검사를 했지만 오블로는 입을 꾹 다물고 아무 소리도 내지 않았다. 이내 오블로의 모습은 네거티브 효과를 통해 공포스럽게 반전되었고 붉은색의 550킬로그램이라는 숫자가 피가 번지듯 주르륵 흘러내렸다. 방청객들은 비명을 내질렀고 진행하는 MC들은 '세상에, 세상에'라는 말을 반복하며 곧 울 것처럼 눈시울을 붉혔다. 카메라가 눈물을 흘리는 오블로의 아버지를 클로즈업했다.
　어릴 때는 너무도 예쁜 딸이었는데, 지금은 저렇게 삽니다. 지켜보는 아비의 마음이 어찌나 아픈지······
　아버지는 물기가 빠져나가 푸석거리는 식물처럼 작고 마른 모습이었다.

그래도 동생이라고 어찌나 누나를 챙기고 보살펴주는지요, 저 어린 것이 누나 대소변을 다 받아내요.

아버지는 스끼의 모습을 바라보며 말했다. 스끼는 벽에 등을 기대고 말없이 고개만 숙이고 있었다. 순식간에 카메라가 스끼에게 향했다. 스끼의 옆모습이 로우앵글로 담겼고 화면은 흑백 필터로 바뀌었다. 단조의 피아노 음악이 흐르고 스끼의 검은 눈동자가 화면을 가득 채웠다.

동생과 아버지에게 한 말씀 해주세요.

인터뷰를 요청하는 리포터는 마이크를 오블로의 입술 앞에 들이밀었다. 오블로 앞의 은색 마이크는 막대사탕처럼 작아 보였다. 오블로는 한마디도 대꾸하지 않았다. 으깨진 두부처럼 삐져나온 턱살은 얼굴과 목의 경계를 허물었고, 짙은 보라색 입술은 오블로를 더욱 괴기스럽게 만들었다. 화면 중앙에는 오블로를 낳고 얼마 되지 않아 집을 나간 어머니를 간절히 찾고 있다는 아버지의 그늘진 옆모습이, 상단에는 후원계좌가 오른쪽에서 왼쪽으로 천천히 움직였다.

〔여러분의 사랑이 필요할 때입니다. 당신의 관심이 세상을 아름답게 만듭니다.〕

*

완전히 어두워지지 않은 방에서는 상한 냄새가 난다고, 컴

컴하지만 아직 제 속을 비추고 있는 허공에서는 음습한 소리들이 들린다고, 그 소리들을 밟아가며 수상한 형상들이 조금씩 다가온다고, 그 소리들이…… 너무도 무섭다고, 무섭다고, 무섭다고,

  오블로는 말하고 싶었다.

  오블로의 방이 어두워지고 있다. 오블로는 살진 손가락으로 더듬어 침대 모서리를 꽉 붙든다. 오블로의 눈빛이 어두워지고 있는 이곳저곳을 분주하게 오간다. 어둠은 흡수되는 물처럼 서서히 방을 잠식해간다. 먹지처럼 고르던 어둠이 순식간에 구겨지며 수많은 명암으로 나뉘어 찢어진다. 찢겨진 어둠의 한 자락이 검은 천 조각처럼 오블로의 배 위로 떨어진다. 오블로는 엄지발가락을 잔뜩 오므리며 허리를 뒤튼다. 병 속에 담긴 물처럼 살들이 요동치다 다시 잠잠해진다. 오블로의 숨이 가빠진다. 배 위에서 흔들리던 한 조각의 어둠이 지네로 변한다. 오블로의 커다란 배가 들썩거리고 침대의 쇳소리는 더욱 날카로워진다. 지네가 수많은 다리를 빠르게 움직이며 오블로의 겨드랑이를 스치고 지나간다. 순간, 두터운 살을 뚫고 소름이 오른다. 겹쳐진 목 위로, 가슴으로 쉴 새 없이 움직이던 지네의 다리가 하나 둘씩 떨어져 공중에 흩어진다. 까만 허공 속에 실처럼 떠 있는 지네의 다리들이 오블로의 주위를 둥글게 에워싼다. 그것들이 얇은 막을 펴고 흔들리며 바닥으로 떨어진다. 겁에 질린 오블로

의 두 눈은 막 태어난 새끼박쥐가 바닥에서 꿈틀거리는 것을 본다. 오블로가 이를 앙다문다. 그것들이 날기 시작한다. 사삭사삭 박쥐의 날갯짓에 침묵의 막이 찢겨지고, 그 틈으로 박쥐들이 붉은 입을 열어 알 수 없는 소리를 뱉어낸다. 그 소리가 오블로의 고막을 찌른다. 오블로는 고통스러워도 크게 움직일 수 없다. 들썩일 때마다 발목에 끔찍한 통증을 느끼기 때문이다. 박쥐들이 갑자기 땅으로 투두둑 떨어진다. 정적과 고요. 오블로의 눈은 아무것도 보지 못하고 귀는 아무 소리도 듣지 못한다. 하지만 코는 뭔가를 맡는다. 오블로가 가장 싫어하는 하수구 냄새다. 바닥에는 변태한 쥐들이 꿈틀거리고 있다. 털이 눅눅하게 젖은 쥐들이 빠른 속도로 침대 다리를 타고 오른다. 허벅지 위로 올라선 생쥐의 까맣고 작은 눈동자가 오블로의 눈을 정면으로 노려본다. 오블로의 동공이 바짝 조여진다. 쥐들이 전력으로 질주하며 입으로 파고든다. 오블로는 이빨을 딱딱딱 부딪치며 쥐의 침입에 저항한다. 날카롭고 긴 생쥐의 꼬리 끝이 팔뚝과 늘어진 가슴 사이에 송곳처럼 박히기 시작한다. 오블로는 비명을 지른 듯 보이지만 소리는 나지 않는다. 오블로의 혓바닥이 동그랗게 말려 목구멍을 막아 성대는 떨리지 않는다. 벌어진 오블로의 입으로 어둠이 빨려든다. 오블로의 젖은 눈동자가 방문을 향한다. 오블로는 간절하게 스끼를 기다리며 속으로 외친다, '방문을 열어줘, 불을 켜줘, 제발.'

2

스끼는 지금 기분이 나쁘다. 귀를 만졌던 담임의 손가락에 묻은 땀이 축축했다.
 아들 같고 예뻐서 그러는 거야, 공부 열심히 하고 있지?
 스끼는 속눈썹이 길고 얼굴이 예뻤다. 멍게처럼 붉고 까무잡잡한 친구들의 얼굴에 비하면 유독 돋보이는 얼굴이었다. 담임은 다른 친구들보다 스끼에게 심부름을 많이 시키고 관심도 많이 보였다. 스끼는 자신의 불쾌한 감정을 드러내는 침묵이 담임을 얼마나 조급하게 만드는지 알고 있다. 그때마다 담임은 스끼에게 이런저런 변명들을 늘어놓았다. 사제지간이 얼마나 중요한 인연인지에 대해서, 누군가를 오해한다는 것이 얼마나 무례한 행동인지에 대해서, 그리고 누나의 안부를 물으며 티브이에서 봤다는 식의 동정 어린 목소리, 스끼의 이름을 부르며 재미있지도 않은 농담을 할 때 비치는 어색한 웃음. 스끼는 담임의 손길을 몸으로 느끼는 것보다 담임의 말을 듣는 것이 더욱 수치스럽고 괴로웠다. 담임이 무안하지 않도록 스끼는 밝게 웃는다.

 스끼의 발걸음이 도서관을 향한다. 익숙한 동선을 타고 러시아 문학이 있는 책장 앞에 선 스끼의 눈동자가 반짝인다. 스끼의 손가락이 피아노 건반을 만지듯 책을 스치고 지나가다 멈춰 선다.

마야꼬프스끼.

스끼는 작가의 이름을 소리 내 읽는다. 몇 번을 되뇌다 완전히 익숙해질 때까지 입술을 꼼짝꼼짝거린다.

마야꼬프스끼, 마야꼬프스끼.

스끼의 붉게 상기됐던 얼굴이 조금씩 하얘진다. 밝아진 스끼의 얼굴이 막 물을 묻히고 나온 듯, 맑다.

*

스끼는 스스로를 스끼라고 부르기로 했다. 스끼는 우연히 보게 된 다큐멘터리를 잊을 수 없었다. 「고독한 예술가들의 땅, 러시아」. 끝없이 펼쳐진 시베리아, 그 황량한 땅을 홀로 건너는 횡단열차. 하얀 얼굴을 가진 사람들의 눈동자는 파랗고 그 속이 투명했다. 스끼는 그 얼굴들이 왠지 비현실적으로 보였으며 동시에 아름답게 보였다. 그들은 어디에서나 춤추며 노래했고, 곳곳에서 시를 낭독하고 책을 읽었다. 작은 마을에 서 있는 위대한 작가들의 동상은 그 모습이 늠름해 보였다. 그들은 문학을 사랑했고 작가들을 존경했다. 러시아인들의 입에서 흘러나오는 언어는 강하고 날카로웠지만 부드러운 바람을 품고 있었다. 그들이 존경하는 사람들을 부를 때마다 바람 소리처럼 들리던 스끼, 스끼, 스끼, 스끼.

스끼는 검은 매직으로 교과서와 노트에 커다랗게 '스끼'라고 적어 넣었다. 스끼는 친구들이 싫었다. 하는 짓이 유치하고 저능해 보였다. 하루 종일 만화책을 돌려보고, 여자 연예인들의 가슴에 집착하는 친구들과 함께 앉아 있는 것은 언제나 고역이었다. 친구들은 도스또예프스끼가 어느 나라 사람인 줄도 몰랐고 심지어 어떤 친구는 욕이라고 생각하며 스끼의 멱살을 잡으려 했다. '저급한 녀석들.' 스끼는 들리지 않게 중얼거리며 친구들을 외면했다. 친구들도 스끼의 노트와 교과서를 보고 스끼를 '스끼'라고 부르기 시작했다. 개 스끼, 시팔 스끼, 호로 스끼, 좆 같은 스끼, 호모 같은 스끼.

러시아의 위대한 작가 도스또예프스끼를 발굴한 사람은 벨린스끼였어. 러시아의 대문호가 춥고 좁은 자취방에서 빛도 없이 잠겨 있을 때, 벨린스끼가 직접 도스또예프스끼를 찾아갔지. 그 당시 벨린스끼는 가장 영향력 있는 비평가였어. 그는 무명의 도스또예프스끼를 러시아 문단에 소개했고, 도스또예프스끼는 『죄와 벌』『까라마조프의 형제들』등, 불후의 명작들을 남겼어. 위대한 사람들의 이름에는 스끼라는 이름이 들어가. 내 이름에는 그런 위대한 의미가 담겨 있는 거야.
 까라…… 뭐? 좆 까라 그래! 아주 유식해서 좋겠다. 이 씨팔 스끼야.

지금 우리가 배우고 있는 『상록수』나 『광장』 같은 한국소설 대부분은 러시아의 영향을 받은 거야. 러시아의 미래파들은 실제로……

꺼져! 씨팔. 너 같은 새끼들 때문에 우리나라가 발전이 안 되는 거야.

스끼는 스끼대로, 친구들은 친구들대로, 서로를 무시했다. 스끼는 주로 혼자 있는 날이 많았다. 그래서 가끔은 교무실이나 휴게실로 자신을 불러주는 담임이 고마울 때도 있었다. 쉬는 시간마다, 담임의 말을 들어야 할 때마다, 저능한 친구들의 입에서 '스끼'라는 단어가 저속하게 사용될 때마다 스끼는 오블로를 생각했다.

*

오블로의 방문이 열린다. 빛을 등지고 선 스끼의 실루엣이 검다. 스끼가 불을 켜자 형광등 아래 오블로의 모습이 적나라하게 드러난다. 스끼의 미간이 잠깐 좁아진다. 오블로의 배에는 특별하게 제작된 커다란 목욕 타월이 덮여 있다. 목욕 타월 양 귀퉁이에 매달린 줄은 오블로의 어깨와 목에 걸쳐 있다. 비대한 아이가 턱받이를 하고 있는 것처럼, 혹은 전신을 수술하기 위해 수술대에 오른 환자처럼 오블로는 무력해 보인다. 오블로는 형광 불빛에 눈이 부셔 쉽게 눈을 뜨지 못한다. 스끼의 책가방이 붉은 카펫 위에 던져진다. 한동안 눈을 뜨지 못한 오블로의 숨소리가 조금씩 낮아진다.

누나, 오늘은 나…… 기분이 너무 안 좋아.

스끼는 냉장고 문을 연다. 갇혀 있던 냉기가 붉은 카펫 위로 쏟아진다. 냉장고 안에는 각종 견과류와 통조림, 대용량 살균 우유가 빼곡하게 차 있다. 커다란 크기의 검붉은 햄들은 날카로운 갈고리에 걸려 있는 정육점의 살코기 같다. 스끼는 속이 깊은 그릇을 가져온다. 표면에는 우유가 굳어 비듬처럼 엉겨 붙은 자국 위로 땅콩껍질이 붙어 있다. 스끼는 그릇에 우유를 반 통쯤 붓는다. 우유 속으로 땅콩과 건포도, 마른 바나나가 들어 있는 견과류를 쏟아 넣는다. 통조림을 깐다. 콩이 젤리처럼 엉겨 붙어 있다. 탁탁 털어 넣다가 통까지 우유 속에 빠진다. 스끼는 커다란 햄을 칼로 반 토막 낸다. 오블로는 얼굴을 돌려 말없이 스끼를 쳐다본다. 그릇 속의 우유는 죽처럼 걸쭉해진다. 스끼는 오블로의 곁에 그릇을 가져다 댄다. 오블로가 손을 뻗는다. 오블로의 손이 그릇에 조금 못 미친다. 그릇 앞에서 허우적거리는 오블로의 팔이 돼지의 잘린 뒷다리처럼 보인다. 스끼는 오블로가 손으로 그릇을 만질 수 있는 거리를 정확히 알고 있다. 스끼는 잠시 오블로의 더듬거리는 손짓을 바라본다. 가볍게 오블로의 옆구리를 발로 건드린다. 검붉은 피멍이 수두처럼 퍼져 있는 오블로의 옆구리 살이 흔들린다. 스끼는 오블로의 팔뚝과 허벅지의 멍을 말없이 내려다본다. 스끼의 턱 근육이 꽉 조여진다. 오블로는 더 이상 움직이지 않는다.

누나가 왜 오블로인지 알지? 내가 말해줬잖아. 기억나지?

스끼는 발끝으로 그릇을 민다. 그릇 속의 걸쭉한 우유가 몇 번 출렁거린다. 스끼는 침대 밑의 손잡이를 잡고 돌린다. 오블로의 상반신이 조금씩 위로 올라온다. 스끼가 손잡이를 돌릴 때마다 침대에서는 거친 쇳소리가 들린다. 오블로의 상반신이 45도쯤 올라오자 스끼는 손잡이를 놓는다. 오블로의 살들이 삼중으로 겹쳐지고 오블로의 숨이 더욱 거칠어진다.

나, 참…… 기억이 또 안 나나 보네. 곤차로프라는 사람이 『오블로모프』라는 작품을 썼다고 했잖아.

스끼는 오블로의 가랑이 사이에 그릇을 올려놓는다. 오블로는 아직 그릇에 손대지 않고 스끼의 눈치를 살핀다.

오블로모프는 어떤 사람이었냐면. 게으르고, 무감각하고, 열정이 없고, 심지어 슬리퍼에 발가락을 집어넣는 것도 귀찮아서 가만히 앉아서 하인들에게 먹을 것을 가져오게 하고 똥, 오줌까지 받게 했어. 숨 쉬는 것조차 귀찮았을지도 몰라. 지금 누나처럼 말야.

스끼는 한 문장, 한 문장 끊어질 때마다 힘을 주어 손바닥으로 벽을 친다. 오블로는 먹이통을 껴안은 곰처럼 미련스럽게 가만히 있다. 반응이 없는 오블로를 보고 스끼는 몸에 열이 오르는 것을 느낀다. 모래언덕 같은 오블로의 목을 발로 걷어차고 싶다고 생각한 스끼는 엄지발가락에 잔뜩 힘을 준다. 스끼는 벽에 걸려 있는 작은 국자를 들어 그릇에 던져 넣는다. 오블로가 먹기 시작한다. 스끼의 눈치를 보던 오블로의 먹는 속도가 점점 빨라진다. 그 모습을 물끄러미 바라보던 스끼는 뜨거운 것이 목구멍을 꽉 틀어막는 것을 느낀다. 감정이 뒤섞인다. 화가 나는 것인지, 슬픈 것인지 분간하기 힘든 스끼는 방을 나와 문을 닫는다. 오블로의 출렁거리는 살의 감촉이 스끼의 손바닥에 남아 자꾸만 화끈거린다. 스끼는 허벅지에 손바닥을 닦아낸다. 닫힌 방문 틈으로 형광등의 흰빛과 우유가 목구멍으로 넘어가는 소리가 새어 나오고 있다.

3

스끼는 거실에 주저앉아 전화기를 들고 있는 아버지의 등을 본다. 물 빠진 쥐색 양복이 주름져 있다. 최근 들어 더욱더 전화기에 매달려 있는 아버지를 보며 스끼는 자신이 아버지에게 명명한 또 다른 이름, '꼬프'를 생각한다.

체호프의 소설 「관리의 죽음」에 나오는 말단 관리 '체르바꼬프', 그는 어느 날 극장에서 재채기를 하는 바람에 앞좌석 상사 머리에 침을 튀기고 말았다. 상사는 웃으며 괜찮다고 했지만

'체르바꼬프'는 그 실수를 떨쳐버리지 못했다. 그는 자신의 행동으로 인하여 분명 상사가 모욕감을 느꼈다고 생각했다. 누구도 그를 정죄하지 않았지만 체르바꼬프는 자책감 속에 갈등하다가 결국 강박을 이기지 못하고 죽고 만다. '체르바꼬프'는 소심하고 작은 인간의 전형이었다.

꼬프. 스끼는 아버지의 등을 향해 경멸하듯 말을 내뱉으려다 조용히 되삼킨다. 꼬프라는 단어가 주는 조잡하고 상스런 어감이 유치한 아버지의 본명보다 더 어울렸다. 아버지가 전화기를 입에 대고 누군가에게 사정하는 모습이 스끼의 눈에는 죽은 나무에 붙어 있는 축축한 버섯처럼 보인다. 스끼는 말없이 거실을 가로질러 주방으로 들어간다.

*

꼬프는 당구장을 운영했다. 당구장은 가난한 연립주택가가 모여 있는 허름한 상가 3층에 있다. 2층에 있는 개척교회는 새벽마다 당구장을 없애고 교육관을 만들어달라고 기도했고, 4층에 있는 태권도장에서는 하루 종일 아이들이 고함을 질러댔다. 다이가 네 대밖에 없는 당구장은 초라했다. 미적 효과를 전혀 고려하지 않은 조명, 입구는 너무 밝고 안쪽은 너무 어두웠다. 벽에 걸어놓은 사진 속의 서양여자들의 성기와 가슴은 구멍이 뚫려 검게 삭아가고 있었다. 오블로의 모습이 방송에 나가고 난 후, 꼬프는 변했다. 누군지도 모르는 사람들에게 후원금이 들어왔고 아이들에게서는 편지가 왔다. 심지어 오블로의 엄마를 안다는 사람들이 전화를 걸어오는 경우도 있었다. 하지만 꼬프의 무능력을 견디다 못해 집을 나간 오블로의 엄마가 돌아올 리 없었다. 넉넉하게 벌지 못해서 오블로를 치료해주지는 못했어도 꼬프는 오블로의 건강과 먹을 것을 가장 먼저 챙겼었다. 가끔은 오블로가 좋아하는 꼬프의 어린 시절 이야기도 해주었다. 하지만 방송이 나간 후, 사정이 달라졌다. 꽤 유명한 식품 회사에서 오블로를 돕고 있다는 문구를 사용하는 대신 오블로가 먹을 음식을 3년 동안 후원해준다고 했고, 후원 계좌에는 필요 이상의 돈이 들어왔다. 꼬프는 치열하게 살지 않아도 되는 하루하루가 어색하고 이상했지만 점차 그 편리함과 달콤함에 빠져들었다. 꼬프는 당구장 운영에 더 이상 관심을 두지 않고 그곳에서 동네 한량들을 불러 도박판을 벌였다. 할 줄 아는 것이 하나도 없던 꼬프는 도박에도 재능이 없었다. 통장의 돈을 모두 도박으로 날렸다. 돈을 잃은 꼬프는 자주 술을 마시고 집에 들어왔고 잠자는 스끼를 깨워 집안 걱정을 늘어놓다가 끝내 미안하다며 아이처럼 울었다. 간혹 욕설을 퍼붓기도 했지만 이내 사과하곤 했다. 그때마다 스끼는 무력한 꼬프를 증오했다. 후원금은 금세 끊어졌다. 꼬프는 하루에도 몇 번씩 잔고를 확인하고 욕을 하고, 다시 확인하고 욕을 하는 시간을 되풀이했다.

세상은 오블로의 사연을 잊었고 더 이상 아무도 관심을 가지지 않았다. 오블로보다 독특한 사람들이 방송에 많이 나와서 사람들을 웃기고 울렸다. 게다가 오블로처럼 살이 많이 찐 것은 그것이 병이라 할지라도 더 이상 신기하고 동정을 받아야 하는 일이 아닌 자기 관리의 실패로 여겨졌다.

일단 한 번만 와보라니까요. 그때보다 더 커졌어요. 어쩌면 정말 기네스북에 오를지도 모른다니까요. 그냥 살이 많이 찐 것이 아니라 병에 걸렸다니까! 아이 씨팔. 와서 한 번 찍고 가는 게 그렇게 어려워? 여보세요? 여보…… 야! 야!! 이 개새끼야. 씨팔 놈들이 와서 한 번만 보라니까.

꼬프는 오블로의 방으로 들어가려는 스끼를 부른다.

장미 밥 챙겨줬니?

아니요, 아직……

방송국에서 또 올지도 모르니까 무조건 많이 먹여. 애써 찍으러 왔는데 저번보다는 더 볼 만해야지 않겠어?

꼬프는 전화기를 몇 번 바닥에 때리더니 현관문을 열고 밖으로 나간다. 스끼는 꼬프가 나간 현관을 한참 바라보다 빈주먹을 꽉 비틀어 쥔다.

*

　오블로는 잠들어 있다. 스끼의 눈에는 들썩거리며 움직이는 오블로의 배가 오늘따라 비현실적으로 보인다. 늘 누워만 있는데도 무척 피로한 모습이다. 스끼는 방 안 가득 고여 있는 오블로의 똥 냄새를 맡는다. 아무리 맡아도 익숙해지지 않는 냄새에 스끼는 인상을 쓴다. 오블로에게 밥을 먹이고 똥오줌통을 갈아온 시간이 2년이다. 그전에 오블로는 힘겨워하긴 했지만 조금씩 움직였고 밥도 스스로 먹을 수 있었으며, 말도 잘 했었다. 간혹 어릴 때 스끼와 함께 놀던 이야기를 하며 스끼를 즐겁게 해주기도 했다. 하지만 왜 갑자기 움직이지도 않고 말도 하지 않는지 스끼로서는 알 수 없었다. 오블로가 누워 있는 허리 밑으로는 매트리스가 깔려 있지 않다. 움직이지 못하는 오블로는 침대에 누워 밥을 먹고, 그 자리에서 똥오줌을 쌌다. 거대한 오블로에게 기저귀를 채운다는 것은 불가능한 일이었다. 오블로의 하반신을 지탱해주는 三자형 철골 틈으로 삐져나온 오블로의 살이 떨어져 박힌 음식물과 함께 미어지게 박혀 있다. 오블로의 허벅지에 들러붙은 똥딱지들은 바위에 붙은 따개비처럼 보인다.

　누나, 내 말 들려?

　오블로의 숨소리가 순간 작아진다.

왜 말을 안 해? 안 들리는 거야?

스끼는 오블로가 누워 있는 침대를 걷어찬다. 오블로는 몸을 들썩거려보지만 스스로 몸을 뒤집지 못한다. 스끼는 침대 밑에서 오블로의 똥통을 발로 밀어낸다. 똥과 오줌이 섞인 내용물이 죽처럼 흔들린다. 아직까지 스끼는 오블로를 볼 때마다 드는 이 불쾌감이 분노인지 슬픔인지 분간이 되지 않았다. 그러면서 자신이 왜 이 지겨운 짓을 계속해야 하는지에 대한 회의감으로 자꾸만 몸에 열이 올랐다. 스끼는 똥통을 들고 속에 있는 것을 변기에 버리고 물을 내린다. 완전히 빨려 들지 못한 잔여물이 맑은 물속에서 천천히 맴돈다. 변기 속을 내려다보며 스끼는 중얼거린다.

더 이상은 안 돼. 더 이상은……

스끼는 다시 한 번 변기 물을 내린다. 스끼는 누워 있는 오블로를 한참 동안 내려다본다. 오블로에게 밥을 주고 싶지 않았다. 스끼는 오블로의 방에서 나온다.

침대가 흔들리며 삐걱거리는 쇳소리가 한동안 집 안을 맴돈다.

4

장미는 등이 아프다. 거기에 무엇인가 살고 있다. 장미는 그렇게 믿었다. 등이 아플 때마다 장미는 보이지 않는 그것들이 자신의 피를 빨고 날카로운 잔뿌리를 혈관 깊숙하게 퍼뜨리는 환상에 사로잡힌다. 뒤집어보려고 움직이면 움직일수록 더 아팠다. 말을 할 수만 있다면 가장 먼저 등이 아프다는 말을 하고 싶었다. 장미는 입술을 잘근잘근 씹으며 그 시간을 견딘다. 장미는 커튼 사이를 비집고 들어온 햇빛이 벽에서 천장으로 올라가는 것을 지켜본다. 햇빛은 민달팽이처럼 스르르 기어 올라간다. 햇빛이 지나간 자리는 금세 어두워진다. 아무도 없는 빈집은 소리로 가득 찬다. 장미는 눈을 감고 소리를 듣는다. 냉장고 팬이 갑자기 돌아가는 소리가 웅웅거린다. 잠그지 않은 수도꼭지에서 떨어진 물이 배관을 타고 흐른다. 옆집 개가 짖는 소리라든지, 아이들이 지나가며 내지르는 웃음소리 같은 것들은 장미를 기분 좋게 하는 소리들이다. 천장에는 푸른 창이 3개씩 달린 삼각형 모양의 집들이 프린트되어 있다. 장미는 천장을 보는 것이 두렵다. 집 속에 무엇인가 살고 있다고 생각한다. 밤마다 천장의 작은 집 사이로 크고 작은 거리가 만들어지고, 곧 마을이 생겨났다. 하지만 햇빛이 머무는 오후에는 천장의 집들이 수몰된 마을처럼 조용했다. 장미는 천장을 노려본다. 자신을 괴롭히는 존재들이 창문을 통해서 자신을 쳐다보고 있을 것만 같다. 어둠 속에서 장미의 눈을 똑바로 마주하고 있을, 보이지 않는 존재들의 푸른 눈동자. 모습을 드러내지 않는 그들은 불이 꺼지면 문을 열고 나와 장미를 괴롭힌다. 장미는 질끈 눈을 감는다.

장미가 가장 무서워하는 것은 괴물이다. 괴물에게서는 늘 술 냄새가 났다. 괴물은 장미를 아프게 했다. 두려움에 떠는 장미의 눈동자가 괴물이 사는 집을 분주하게 찾는다. 괴물이 술을 마시며 자신을 바라보고 있을 것이라고 생각하자 장미의 호흡이 다시 거칠어진다.

*

2년 전 어둠 속에서 처음으로 괴물의 존재를 느꼈을 때 장미는 그것이 무엇인지 알지 못했다. 어둠 속에 모든 것이 잠겨 있었기 때문에 이것이 꿈인지 현실인지도 확신할 수 없었다. 다만, 곁에서 작은 소리를 들었고 다른 이의 호흡을 느꼈고 그 속에 섞인 술 냄새를 맡았다. 괴물은 꿈이 아니었다. 어둠 속에서 막대기가 장미의 몸을 때렸다. 아무리 몸을 뒤척이고 비명을 질러도 막대기는 집요하게 장미의 몸을 파고들었다. 그때, 장미의 오른쪽 무릎과 왼쪽 발목뼈에 금이 갔다. 움직일 때마다 끔찍한 고통이 온몸을 관통하며 지나갔다. 그때부터 장미의 눈에는 밤마다 이상한 것들이 보이기 시작했다. 그것들은 어둠의 옷을 껴입고 나타나 장미를 괴롭혔다. 악을 쓰고 누군가를 부르고 싶었지만 아무리 입을 벌려도 성대는 떨리지 않았다. 스끼가 들어와 불을 켤 때, 그것들은 서둘러 자신의 집으로 도망갔다. 장미가 움직이지 못하고 말을 하지 못하면서 스끼는 조금씩 지쳐갔다.

장미는 늘 배가 고팠다. 밤마다 자신을 괴롭히는 존재들에게 시달릴 때면 이대로 죽었으면 좋겠다, 생각하면서도 배가 고파지면 무엇인가 먹어야겠다는 생각이 삶에 대한 욕구를 증폭시켰다. 다시 어두워지고 있다. 천장의 집들이 하나씩 어둠 속에 지워지면서 푸른 창에 불이 켜진다. 장미는 침대를 꽉 움켜쥐며 스끼를 기다린다.

5

스끼는 왕자라는 자신의 이름이 싫었다. 때문에 이름을 붙여준 꼬프와 심지어 얼굴도 기억나지 않는 어머니까지 싫었다. 왕자와 장미가 사는 집이라고 하기에는 이제껏 살아온 삶이 너무 궁핍했고 비루했다. 어릴 때는 친구들이 거지왕자라고 놀려댔고 학교에 들어가서는 왕자지라는 별명을 얻었다. 왕자는 아무 생각 없이 이름을 천박하게 지어놓은 꼬프의 상투적인 발상을 증오했다. 그렇게 이름을 지어놓고 꼬프는 자신이 의식 있는 아버지라고 생각했다. 어느 순간부터 꼬프가 술에 취해 왕자를 깨우는 날이 많아졌다. '우리 왕자님 훌륭한 사람이 되어야 해요.' 술 냄새를 피우며 머리를 쓰다듬기 시작할 때부터 왕자는 '더 이상은 안 된다, 안 된다.' 속으로 수없이 중얼거렸다. 왕자는 밤마다 술에 취해 누나의 방에 들어가는 꼬프의 눈빛이 정상이 아니라는 것을 눈치 챘다. 꼬프가 누나를 짐승처럼 대할 때마다, 도박으로 돈을 잃고 밤마다 술에 취해서 울 때마다, 왕자의 마음에는 서늘하게 날이 섰다.

앞으로 누나에게 밥을 주지 않겠어요.

갑자기 왜 그래? 조금만 있으면 방송국에서도 온다는데.

누나에게 밥 주는 것도 힘들고 똥통 비워내는 것도 이젠 너무 싫어요.

조금만 참아봐. 방송국에서 한 번만 더 오면 말이다……

제발, 그만 병원으로 보내세요.

술에 취해 있는 꼬프가 왕자의 어깨를 잡고 흔든다. 왕자의 몸은 쉽게 흔들리지 않는다. 이미 왕자는 꼬프보다 키가 한 뼘이나 컸다. 왕자는 고개를 돌려 꼬프를 정면으로 노려본다. 왕자보다 힘이 약한 꼬프는 왕자의 뺨을 때리려다 말고 가만히 고개를 숙이고 서 있다가 슬며시 웃으며 왕자의 손목을 잡는다.

왕자야. 제발 아버지 말 좀 들어라. 어떻게 멀쩡하게 가족도 있는 사랑하는 딸을 병원에 보내니, 조금만 참고 있으면 곧 방송국에서 또 취재 나올 거야. 니 누나 봐라. 그때보다 훨씬 더 커졌잖아. 방송국에서 아직 누나의 크기를 못 봐서 그러는데, 내가 이번에 장미 사진을 찍어서 보냈거든, 한 번만 더 방송을 타면 말이다…… 이번에는 정말 큰 특종이 될 거야!!

씨팔! 니가 아버지냐!

왕자는 꼬프의 배를 발로 걷어찬다. 꼬프는 배를 움켜쥐고 쓰러진다. 왕자는 소리를 지르며 밖으로 나간다. 장미는 어둠 속에 짓눌려 이 모든 소리를 숨죽여 듣고 있다. 한참 동안 꼬프는 거실에 그대로 주저앉아 있다가 다시 전화기를 든다. 버튼을 몇 번 누르다 말고 전화기를 내려놓은 꼬프는 일어나 냉장고 문을 열고 소주병을 꺼낸다. 밤이 늦도록 왕자는 들어오지 않는다. 꼬프는 앉은자리에서 계속 술을 마신다. 더 이상 냉장고에 술이 없다는 것을 확인한 꼬프는 티브이 옆에 놓인 당구 큐를 들고 장미의 방으로 들어간다. 꼬프는 장미의 방에서 한동안 나오지 않는다.

6

 수업이 아직 끝나지 않은 오후, 스끼가 오블로의 방으로 들어간다. 예상치 못한 시간에 방에 들어온 스끼가 오블로는 낯설다. 스끼는 오블로의 똥통을 비워낸다. 냉장고를 열어 음식들을 그릇에 가득 담고 우유를 한 통 가득 담는다. 오블로는 불어터진 입술을 옴짝거리며 허겁지겁 먹는다. 스끼는 냉장고 곁에 주저앉아 음식을 먹는 오블로를 가만히 지켜본다. 목욕 타월이 벌어진 틈으로 오블로의 커다란 젖가슴이 보인다. 가슴에 붙어 있다기보다 옆구리까지 퍼져 있다고 해야 할 만큼 커다란 살덩어리. 그 위로 뿌리 깊게 박인 젖꼭지가 검은 사마귀처럼 단단하다. 우유가 흘러내리며 목욕 타월을 적신다. 스끼는 침대 바퀴를 고정시키는 잠금쇠를 풀고 침대를 거실까지 밀고 나간다. 침대 바퀴가 바닥에 검은 자국을 그어대며 끽끽 소리를 낸다. 오랜만에 방을 벗어나는 오블로는 겁에 질려 침대를 손으로 붙잡고 목욕 타월을 이빨로 앙다문다. 침대가 화장실 문 앞에 세워진다. 스끼는 파란 플라스틱 통에 뜨거운 물을 채우고 찬물을 섞어 물을 따뜻하게 만든다. 화장실은 금세 하얀 김으로 가득 찬다. 스끼는 오블로의 목 언저리의 살을 집어 올려 끼어 있던 줄을 빼내고, 오블로의 입에서 목욕 타월을 빼낸다. 오블로의 목을 감고 있던 줄이 풀린다. 오블로가 겁에 질려 몸을 뒤척인다. 스끼는 말없이 오블로의 허벅지를 더듬어 매여 있는 줄을 찾는다. 줄은 침대와 허벅지 사이에 끼어 꼼짝도 하지 않는다. 스끼는 가위로 줄을 잘라낸다. 오랫동안 줄에 짓눌려 있던 오블로의 허벅지에는 붉은 자국이 나 있다. 모든 줄을 잘라내고 목욕 타월을 걷어내자 오블로의 나체가 드러난다. 오블로의 몸에는 피가 응고되어 생긴 딱지들과 검은빛이 도는 멍들이 퍼져 있고 허벅지에는 각종 오물들과 똥들이 굳어 있다. 뱃살에 가려 잘 보이지 않는 오블로의 성기는 낡은 빗자루처럼 검고 지저분했으며 털은 거의 빠져 있다. 게다가 얼마 없는 털도 물기 없이 푸석거려 바스라질 것만 같다. 오블로의 젖가슴은 가슴이라기보다는 아랫배가 두 개 겹쳐 있는 것처럼 보인다. 젖가슴 사이 명치 쪽에는 하얗게 우유가 엉켜 붙어 있고 표면은 금이 가 있다. 조금만 길어도 꼬프가 잘라버렸던 오블로의 머리카락은 짧고 지저분했다. 스끼는 한동안 오블로의 몸을 본다. 오블로는 두려움과 수치스러움에 웅웅거리며 몸을 떤다.

누나. 『오블로모프』의 결말을 말해줄까?

스끼는 따뜻한 물을 오블로의 몸에 부드럽게 끼얹는다. 오블로는 몸을 부르르 떨면서 팔을 흔든다. 따뜻한 물이 오블로의 몸 곳곳으로 흘러내린다. 거실 바닥에 물이 고인다. 저항하던 오블로가 가만히 눈을 감는다.

오블로모프는 결혼을 했어. 비록 상대가 오블로모프보다 나이가 많았고 재혼이었지만 따뜻한 마음을 가지고 있는 좋은 부인이었지. 그 부인은 오블로모프의 무력한 모습도 사랑했어. 부인의 사랑 때문에 오블로모프도 조금씩 변하는 듯했어.

스끼는 오블로의 가슴과 성기 부분에 비누칠을 한다. 오블로가 가벼이 몸을 움직인다. 하얀 거품이 오블로의 몸을 뒤덮는다. 스끼는 부드러운 타월로 오블로의 몸을 정성스럽게 닦아낸다. 오블로의 몸에 붙어 있던 똥딱지들과 오물들이 거품과 함께 하나둘 떨어져 나간다. 스끼는 오블로의 몸을 힘겹게 옆으로 돌린다. 스끼는 타월을 들고 한동안 가만히 서 있다. 돌아누운 오블로의 등에서 지독한 냄새가 난다. 침대 프레임에 짓눌린 부분은 심하게 헐어 있고, 노란 고름이 가득 고인 커다란 욕창이 곳곳에 퍼져 있다. 스끼는 물을 끼얹으려다 말고 다시 오블로를 바르게 눕혔다. 스끼는 몇 번이나 침을 삼킨다. 침은 너무도 뜨겁다.

　하지만…… 오블로모프는 바뀌지 않았어. 부인의 헌신적인 사랑에도 아무런 반응을 보이지 못할 정도로 치명적인 무력함이 오블로모프를 침전시키고 만 거야. 침대에 누워 아무것도 하지 않는 오블로모프의 모습을 보며 결국 부인은 포기를 하고 오블로모프를 떠나. 부인은 집을 나서며 오블로모프에게 편지를 한 통 남겼어.

　스끼는 맑은 물로 오블로의 몸을 감싸고 있던 거품을 씻어낸다. 오블로의 몸은 조금씩 깨끗해지고, 검붉은 빛이 돌던 멍들이 보랏빛으로 변하기 시작한다.

　마지막까지도 여전히 사랑한다는 내용이었어. 당신의 아내로 정말 당신을 사랑해보려고 노력했었다는 부인의 편지를 읽은 오블로모프는 지독한 슬픔 속에 빠져들게 되지.

　스끼는 깨끗해진 오블로의 몸을 마른 수건으로 정성스럽게 닦아낸다. 그리고 새로 사온 커다랗고 노란 목욕 타월을 오블로의 몸에 걸친다. 타월에는 귀여운 병아리 한 마리가 노래를 부르는 그림이 프린팅되어 있다. 노란 목욕 타월을 덮은 오블로는 모처럼 활짝 웃는다. 오블로는 손가락으로 침대를 통통 때리면서 몸을 들썩인다. 물이 가득 고인 거실은 늪처럼 변했다. 스끼의 눈에는 오블로가 누워 있는 침대가 물 위에 떠 있는 섬처럼 보인다. 금방이라도 가라앉을 것만 같아 스끼는 오블로의 침대를 방으로 다시 집어넣는다. 스끼가 걸을 때마다 절벅거리며 비누 거품이 하얗게 부서진다.

　누나. 결국 오블로모프는 침대에 누워 부인이 남긴 편지를 안고 죽어. 하인도 가족도 모두 오블로모프를 떠나버린 쓸쓸한 집에서 말이야. 그런데, 누나. 오블로모프는 죽을 때 어땠을까? 죽는 것이 슬펐을까? 아니면 이 무력감에서 벗어나는 것이 행복했을까? 난 그것이 궁금해…… 어떤 죽음은 어떤 삶보다 차라리 행복할 수도 있을 것 같아서.

　오블로의 방은 비누 향기로 가득 찬다. 스끼는 들떠 있는 오블로의 눈을 바라보다 마른기침을 몇 번 뱉어낸다. 자꾸만 뜨거운 것이 올라와 스끼의 목이 잠긴다. 밝은 표정의 오블로는 금방이라도 옛날처럼 농담을 하며 장난을 칠 것처럼 보인다. 전화가 온다. 빈 거실에서 울리는 전화벨 소리에 스끼는 오블로의 방에서 나온다.

　김행복 씨 댁이죠?

　네. 누구시죠?

　네, 저는 「특종! 불가사의」의 기획을 맡고 있는 피디입니다. 혹시 김행복 씨 되십니까?

　아니요, 지금 집에 안 계신데요.

　아, 저번에 전화로 김행복 씨가 저희 쪽으로 제보를 몇 번 주셨었어요. 촬영 일정이 잡히지 않아 연락을 못 드렸다가 이렇게 오늘 연락드리네요. 혹시 김행복 씨와 어떻게 되십니까?

　아들이에요.

아, 그렇군요. 반가워요. 그런데 혹시 김장미 씨 몸무게가 지금 얼마쯤 나간다고 하셨죠? 이번에 보내주신 사진 말인데요. 아 정말 놀랍더군요. 그래서 말인데요. 김장미 씨 사연을 의학 다큐로 만들어보면 어떨까, 하는 생각이 들더군요.

……

여보세요? 여보세요?

죽었어요.

네?

죽었어요. 김행복 씨, 김장미 씨 다 죽었다고요!!

스끼는 전화를 끊는다. 스끼의 손가락 사이로 전화선이 어지럽게 꼬여든다. 전화선을 붙들고 있는 스끼의 손이 떨린다. 스끼는 주먹을 꽉 움켜쥐고 물에 잠긴 거실을 가로질러 주방으로 달려간다. 주방에서 날카로운 쇳소리가 스친다. 스끼는 가방을 들고 밖으로 나간다. 오블로의 방에서 통, 통, 통, 침대 프레임이 울리는 소리와 함께 향긋한 비누 냄새가 퍼진다.

*

오블로는 오늘, 자신을 괴롭혔던 존재들과 처음으로 즐겁게 지낼 수 있었다. 목욕을 한 이후에는 이상하게도 어둠이 무섭지 않았다. 오늘은 지네도 없고, 생쥐도 없었고, 밤마다 가슴속 깊이 박히던 송곳도 보이지 않았다. 도리어 어둠은 바람이 되어 시원해진 오블로의 가랑이 사이를 간질였고, 꽃이 되어 오블로의 몸 곳곳에 피었다. 등 속에 뿌리를 내리고 있는 것은 여전히 오블로를 아프게 했지만 그 아픔 속에서 무엇인가 만들어지는 느낌이 들었다. 고여 있는 피 속을 뚫고 열린 작고 빨간 열매가 몸 곳곳에서 좋은 향기를 만들어내는 것만 같아, 오히려 기분이 좋았다. 또 배가 고팠지만 오늘만큼은 참을 수 있을 것 같았다. 오블로의 방에 괴물이 들어왔다. 괴물은 어둠 속에서 느릿한 걸음으로 조금씩 다가왔다. 오블로는 괴물이 좀 달라졌다고 느꼈다. 술 냄새가 전혀 나지 않았지만 미세하게 피 냄새가 났다. 괴물은 오블로의 발목과 허벅지 근처에 손을 짚었다. 오블로는 가벼운 통증을 느꼈지만 이내 그 손길이 아프지 않다는 것을 도리어 부드럽다는 것을 느꼈다. 괴물은 곳곳에 고여 있던 오블로의 멍들을 만져주었다. 투둑, 투둑 붉은 열매가 오블로의 몸 안으로 떨어졌다. 괴물은 오블로의 입에 큰 빵을 집어넣었다. 배가 고팠던 오블로는 빵을 먹었다. 자꾸만 씹어 삼켜도 줄어들지 않은 빵은 점점 커져서 오블로의 입을 막고 코를 막았다. 오블로는 숨이 막혔다. 괴물은 가만히 오블로의 이마를 짚었다. 오블로는 의식이 점점 멀어지는 것을 느꼈다. 오블로의 이마를 짚은 손이 부드럽게 오블로의 머리를 쓰다듬었다. 정신이 아득해지면서 오블로는 갑자기 스끼가 보고 싶어졌다. 스끼가 자신의 몸을 씻어내며 물었던 질문에 대한 답을 해주고 싶었기 때문이다. 천장에 붙어 있던 집들의 창에 하나둘, 불이 꺼진다. 고요한 어둠이 오블로를 물끄러미 바라본다. 푸른 새벽, 괴물은 방을 나가지 않고 오블로의 곁에 오래도록 머물렀다.

구름동
수족관

구름동 삼거리에 여자들이 지나간다. 눈 없는 늦겨울 오후 한 시 반. 거리는 액자에 갇힌 오래된 풍경처럼 정적하다. 구름 세탁소, 구름 미용실, 구름 슈퍼 주인들이 평상에 모여 앉아 마늘을 까고 있다. 세탁소의 셔터가 반쯤 올라가 있고 미용실과 슈퍼의 셔터는 닫혀 있다. 여자들 중 한 명이 평상에 모여 앉아 있는 주인들에게 인사를 한다. 세탁소는 과도를 들고, 미용실은 깐 마늘을 움켜쥐고, 슈퍼는 플라스틱 그릇을 들고, 손을 흔든다. 여자들은 서로 다른 색상의 트레이닝복을 입고 구름 목욕탕에 가는 중이다. 여자들의 발걸음은 경쾌하다. 송은 노란색 목욕 바구니를 손에 들고 가장 늦게 여자들의 뒤를 따른다. 오른쪽이 닳아 한쪽으로 기울어진 플라스틱 슬리퍼가 송의 발가락 끝에 걸려 바닥에 끌리자 찍— 찍— 소리가 난다. "시끄러 이

년아! 얼른 좀 와." 여자들 중 하나가 송을 향해 소리친다. 송의 발걸음이 조금 빨라지고 슬리퍼가 송의 발등 위로 깊숙하게 걸린다. 발톱에 칠해진 붉은 매니큐어처럼 송의 발가락도 빨갛게 얼어 있다. 여자들이 서로의 겨드랑이를 간질이며 웃는다. 여자들 입에서 나온 하얀 입김이 허공에 떠돌다 사라진다. 뒤따르던 송이 하— 하며 일부러 입김을 만든다. 송은 간밤의 매운탕을 생각한다. 뚜껑을 열고 하얗게 올라오던 김을 후— 불고는 탁자에 내려놓고 갔던 농의 머뭇거림을 떠올린다. "담배 줄까?" 뒤처진 송의 손목을 끌며 여자들 중 하나가 송의 옆구리를 찌른다. 송이 비명을 지르다가 이내 웃는다. 여자들의 웃음소리에 선잠을 자던 구름동이 조금씩 깨어난다.

구름동에 바람이 분다. 구겨진 종이컵이 거리 위에 뒹굴고 검은 비닐봉지가 제 속을 비우고 공중에 떠돌아 불규칙적인 궤적을 그리며 춤을 춘다. 오른쪽으로 굽이 닳은 갈색 구두 한 짝이 공중전화 부스 안에 숨어 바람을 피한다. 쓰레기들이 구름 횟집 출입문 앞에 쌓인다. 현관 앞에 주저앉아 흙을 가지고 놀던 구름이가 콘돔 상자를 집어 든다. 상자의 앞면은 여자의 검은 실루엣이 프린팅 되어 있다. 구름이가 상자를 입에 가져다 빤다. 상자는 한쪽 부분이 젖으며 흐물흐물해진다. 가게 안에서 테이블을 닦던 농이 밖으로 나와 구름이의 손에서 콘돔 상자를 뺏어 구긴다. 구름이가 울먹거리다 울음을 터뜨린다. 농은 구름이를 내버려두고 횟집 안으로 들어간다. 창문 틈으로 들어온 햇살이 가게 안을 비춘다. 햇살은 횟집을 관통한 커다란 유리 조각 같다. 공기 중에 떠다니는 미세한 먼지를 보고 농은 의지적으로 숨을 참는다. 구름이의 울음이 그치질 않는다. 테이블을 닦는 농의 손이 자주 멈춘다. 구름이를 바라보던 농은 목욕탕으로 향하는 송을 발견한다. 구름이의 울음소리를 듣고 송은 구름 횟집을 바라본다. 송과 농의 눈이 잠깐 마주친다. 농은 고개를 돌리고 더러워진 행주를 반으로 접는다. "구름아." 송이 구름이를 향해 손을 흔든다. 구름이가 울음을 멈추고 웃는다. 구름이의 윗입술이 넓게 벌어지고 분홍빛 잇몸이 드러난다. "얼른 와!" 자꾸 뒤처지는 송을 여자들이 나무란다. 구름이에게 손을 흔들며 송은 곧바로 여자들의 뒤를 쫓는다. 농의 눈은 한참 송의 뒷모습에 머물러 있다.

수족관 바닥에 누워 있던 우럭 한 마리가 몸을 뒤집으며 수면 위로 떠오른다. 우럭의 눈동자가 하얗게 상해 있다.

*

새벽 다섯 시 반, 농은 매운탕을 들고 구름 침대로 향한다. 뚜껑 사이로 빠져나온 하얀 김이 노란 가로등 불빛 속으로 스며든다. 손님들이 빠져나간 구름 침대의 여자들이 숨 죽은 채소처럼 의자에 앉아 있다. 농이 구름 침대의 문을 연다. 여자들이 농을 본다. 농의 손을 본다. 농의 손에 들린 매운탕을 본다. 소리를 지른다. "회만 먹고 그, 그냥 가서." 농은 머뭇거리며 냄비 놓을 자리를 찾는다. 여자들이 갑자기 분주하게 움직인다. "어머, 어머, 오빠 진짜 멋지다. 안 그래도 우리 완전 배고팠는데 어떻게 알았대." 여자들이 냉장고에서 김치를 꺼내고 탁자에 신문지를 펼친다. "니, 니, 니들이 불쌍해서 아, 아깝기도 하고……" 농은 더듬거리며 말끝을 흐린다. 신문 위에 매운탕을 올려놓으며 농은 송을 찾는다. 송은 티브이에 머리를 기대어 자고 있다. 흔들리며 움직이는 작은 조명이 송의 어깨 위를 동그랗게 비춘다. "매번 이렇게 영양 보충 시켜줘서 고마워 아저씨." 여자들이 찬밥을 꺼내고 젓가락을 놓는다. "나중에 구름이 재우고 한번 일찍 와." "그래, 아저씨는 마누라도 없이 어디에 힘쓰고 다니길래 우리가 한번 준다고 해도 매번 됐다고 하는 거야." "우리도 경우가 있고 예의를 아는 년들이야. 안 그래?" "예의를 아는 년이 그래?" 여자들이 매운탕에 밥을 말며 까륵까륵 수다를 떤다. "시, 시끄러 미친년들. 부, 부, 부족하면 전화해 더 해줄, 줄, 테니까." 현관문을 열며 농이 한 번 더 송을 쳐다본다. 티브이에서는 오래된 연속극이 재방송되고 있다. 구름 침대에서 나온 농이 크게 숨을 들이켠다. 차가운 공기가 농의 목구멍을 통과한다. 농이 짧게 잔기침을 하며 하늘을 올려다본다. 노란 상현달 주위로 검은 구름이 꾸역꾸역 몰려오고 있다. 농이 눈을 가늘게 뜨고 구름 침대의 유리벽을 본다. 유리벽 너머의 송을 본다. 핑크색 블라우스에 붉은 핫팬츠, 바닥에 누워 움직이지 않는 작은 금붕어.

 구름이가 태어나던 날, 안방에 있던 어항이 깨졌다. 금붕어들이 방바닥에서 통통한 배를 뒤집고 펄떡거렸다. "우리도 잡지만 말고 한번 키워보게요. 이것들은 물고기 주제에 집도 있고 매일 밥도 먹고 참 운이 좋은 애들이네요." 금붕어는 구름이 엄마가 사온 것들이었다. 작은 어항 속에는 자갈이 깔려 있고 수초와 물레방아가 있었다. 구름이 엄마는 금붕어에게 먹이를 주고 일주일에 한 번씩 물을 바꾸고 어항을 씻었다. 농은 구름이 엄마를 안고 잠이 들 때, 어항 속에서 뽀글거리며 부서지는 공기 거품 소리를 듣는 것이 좋았다.
 애가 뒤로 서서 힘들 것 같다던 의사의 말이 구름이 엄마가 죽을 수도 있다는 뜻인 줄, 농은 몰랐다. 알았다면 진즉에 아이를 포기했을 것이다. 농은 더듬거리며 의사의 발목을 잡고 말했다. "차, 착, 한 사람이었는데 어, 어, 어, 어, 떻게 죽습니까?" 의사는 농의 어깨를 잡고 침착하게 발을 빼내며 말했다. "착한 사람도 죽음을 피할 수는 없습니다. 죄송합니다."
 구름이의 얼굴은 기형이다. 왼쪽 눈은 촛농이 흘러 굳은 것처럼 밑으로 처져 있었고, 윗입술이 벌어져 입을 다물어도 잇몸이 보였다. 의사는 앞으로 왼쪽 얼굴이 점점 더 흘러내릴 거라고 했다. 구름이를 안고 집으로 돌아오던 날, 농은 구름이를 수족관에 집어넣고 싶은 충동을 느꼈다. 이런 병신을 낳으려고 구름이 엄마가 죽었다는 사실을 도저히 받아들일 수가 없었다. 구름이를 방바닥에 내려놓고 농은 어항을 집어던졌다. 어항은 바닥에 닿기 전에 농의 손에서 프삭— 소리를 내며 깨졌다. 농의 손에서 흐른 붉은 피가 물과 함께 방바닥에 깔려 있던 이불을 적셨다. 작은 아가미를 벌떡이며 꿈틀거리는 금붕어를 바라보면서 농은 구름 엄마가 저렇게 꿈틀거리다가 죽었겠구나, 생각했다. 농이 하얀 거품이 떠 있는 수족관 위로 구름이를 들어 올렸다. 구름이는 아직 사람이라고 할 수 없을 정도로 가벼웠다. 그때 농의 팔목으로 구름이의 침이 흘렀다. 침은 부드럽고 따뜻했다. 구름이는 아직 눈도 뜨지 않은 채 조용히 숨 쉬고 있었다. 농은 자신의 엄지손가락을 빠르게 두드리고 있는 구름이의 심장박동을 느꼈다. 손가락이 불에 데인 듯 뜨거워졌다. 농은 구름이를 바닥에 내려놓고 오열했다. 농은 팔딱거리는 금붕어를 수족관에 집어넣었다. 다음 날, 금붕어들은 거품에 싸여 수면에 떠올라 있었다. 몇몇은 배가 터져 내장이 수초처럼 흔들거렸고 고기들이 그것을 뜯느라 수족관 안은 분주했다. 그 후로 농은 밤마다 꿈에서 구름이 엄마를 만났다. 구름이 엄마의 배는 금방이라도 터질 듯이 부풀어 있었고, 얇은 피부 밑으로 푸른 실핏줄이 비쳐 보였다. 구름이 엄마는 농의 눈앞에서 비명을 지르고 배를 움켜쥐었다. 부푼 배가 불뚝불뚝 움직이며 조금씩 찢어졌다. 그 모습을 보고도 농은 한 번도 구름 엄마 곁으로 가지 못했다. 수족관에 빠진 농의 발을 고기들이 물어뜯고 놔주지를 않았기 때문이다. 윗입술이 옴짝거리는 구름이가 엄마의 배를 찢으며 꿈은 끝이 났다. 눈을 뜨면 방은 밝았고 구름이는 언제나 울고 있었다.

 송은 죽은 금붕어처럼 가만히 엎드려 일어나지 않는다. 농은 유리벽에 손을 대고 송이 깨어나기를 기다린다. 농이 만졌던 부분에 하얗게 손바닥 자국이 남는다.

*

 여자들의 목욕이 끝나면 구름동은 잠에서 완전히 깨어난다. 여자들이 구름 세탁소에 들어간다. 의자에 앉아 졸고 있던 주인이 눈을 비비고 일어나 비닐에 싸인 옷을 여자들의 팔목 위로 걸쳐준다. 여자들은 구름 슈퍼의 문을 연다. 아귀가 잘 맞지 않는 미닫이문에서 끽끽 쇳소리가 난다. 여자들은 흰 우유를 하나씩 손에 들고 수다를 떤다. 여자들 중 몇몇은 구름 미용실에 들러 머리를 만다. 여자들은 잡지를 들추며 저마다 알고 있는 연예인들의 비화를 폭로하다 잠시 심각해진다. 주인의 굼뜬 손이 여자들의 머리카락을 잡아당긴다. 여자들이 아프다고 빽빽 소리를 지른다. 송의 발걸음이 구름 횟집으로 향한다. 농은 씻고 있던 야채를 내려놓고 물을 잠근다. 현관에서 놀고 있던 구름이가 송을 발견하고 옹알이를 한다. 송이 구름이를 들어 품에 답삭 안는다. 구름이는 송의 브래지어 끈을 움켜쥐고 젖가슴에 얼굴을 비빈다. 송이 깔깔깔 웃으며 구름이를 번쩍 들어 빙글빙글 돈다. 구름이의 입술에서 침이 흘러 송의 얼굴에 닿는다. 송은 구름이의 침을 닦지 않고 구름이의 입술에 연신 입을 맞춘다. 농은 유리창으로 송을 지켜본다. 농의 입이 구름이처럼 살짝 벌어진다. 송은 구름이를 내려놓고 유리창 너머 자신을 바라보는 농을 본다. 농은 다시 물을 틀고 야채를 씻기 시작한다. 송은 한참 동안 고개 숙인 농의 정수리를 쳐다본다. 송은 목욕 바구니에서 작은 봉지를 꺼내든다. 송의 손에 든 것은 금붕어 먹이다. 송은 수족관에 금붕어 먹이를 탁탁 털어 넣는다. 미동도 하지 않던 우럭들이 천천히 수면에 떠오른다. 찢어지고 상한 우럭의 주둥이가 수면 위로 뻐끔뻐끔 움직인다. 바닥에 붙어 있던 광어가 수면 위로 잠깐 떠올랐다 하얀 배를 뒤집으며 부드러운 크리넥스처럼 바닥에 떨어진다. 송은 광어의 하얀 배를 보는 것과, 우럭의 상한 주둥이가 움직이는 것이 좋다. 송은 금붕어 먹이가 다 사라질 때까지 수족관을 떠나지 않는다.

구름동에 첫눈이 내린 다음 날, 송은 구름 횟집 수족관 앞에 앉아 오랫동안 울었다. 눈이 내린다는 감상에 취한 남자들이 구름 침대를 많이 찾던 밤이었다. '오늘은 눈이 오니까'라는 핑계로 남자들은 여자들에게 많은 것을 요구했다. 어떤 남자는 관계 중에 사랑한다는 말을 외치라고 강요했고, 어떤 남자는 섹스는 필요 없고 자신의 이야기를 들어달라며 울먹거렸다. 한 번의 화대로 몇 번이나 더 하려는 남자들도 있었다. 송은 남자의 요구를 끝내 들어주지 않았다. 남자는 콘돔 없이 하려고 했다. "시팔, 느낌이 하나도 안 난다니까!" 송은 허벅지를 꼬고 열지 않았다. 송이 끝까지 남자를 받아들이지 않자 남자는 송에게 힘을 쓰며 강제로 삽입하려 했다. '꺼져 이 개새끼야!' 송은 욕을 하고 침대에서 일어섰다. 남자는 송의 뺨을 때렸다. 분이 풀리지 않은 남자는 안에서 문을 잠그고 바닥에 누운 송을 구타했다. 송은 눈물 한 방울 흘리지 않고 남자의 발길질을 받아냈다.

다음 날 아침, 구름동 거리에 하얗게 눈이 쌓였다. 여자들은 구름동 거리에 쌓인 눈에 첫 발자국을 남기며 걸었다. 송은 맨 뒤에 처져 여자들이 찍어놓은 발자국에 발을 포개며 천천히 따라왔다. 앞서 걷던 여자가 자주 걸음을 멈추고 송을 기다렸다. 목욕탕에서 송은 한마디도 하지 않았다. 여자들은 송을 때린 남자를 작은 소리로 욕하면서도 송의 눈치를 살폈다. 송의 한쪽 눈이 감기고 입술은 찢어져 부어올랐다. 목욕탕을 나온 송은 여자들을 먼저 보내고 구름 횟집으로 갔다. 송은 구름 횟집 수족관 앞에 주저앉아 고기들을 봤다. 고기들은 공기 거품이 나오는 피브이시관에 주둥이를 처박고 모여 있었다. 주둥이가 움직일 때마다 아가미가 움직였다. 우럭의 해진 주둥이가 목욕탕 거울에 비친 자신의 입술과 닮았다고 생각했다. 송은 불쑥 서러운 마음이 들어 새삼스럽게 눈이 뜨거워졌다. 아직도 자신에게 그런 마음이 남아 있다는, 그것이 더욱 서러웠다. 그때, 바닥에 죽은 듯 누워 있던 우럭이 천천히 수면 위로 떠올라, 거품 속에 섞여든 작은 이물질을 삼켰다. 거품은 부서져서 우럭의 아가미를 통과해 다시 거품으로 만들어졌다. 우럭은 송 앞에서 거품을 향한 의미 없는 되삼킴을 계속했다. 송은 자리에서 일어나 구름 슈퍼에서 빵을 사왔다. 송은 손바닥으로 빵을 이겨 가루로 만든 다음 수족관에 뿌렸다. 거품을 삼키던 우럭이 빵 부스러기를 삼켰고 반응 없이 바닥에 붙어 있던 광어가 천천히 떠올랐다. 농은 테이블에 묻은 초장자국을 닦아내다 말고 수족관 앞에 앉아 있는 송을 쳐다봤다. 반쯤 감긴 송의 눈에서 흐르던 눈물을 보고, 찢어져 부풀어 오른 보랏빛 입술을 봤다. 꽉 움켜쥔 농의 주먹 속에는 한참 전에 방에서 가지고 온 연고가 들어 있었다.

송이 뿌려 넣은 금붕어 먹이 탓에 수족관은 분주하다. 송이 그 모습을 한동안 지켜보다가 한 번 더 구름이의 입에 입을 맞춘다. 송은 여자들을 따라 구름 침대로 돌아간다. 농은 송의 뒷모습이 사라질 때까지 지켜본다. 농은 수족관에 떠 있는 금붕어 먹이를 손가락으로 가만히 집어 든다. 농은 손가락으로 그것을 굴리며 쓰레기를 가지고 놀고 있는 구름이를 바라본다. 구름이가 입술을 크게 벌리고 웃는다. 농이 구름이를 들어 가슴에 안는다. 남아 있는 송의 냄새. 농은 잠시 동안 구름이를 안고 가만히 서 있다. 구름이의 가슴이 아직 따뜻하다.

  여자들이 옷을 고르고 화장을 한다. 여자들은 오늘 차이나풍의 하얀 원피스를 입기로 했다. 송은 한쪽이 길게 찢겨진 치마를 만지작거린다. 화장독이 올라 울긋불긋해진 피부 위로 파운데이션을 바르고 파우더를 두드린다. 눈썹을 그리고 속눈썹을 붙인다. 여자들은 잔주름이 뒤덮은 눈가에 파란색 아이섀도를 칠한다. 거울은 여자들의 무표정한 얼굴을 비춘다. 송이 몇 번이고 화장을 고친다. 결국 아이섀도를 지우고 분홍색 볼터치를 강하게 하는 것으로 화장을 마무리한다. 여자들이 구름 침대의 작은 방에 부족한 크리넥스와 콘돔의 개수를 확인한다. 이불을 탈탈 털고 반듯하게 편다. 마지막으로 싸구려 향수를 뿌리고 문을 닫는다. 조금씩 거리가 어두워진다. 여자들은 각자의 의자에 앉아 어두워지기를 기다리며 유리벽을 바라본다. 유리벽이 여자들의 얼굴을 반사한다. 수족관 물고기들의 얼굴처럼 흐릿하고 똑같은 표정이다. 여자들은 말없이 고개를 돌린다. 송은 구석에 놓인 냄비를 집어 든다. 농이 두고 간 냄비 속에는 으깨진 우럭의 머리와 뼈가 말라붙어 있다. 송은 냄비를 비우고 깨끗하게 씻는다. 붉은 매니큐어가 칠해진 긴 손톱은 설거지하는 것을 자꾸만 방해한다. 송은 마른 행주로 깨끗하게 닦아내고 한참 냄비 속을 들여다본다. 구름동 거리에 사람들이 조금씩 많아진다.

송은 냄비를 티브이 옆에 내려놓고 여자들 옆에 앉는다.

*

발길이 끊긴 구름동 오후, 구름 침대의 여자들은 한가하다. 아세톤으로 매니큐어를 지우는 여자가 발톱을 깎는 여자에게 자꾸 말을 걸고, 발톱을 깎는 여자는 라디오를 듣고 있는 여자에게 소리 좀 줄이라고 소리친다. 라디오를 듣는 여자는 알았다고 대답하고 소리를 줄이지 않고, 라면을 끓이고 있는 여자에게 배고프다고 하나만 더 끓이라고 한다. 라면을 끓이는 여자는 라디오를 듣고 있는 여자의 말이 안 들리는 척하다가 문을 열고 나가는 송에게 어디 가느냐고 묻는다. 송은 대답 대신 매니큐어를 칠하고 있는 여자의 겨드랑이를 쿡 찌르고 밖으로 나간다. 매니큐어가 손톱 밖으로 삐친 여자가 송에게 날카로운 목소리로 뭐라고, 뭐라고 욕을 한다.

송은 적막한 오후의 거리를 걷는 것이 좋다. 송의 발걸음은 자연스럽게 구름 횟집을 향한다. 수족관 앞에서 구름이가 놀고 있다. 송이 구름이를 부른다. 송의 목소리를 듣고 구름이가 손바닥을 타닥거리며 송을 향해 기어온다. 송이 구름이를 안는다. 구름이의 손바닥이 더럽다. 송은 구름이의 손바닥을 손가락으로 톡톡 치며 먼지를 털어낸다. 구름이의 작은 가슴이 송의 왼쪽 젖가슴에 닿는다. 구름이가 흘린 침으로 송의 옷이 조금씩 젖어간다. 구름이의 갈비뼈를 손가락으로 하나씩 짚을 때마다 구름이가 몸을 뒤척이며 웃는다. 송이 손바닥으로 부드럽게 구름이의 등을 쓰다듬는다.

송이 아이를 지우지 않겠다고 했을 때 여자들은 당황했다. 어떤 여자는 미친년이라고 악을 썼고, 어떤 여자는 생각을 바꾸라고 부드럽게 송을 설득했다. 송의 의지는 강했다. 아이만 낳을 거라고, 젖만 떼면 다시 돌아오겠다며, 도리어 송은 여자들을 설득했다. 송은 구름동과 가까운 곳에 방을 얻었다.

송은 이미 한 번 아이를 지웠었다. 그때의 송은 어떻게 해야 할지도 무엇을 해야 할지도 결정할 수 없던 열아홉 살이었다. 불법 시술소를 찾았을 때 아이는 이미 눈도 있고, 코도 있고, 머리카락도 자라고 있었다. 아이는 지울 수 없을 만큼 크게 자라 있었다. 아이는 송의 자궁에서 잘려지고 나뉘고 뜯어진 후 하나씩 하나씩 들어내졌다. 아이가 사라진 빈 배를 만지며 송은 울지도 못했다. 송은 매달 월경이 끝나고 일주일 동안 꿈속에서 본 적도 없는 아이를 만났다. 팔다리가 잘려진 아이의 신체 조각들이 퍼즐처럼 움직였다. 하지만 단 한 번도 퍼즐은 맞지 않았다. 아이는 언제나 머리 대신 다리가, 다리 대신 팔이, 팔 대신 머리가 붙어 있는 기형이었다.

송을 욕했던 여자들은 하루가 멀다 하고 방에 놀러왔다. 여자들은 날로 부풀어오는 송의 배를 만지며 놀았다. 송의 배가 꿈틀거리며 움직일 때, 여자들은 환호성을 지르며 좋아했다. 여자들은 송의 배를 만지며 꿈틀거리지도 못한 채 뜯겨 나간 얼굴 없는 자신들의 아이를 상상했다. "구름 침대를 예쁘게 꾸미자! 모빌도 달고 인형도 사오고." 여자들 중 하나가 방바닥에 배를 깔고 호들갑을 떨었다. "근데, 태교가 진짜 중요하대." 어떤 여자는 동화책을 가져와 큰 소리로 읽었다. "미친년들! 여기가 무슨 유치원이냐?" 송 앞에서 욕을 하다가 방에서 쫓겨난 여자가 방문을 두드리며 반성했다. 송은 물처럼 마시던 술을 끊었고, 난생 처음으로 모차르트 시디를 돈 주고 샀다. 점점 탱탱해져가는 젖가슴을 손으로 주무르며 송은 아이의 얼굴을 상상했다. 하지만 이내 송은 세차게 고개를 흔들었다. 흔들리는 어둠 속으로 수없이 많은 사내들의 얼굴이 떠올랐다. 끝까지 콘돔을 끼우지 않던 사내들의 헐떡이는 숨소리가 송의 귀에 맴돌았다. 하지만 송은 그들의 얼굴이 기억나지 않았다. 모두 물속에 잠긴 삶은 달걀처럼 똑같은 모습이었다.

내 아이가 살아 있었다면 딱 구름이만 했을 텐데, 송은 구름이의 침을 손으로 닦아내며 생각한다. 입안에 뜨겁게 고인 침을 송은 자꾸만 목구멍으로 넘겨 삼킨다. 순간, 아이의 얼굴이 떠올라 송은 뜨거운 것을 놓듯, 구름이를 바닥에 내려놓는다. 다시 안아달라며 구름이가 칭얼거리며 송의 종아리에 얼굴을 비빈다.

아이가 태어났을 때, 송은 아이의 울음소리보다 아이를 받은 산파의 비명을 먼저 들었다. 송은 눈을 질끈 감고 곧 들려올 아이의 울음소리를 기다렸다. 하지만 끝내 아이는 울지 않았다. 아이의 얼굴은 달걀처럼 모든 부분이 맨들맨들했다. 아이의 푸른 몸이 산파의 손에 걸렸다. 그 모습은 오랫동안 물에 잠겨 상해버린 버섯 같았다. 아이의 얼굴을 확인하고 송은 혼절했다. 여자들 중 하나가 아이를 안고 구름 언덕에 올라 아이를 묻었다. 송의 젖가슴에서는 오랫동안 누런 젖이 흘러나왔고, 송은 한동안 방에서 나오지 않았다.

 송의 종아리에 매달려 칭얼거리던 구름이가 끝내 울음을 터뜨린다. 송의 젖가슴이 뜨거워진다. "어이구, 어이구, 울었어? 구름이 울었어?" 송이 구름이를 다시 안는다. 수족관 바닥에 누운 우럭이 심드렁하게 송의 모습을 바라본다. 우럭의 찢겨진 주둥이가 물속에서 흔들린다.

*

 커다란 양철통에 담겨 있는 물이 끓는다. 농은 말없이 그 앞에 앉아 가스레인지의 푸른 불꽃을 쳐다본다. 농은 손가락을 불꽃에 집어넣어도 뜨겁지 않을 것 같다는 생각을 한다. 농은 가스레인지의 밸브를 잠그고 양철통 속으로 파란 플라스틱 바가지를 집어넣는다. 바가지가 양철통에 들어가 통 속의 물을 흔들자 하얀 증기가 농의 얼굴을 덮는다. 농은 뜨거운 물을 한 바가지 떠 올린다. 농은 안방 문을 연다. 구름이가 자고 있다. 농은 망설임 없이 구름이의 얼굴에 물을 끼얹는다. 구름이의 얼굴이 촛농처럼 녹아 바닥에 고인다.

농이 잠에서 깬다. 농의 이마에는 식은땀이 맺혀 있다. 커튼 사이로 들어온 햇빛이 방바닥 위에 노란 오줌처럼 고인다. 농은 가늘게 실눈을 뜨고 벽에 걸린 시계를 쳐다본다. 아직 열 시가 지나지 않은 시각. 네 시간도 자지 못했다는 생각에 농이 인상을 쓰며 손바닥으로 얼굴을 비빈다. 얼굴이 축축하다. 일찍 일어난 구름이가 농의 얼굴을 만지며 놀고 있다. 농은 이불을 끌어다 얼굴을 닦고 벽을 향해 모로 누워 눈을 질끈 감는다. 구름이가 손바닥으로 방바닥을 타닥타닥 때리며 농을 향해 기어온다. 구름이가 움직일 때마다 똥 냄새가 퍼진다. 구름이의 바지가 묵직하게 처져 있다. 농이 이불을 끌어다 얼굴까지 덮는다. 구름이가 이불을 자꾸만 잡아당긴다. 구름 횟집에 한동안 농의 고함 소리가 들린다. 구름이가 울기 시작한다.

농이 구름이를 바닥에 눕힌다. 구름이는 뒤척이지 않고 작게 옹알거린다. 농은 작은 행주로 구름이의 볼에 흐르는 침을 닦아 낸다. 구름이의 바지를 내리고, 기저귀를 벗긴다. 정수기에서 받은 더운 물속에 행주를 담갔다가 빼내고 물기를 짠다. 농은 익숙하게 구름이의 엉덩이와 가랑이 사이를 행주로 닦는다. 구름이의 피부가 분홍빛으로 변한다. 구름이의 다리를 잡고 살짝 들어 새 기저귀를 채운다. 농이 구름이의 입에 젖병을 물린다.

구름이가 입술을 움직여 젖병을 빤다. 농은 젖병의 위치를 계속 바꿔가며 구름이의 목을 받친다. 농의 노력에도 불구하고 구름이의 입에서 자꾸만 우유가 샌다. 우유는 구름이의 볼과 목으로 흘러내린다. 농은 그것이 구름이의 옷을 적시지 않도록 분주히 손을 움직여 닦는다. 구름이는 곧 잠든다. 구름이의 입에서 천천히 젖꼭지가 빠져나온다. 농은 구름이를 바닥에 눕히고 이불을 끌어 구름이를 덮는다. 농이 잠든 구름이를 물끄러미 내려다본다. 농의 눈이 구름이의 입술 위에 한참 동안 머문다. 양옆으로 벌어진 구름이의 잇몸에 젖니가 살짝 자라 있다. 농은 자신도 들리지 않을 만큼 낮고 깊은 숨을 내쉰다. 그 숨을 들이켜듯, 구름이가 크게 숨을 들이켜며 뒤척인다. 농이 바닥에 놓여 있는 행주를 집어 물속에 담근다. 물이 탁해진다.

구름 횟집은 네 개의 테이블이 있다. 테이블마다 손님들은 달랐지만 테이블의 모습은 비슷하다. 회는 몇 점 먹지 않고 접시 위에 그대로 있고, 초장은 그릇을 넘어 여기저기에 묻어 있다. 회를 뜨고 남은 것으로 끓여낸 매운탕은 주로 국물만 떠먹어 부서진 살점들이 생선 뼈 위에 그대로 말라붙어 있다. 빈 병은 테이블 위고 아래고 상관없이 굴러다니거나, 어떤 것들은 깨져 있다. 테이블 바닥은 손님들이 뱉어낸 침들로 지저분하다. 농이 테이블을 치우기 위해 행주와 빗자루를 들면 정오를 넘긴 햇빛이 창문으로 들어온다. 먼지가 둥둥 떠다니는 햇빛 사이로 사람들이 내뱉고 간 소리들이 아직 숨이 붙어 시끄럽게 떠드는 것만 같아, 농은 금세 피곤함을 느낀다. 늘 초장은 젤리처럼 엉겨붙어 있다. 초장은 행주로 잘 닦여지지 않는다. 행주를 잡고 있는 농의 손가락에 힘이 들어간다. 엉겨붙은 초장이 으깨지면서 작은 고춧가루가 행주에 묻어난다. 농이 행주를 쫙 펴고 뒤집어서 두 번 접는다. 행주의 면이 다시 하얗다. 테이블을 닦으며 농은 송을 생각한다. 송의 나이를 생각한다. 송의 나이가 죽은 아내와 비슷할 거라고 생각한다. 그러다가 농은 다시 고개를 갸웃거리며 송의 얼굴을 떠올린다. 구름 침대의 유리벽 속에 있을 때는 아내보다 많아 보이다가도 목욕탕에 가는 송의 모습은 아내보다 한참 어려 보인다. 농은 그것이 왜 궁금할까? 생각하다가 스스로가 멋쩍어 행주를 테이블 위에 내려놓고 손바닥을 비비며 구름이를 찾는다. 구름이가 붉은 통 옆에서 놀고 있다. 농이 구름이를 향해 소리친다. 구름이가 깜짝 놀라며 현관문 쪽으로 기어간다. 농이 서둘러 통을 도마 위로 올린다. 통 속에는 밤새 잡았던 생선 찌꺼기들이 곤죽이 되어 담겨 있다. 아직 눈알에 윤기가 도는 광어의 입이 금방이라도 움직일 것만 같다. 그것이 왠지 구름이의 얼굴과 닮았다는 생각에 농은 갑자기 기분이 나빠진다. 농은 음식물 쓰레기통에 그것들을 붓는다. 비릿한 냄새가 나며 그것들이 쏟아진다. 새삼스레 농이 얼굴을 찌푸린다.

구름 엄마가 죽고, 구름이가 울기 시작하면서 농은 산다는 것이 힘들다는 생각을 했다. 힘들다는 생각은 농에게는 어찌해야 할지 모르는, 대책 없는 감정이었다. 칼을 잡고 생선의 살을 바를 때마다, 그 칼로 그대로 왼쪽 손목을 부드럽게 떠내는 상상을 했고, 수족관에 하얀 거품이 쌓여 흔들리며 부서지는 것을 멍하니 보고 있으면 뒤척거리며 울고 있는 구름이를 물속에 집어넣고 싶었다. 하지만 농은 그러지 못했다. 흘러내린 구름이의 왼쪽 눈을 볼 때마다 구름 엄마가 생각났기 때문이다. 구름 엄마는 입버릇처럼 말하곤 했다. "입술은 당신 닮고 눈은 나를 닮았을 것 같아." 농은 흘러내린 눈꺼풀 사이로 반짝이는 구름이의 까만 눈동자를 볼 때마다 구름 엄마를 생각했다. 늘 붉게 충혈됐던 농과는 달리 구름 엄마의 눈은 언제나 하얗고 깨끗했다. 많은 사람들이 구름 엄마의 죽음에 대해서 물었다. 구름이의 얼굴을 보고 더 이상 듣고 싶지 않은 위로를 전했고, 어떤 이들은 혐오스러운 눈빛으로 한참 구름이의 얼굴을 바라봤다. 그때마다 날카로운 막대기가 허파에 박혀 흔들리는 것 같았다. 농은 그 어떤 말에도 반응하지 않도록 노력했고, 그들의 눈빛을 애써 피했다. 그것만이 농이 이 삶을 견딜 수 있는, 구름이를 수족관에 집어넣지 않을 수 있는 방법이라고 여겼다. 농은 모든 것에 반응하지 않는 것으로 구름 횟집과 구름이를 지켜나갔다. 농은 구름동 삼거리를 바라본다. 곧 여자들이 지나갈 것이다. 농은 기다린다.

    수족관에 금붕어 먹이를 털어 넣는 송을 보며 농은 구름 엄마를 떠올렸다. 구름 엄마도 그랬다. 바닥에 물청소를 끝내고 힘없이 햇볕을 쬐다가 갑자기 안방으로 들어가 금붕어 먹이를 들고 나왔다. 그리고 수족관에 뿌렸다. "뭐하는 거야?" 농의 물음에 구름 엄마는 "그냥 저것들도 아직 살고 싶은 욕구가 있나 싶어서"라고 대답했다. 바닥에 누워 있던 고기들이 지느러미를 힘없이 흔들며 수면으로 떠올랐다. 농은 어차피 죽일 건데 왜 장난을 치냐고 말하고 싶은 것을 참았다. 구름 엄마는 장난을 하는 얼굴이 아니었다. 마치, 머리가 막 잘려 붉은 통에 던져진 고기들의 표정 같았다. 고기들은 죽음의 순간에도 표정의 변화가 없다. 구름 엄마의 얼굴이 그랬고, 수족관에 금붕어 먹이를 털어 넣는 송의 얼굴도 그랬다. 그럴 때면 송의 얼굴 위로 구름 엄마의 얼굴이 겹쳐졌다.

아무도 없는 구름동 삼거리를 바라보는 농의 마음이 복잡하다. 맥없이 정신이 풀렸다가 뜨거운 것에 덴 것처럼 화들짝 놀라 머리를 흔들기를 반복한다. 여자들의 소리가 들린다. 농은 행주를 잡고 테이블을 닦기 시작한다. 구름이가 현관문을 향해 기어간다. 바닥에 침이 뚝뚝 떨어진다.

*

비틀거리며 걸어가는 한 무리의 남자들이 노래를 부른다. 구름동에 혀 꼬인 병든 노래가 울려 퍼진다. 남자들의 눈빛이 빠르게 구름 침대를 훑는다. 자동차의 헤드라이트 불빛이 간간이 구름동의 거리를 벗겨내고, 누군가 싸우는 소리가 메아리처럼 이곳, 저곳에서 울려 퍼진다. 문밖에 서 있는 여자들이 지나가는 남자들의 손목을 잡아당기고 공중전화 부스 뒤에 서서 구름 침대를 기웃거리는 남자들을 부른다. 남자들이 좀처럼 구름 침대로 들어오지 않는 밤이다. 여자들이 무릎을 주무르며 문을 닫고 들어온다. 여자들은 송의 눈치를 본다. 송의 입술은 하루 종일 붙어 있다. 여자들이 티브이 앞에 모여 앉아 리모컨으로 채널을 돌린다. 티브이 화면이 3초마다 빠르게 바뀐다. "어디에 묻었어?" 송이 유리벽에서 눈을 떼지 않고 묻는다. 여자들은 송의 질문에 대답하지 않고 계속 리모컨만 만진다. 화면은 2초마다 바뀐다. 송은 더 이상 묻지 않고 자리에서 일어난다. 여자들은 곁눈질로 송의 움직임을 살핀다. 송이 구름 침대의 문을 열고 거리로 나온다. 여자들은 모두 티브이에서 눈을 떼고 유리벽으로 송을 쳐다본다. 송은 빈 공중전화 부스에 들어가 주저앉는다.

1년 전 오늘, 여자들 중 하나가 아이를 구름 언덕에 묻었다. 아이를 묻은 땅 주위로 벚꽃나무가 앙상한 가지에 잔설을 매달고 있었다. 힘이 없는 여자는 겨우 아이를 덮을 만큼의 흙만 파고 아이를 묻었다. 아이가 묻힌 자리에 동그랗게 흙무덤이 생겼고 그 위로 눈이 내렸고 녹기를 반복했다. 그 후, 구름 침대에서는 누구도 아이에 대해서 말하지 않았다. 마치, 송이 아이를 가진 적이 없었던 것처럼 아무렇지도 않게 시간이 지나갔다. 송은 공중전화 부스에 주저앉아 하늘을 본다. 만월이다. 두꺼운 구름이 달빛을 받아 거대한 산의 능선처럼 보인다. 고개를 숙이던 송이 농을 발견한다. 농은 어둑한 거리를 밟으며 천천히 구름 침대로 향하고 있다. 송이 다리에 힘을 주고 일어선다. 농이 구름 침대에 가까워지자 맵고 알싸한 매운탕 냄새가 거리에 가득해진다. 어제 송이 깨끗하게 씻어준 냄비다. 덜 닫힌 뚜껑 사이로 하얀 김이 오른다. 송이 농의 손에서 냄비를 받아든다. 농이 주춤거리며 연신 손바닥을 바지에 문지른다. "회만 머, 머, 먹고 가, 가, 길래 아까, 워, 서." 농은 급히 뒤돌아 구름 횟집으로 돌아간다. 송이 무슨 말을 하려다 만다. 농이 구름 침대에서 저만치 멀어져 있다.

늦겨울 새벽, 어둠의 결을 따라 매운탕의 하얀 김이 달을 향해 무럭무럭 올라간다.

*

구름동에 봄이 온다. 오랫동안 녹지 않았던 거리의 얼음들이 녹고, 나뭇가지에도 여자들의 손톱만 한 잎이 돋는다. 구름 슈퍼 주인이 먼지떨이로 과자 상자에 내려앉은 먼지를 털어내고 빈 상자를 밖으로 빼낸다. 구름 미용실에는 새로운 파마 기계가 들어오고 있다. 좁은 입구 탓에 쉽게 들어가지 않는 기계를 놓고 남자들이 애를 쓴다. 주인은 뭐가 불만인지 자꾸만 남자들을 향해 싫은 소리를 한다. 남자들은 주인의 말이 귀찮아 인상을 쓴다. 구름 세탁소는 분주하다. 주인이 드라이를 끝낸 겨울옷들을 세탁소 문 앞에 주렁주렁 매달고 있다. 구름 목욕탕은 정기 휴일이다. 구름 침대는 대청소를 시작한다. 분홍색 매니큐어를 칠한 여자가 유리벽에 물을 끼얹는다. 유리벽에 붙어 신문지를 손에 쥐고 찌든 때를 벗기고 있던 여자의 옷이 젖는다. 여자는 손에 들고 있던 신문지를 바닥에 내팽개치고 소리친다. 분홍색 매니큐어를 칠한 여자가 저만치 도망간다. 걸레로 티브이를 닦는 여자가 아무 일도 안 하고 발톱만 깎고 있는 여자를 욕한다. 여자는 자리를 옮겨 계속 발톱을 깎는다. 송은 구석에 놓인 냄비를 들고 주방으로 들어간다. 냄비를 비워내고 설거지를 한다. 몇 번씩 맑은 물로 씻은 냄비의 바닥에 송의 얼굴이 볼록하게 비친다. 송이 냄비를 들고 구름 침대를 빠져나온다. 유리벽을 닦던 여자가 송에게 소리친다. 송은 손을 흔들고 빠른 걸음으로 구름 횟집 쪽으로 향한다. 냄비를 들고 내려가던 송이 문득 걸음을 멈춘다. 바람이 분다. 바람이 부는 쪽에서 꽃향기가 난다. 바람이 구름 언덕을 넘는다. 언덕에는 하얀 벚꽃이 만개했다. "어머." 송이 짧게 소리친다. 바람을 타고 눈처럼 하얀 꽃잎이 구름동으로 떨어진다. 송은 거리에 서서 한참 동안 구름 언덕을 본다.

"구름아!" 송이 구름이를 부른다. 현관 앞에서 놀던 구름이가 송을 향해 기어간다. 송이 냄비를 수족관 옆에 놓고 구름이를 안는다. 송은 능숙하게 구름이 손바닥의 먼지를 털어내고 볼을 타고 흐르는 침을 닦아낸다. 농이 테이블을 닦다 말고 송을 본다. 구름이를 몇 번 빙빙 돌리고 바닥에 내려놓은 송은 주머니에 담고 왔던 금붕어 먹이를 수족관에 뿌린다. 수족관 바닥에 누워 있던 고기들이 느릿하게 몸을 움직여 수면으로 떠오른다. 구름이가 소리를 내며 웃는다. 송이 구름 횟집 현관으로 들어간다. 농은 말없이 송이 들어오는 모습을 본다. 송은 테이블 위로 냄비를 올린다. 농은 송의 손톱에 칠해진 산수유 꽃처럼 노란 매니큐어를 본다. "예뻐요?" 송이 농의 얼굴을 향해 손가락을 쫙 펴고 묻는다. "응? 어, 뭐, 그렇지, 뭐." 당황한 농이 행주를 바닥에 떨어뜨린다. 송이 행주를 집어 농에게 건넨다. 송에게 받은 행주를 손에 쥐고 농은 뒷머리를 만진다. "어머!" 송이 깜짝 놀라 소리치며 현관으로 달려간다. 구름이가 수족관 벽을 잡고 일어서고 있다. 통통하게 살이 오른 종아리가 부들부들 떨리고 금방이라도 쓰러질 것만 같다. 두 걸음 만에 구름이가 넘어진다. 송은 손뼉을 치며 좋아한다. 농도 입을 살짝 벌리고 소리 나지 않게 웃는다. 구름이의 엉덩이를 두 번 두드리고 송은 구름 침대로 돌아간다. 송의 눈빛이 잠깐 농과 마주친다. 농이 고개를 돌리지 않고 살짝 손을 든다. 농은 수족관에 손을 대고, 구름이는 농의 다리를 잡고 나란히 선다. 둘은 멀어져가는 송의 뒷모습을 오랫동안 바라본다.

농이 테이블 위에 놓인 냄비 뚜껑을 연다. 벚꽃이 매달린 나뭇가지가 들어 있다. 구름 횟집에 봄이 온다.

먹이

먹이는요, 그러니까 어떻게 말해야 할까요, 음…… 아름답고 멋진 녀석이었습니다. 먹이가 같은 방에 함께 있다는 것만으로도, 저는 뭐랄까요. 충분했어요. 네 그것으로 족했습니다. 녀석이 숨을 쉬고 움직인다는 것, 그 커다란 눈이 나를 향하고 있다는 것만으로도 저는 세상에 부러울 것이 하나도 없었습니다. 행복했어요. 그런데, 형사님. 좋다는 감정은 왜 마음대로 생겼다가…… 변해버리고, 결국 사라져버리는 걸까요. 지금 제 마음은요, 그토록 충만했던 제 마음은요, 바닥을 드러낸 저수지처럼 붉고 건조해졌습니다. 내쉬는 숨이 뜨거워 견딜 수가 없습니다. 부탁입니다. 알려주세요. 제가 왜 아직도 살아 있는 겁니까? 그리고 먹이는! 우리 먹이는 지금 어디에 있습니까?

먹이라니요? 무슨 말씀을 하시는 겁니까. 알겠습니다. 선생님. 그런데 우선 좀 씻으셔야겠습니다. 도대체 온몸에 뭘 바르신 거죠?

아니요. 아니에요. 먼저 먹이에 대한 이야기부터 해야겠습니다. 형사님은 먹이가 어떤 녀석인지 모르실 테니까요. 먹이는…… 밤처럼 어두운 동물이었습니다. 눈을 감고 입을 다물고 있으면 완벽하게 까만 짐승이었지요. 불 꺼진 방에 숨죽이고 가만히 엎드려 있으면 온몸이 어둠 속에 흡수되는 것처럼 먹이의 모습이 사라졌습니다. 아니, 반대로 어둠 전체가 녀석의 커다란 몸처럼 느껴질 때도 있었죠. 녀석의 몸은 먹과 같았어요. 검고 단단했죠. 저는 녀석에게 먹이라는 이름을 지어주었습니다. 먹이야, 먹이야, 이렇게 불렀죠.

먹이를 처음 만난 날이 생각나네요. 저는 그때 너무 놀라 들고 있던 물병을 손에서 놓치고 말았습니다. 유리병이 바닥에 떨어져 산산조각 나는 소리에 녀석도 놀랐는지 등을 세우고 저를 바라보더군요. 먹이의 눈과 마주하는 동안 시간이 얼마나 흘렀는지 생각나지는 않습니다. 나무 그늘에 숨어 몸을 낮추고 저를 가만히 응시하는 먹이의 초록색 눈동자는 기묘한 기분을 느끼게 했습니다. 저로서는 감당할 수 없는 야성이 두려우면서도 그 너머에 파란 불꽃처럼 일렁이는 슬픔 같은 것이 보였다고 해야 할까요. 녀석은 제게 이렇게 말했습니다. '나를 데려가줘.' 저는 처음에 귀를 의심하며 주위를 둘러봤습니다. 한가로운 평일 오후 동물원이었습니다. 관람객보다 우리에 갇혀 있는 동물들이 많을 정도로 인적이 드물었죠. 한 무리의 임팔라들은 뜨거운 태양을 피해 조각 그늘로 모여 들어 움직이질 않았고 원숭이들은 철창에 손가락을 집어넣고 웅크리고 앉아 지루한 눈빛으로 아무도 없는 거리를 쳐다보고 있었죠. 불곰들은 죽은 듯 바닥에 누워 꼼짝하지 않았습니다. 꼭 썩어가는 건초 더미 같더군요. 사람이라고는 몇몇 노인들이 전부였어요. 그들은 빈 유모차를 이용해 위태롭게 직립을 유지하며 식물원으로 향하는 산책로를 느리게 걷고 있었죠. 저는 벤치에 앉아 초식동물사 쪽을 보며 해바라기를 하고 있었습니다. 이쪽을 바라보는 사람은 아무도 없었습니다. 형사님도 한번 생각해보세요. 평소와 다르지 않은 평범한 오후에 낯선 짐승을 대면하는 기분을요. 심지어 그것이 제게 말을 걸고 있다니요…… 그때 제가 왜 그랬는지 지금도 알지 못하겠습니다. 그것보다 더 이상한 것은 녀석의 행동입니다. 왜 저항하지 않고 가만히 있었을까요. 몸을 만지는 것을 지독히 싫어하는 녀석인데 말입니다. 저는 녀석에게 다가갔습니다. 녀석은 애매한 태도를 취하더군요. 제 접근을 경계하는 것 같진 않았지만 그렇다고 강아지들처럼 무턱대고 좋아하는 것 같지도 않았어요. 녀석은 미동도 없이 가만히 앉아 눈동자만 서서히 돌리며 제 움직임을 좇더군요. 긴장됐지만 무섭진 않았어요. 녀석의 앞다리 사이에 팔을 집어넣고 천천히 제 품으로 들어 올렸습니다. 아, 아, 팔에 느껴지던 부드럽고 따뜻한 느낌, 툭툭 뛰며 손바닥을 밀어대는 무거운 맥박, 지금도 잊을 수가 없어요. 저는 녀석을 제 배낭에 집어넣고 집으로 돌아왔습니다. 녀석의 몸이 커서 배낭 밖으로 머리가 나와 있었는데 아무도 그것을 저지하거나 쳐다보는 사람이 없었어요. 참으로 이상한 일이죠. 그런데 형사님. 혹시 먹이를 보셨나요? 그 까맣고 멋진 몸을 형사님도 보셨겠죠?

네. 말씀 잘 들었습니다. 이제 진정 좀 하세요. 제가 몇 가지만 묻겠습니다. 일단 오른손은 어쩌다 그렇게 되신 겁니까? 발견 당시 선생님의 오른손에는 큰 상처가 있었습니다. 뼈를 다치시지는 않았지만 피부와 근육이 심하게 손상됐어요. 저희 측에서 간단한 응급 조치를 취하고 붕대를 감아놨지만 지금 당장 치료하지 않으면 큰일 날 정도로 상처가 깊어요.

아! 괜찮습니다. 걱정하지 마세요. 아무렇지도 않아요. 그런데 형사님! 아니요. 일단 앉고 제 말 좀 들어보세요. 녀석이 무슨 동물인지 아시겠습니까? 녀석은 말입니다…… 세상에! 말해도 믿지 못하시겠지만. 검은 표범이었습니다. 믿어지십니까? 검은 표범이라니까요! 제가 검은 표범을 만났고! 집에 데려왔고! 같이 살게 되었다는 거 아닙니까. 역시 못 믿겠다는 표정이시네요. 그럴 수 있습니다. 하지만 정말이에요. 처음에 저는 먹이가 그저 다 큰 까만 고양이쯤 되는 줄 알았지요. 하지만 다음 날 뉴스를 통해 알게 됐습니다. 먹이가 동물원에서 실종된 검은 표범 새끼라는 것을요. 인공 포유를 거의 끝내 우리로 방사하려던 녀석이었는데 사육사의 부주의로 잃어버렸다지요. 형사님도 그 사건을 알고 계시겠죠? 하하, 잃어버리긴요. 먹이가 저를 만나려고 일부러 동물원에서 도망친걸요. 제 왼팔을 보십시오. 글자가 보이시지요. 이것은 제가 몇 해 전에 새긴 문신입니다. BLACK LEOPARD. 네. 검은 표범이라는 뜻입니다. 제가 얼마나 검은 표범을 좋아했는지 이제 아시겠죠? 어릴 때부터 검은 표범은 제 흠모의 대상이었습니다. 늘 아마존에 한번 가보고 싶었어요. 그곳에 가면 야생에서 검은 표범을 만날 수 있을 것 같았거든요. 지금은 그럴 필요가 없죠. 저와 함께 사는 걸요.

사실 저는…… 유난히 약하고 두려움이 많았던 저는 어릴 때부터 외톨이였습니다. 친구들에게 줄곧 따돌림을 당해왔죠. 누구도 저와 함께 놀려고 하지 않았고 집으로 가는 길에 아무도 저와 동행해주지 않았어요. 같은 방향이었던 친구들이 저만치 무리 지으며 저들끼리 어울리는 것을 저는 묵묵히 지켜봐야 했습니다. 그들은 심심하거나 화가 났을 경우에는 저를 찾아왔습니다. 뺨이든 등이든 상관없이 마구 때린 후 공원의 비둘기들처럼 포르르 사라지더군요. 저는 그것이 싫었지만 늘 별수 없다고만 생각했죠. 견딜 수 없었지만 어쩔 수 없었기에 참아야 했습니다. 저는 약했으니까요. 그런데 검은 표범은 달랐습니다. 녀석은 혼자였지만 외로움을 모르는 생명이었습니다. 저처럼 약하거나 두려움 많은 짐승이 아니었습니다. 무리 지어 함께 모여 있는 동물들의 눈동자에 어려 있는 불안과 외로움을 검은 표범의 눈에서는 발견할 수 없습니다. 녀석은 고독했지만 부족함이 없는 완전한 생물이었지요. 한때는 방에 검은 표범의 사진을 붙여놓고 언제나 녀석의 눈빛을 흉내 내곤 했습니다. 심지어 눈동자의 색깔도 초록색으로 변했으면 하는 바람이었어요. 그 눈과 마주하고 있으면 뜨거운 것이 속에서 불쑥 올라와 이상한 힘이 나곤 했거든요. 그런데요, 형사님. 제 방에 앉아 있는 동물이 살아 있는 검은 표범이라니! 저는 제 방이 신성하고 거룩한 땅이라도 되는 것처럼 언제나 무릎을 꿇고 녀석을 바라봤습니다. 그러면 녀석도 책상 밑 그늘에 숨어 제 눈을 봅니다. 그때부터 저는 먹이의 애인이자 부모였고 또 주인이자 애완동물이었습니다. 그것이 무엇이든 먹이와 상관된다면 저는 좋습니다. 저는 먹이를 사랑했으니까요.

그러니까, 선생님 말씀은⋯⋯ 선생님이 댁에서 맹수인 검은 표범을 키우셨다는 겁니까?

키웠다, 키웠다,고는 할 수 없을 것 같습니다. 먹이는 이미 다 자란 성체였으니까요. 우리로 말하면 열두 살 정도의 소년이라고 할 수 있지요. 신체는 더 커지겠지만 정신이나 욕망 같은 것들은 이미 성장이 끝난 상태였습니다. 제가 먹이를 키운 것이 아닙니다. 다만 먹이가 자신이 살 곳을 스스로 선택한 것이지요. 아니, 어쩌면 먹이가 저를 키웠을 수도 있어요. 네. 그렇겠네요. 지금 생각해보니 먹이가 저를 키워준 거였어요. 아직도 믿기지가 않네요. 야생에서도 그늘처럼 은밀히 머물며 그 어떤 개체와도 어울리지 않고 동류에게조차 곁을 주지 않는 맹수 중의 맹수가 내 방에 고요히 잠들어 있다는 것이. 형사님. 검은 표범의 송곳니를 보신 적이 있으십니까? 그 크고 단단한 하얀 이빨을 보고 있으면 말입니다. 너무도 황홀해, 죽어도 좋다는 생각을 하게 됩니다. 저 이빨이 내 경동맥을 찢고 쇄골을 부스러뜨린다면 그래서 온몸이 조각조각 나뉘어 저 붉은 입속으로 한 점씩 넘어간다면 마지막 통증조차 쾌락으로 기억될 것 같았거든요. 그래서 먹이에게 늘 이렇게 말하곤 했어요. '먹이야, 나중에 나를 꼭 먹어다오. 불에 타 소멸되는 것보다, 땅에 묻혀 하찮은 미생물 따위에 몸이 부식되는 것보다 그편이 훨씬 멋지고 의미가 있을 것 같구나.' 먹이는 곁에서 실존하는 죽음이자 제 몸에 꼭 맞는 관과도 같았습니다.

형사님…… 저는 가난합니다. 하지만 한 번도 그것 때문에 스스로 초라하다 생각한 적은 없었어요. 아니요, 저는 최소한의 것으로도 충분한 사람이었습니다. 돈을 벌고 살아야 하는 것, 그래서 누군가와 함께 끊임없이 겨루고 싸워야 하는 삶이 저는 두려웠습니다. 나를 싫어하는 사람과 내가 싫어하는 사람과 한 장소에 머물며 뭔가를 함께 해야만 하는 사회라는 거대한 야생이 저는 죽도록 버거웠습니다. 저는 그들과 섞이는 것을 원치 않습니다. 저는 삶이라는 계속되는 진행이 피곤한 사람입니다. 그래서 때로는 사망신고를 해버리고 유령처럼 살면 좋지 않을까, 라는 생각을 수도 없이 했죠. 물론 그러지 못하고 여전히 이렇게 살아 있지만 말입니다.

하지만 저도 좋아하는 것은 있습니다. 취미가 있죠. 동물원에 가는 것입니다. 특별할 것도 없는 취미고 별다른 이유도 없습니다만 저는 동물원이 좋습니다. 그 정적인 공간과 나른함은 저에게 있어 가장 적절한 안식처입니다. 그냥 가만히 벤치에 앉아 있습니다. 그리고 동물을 봅니다. 동물들도 우리 속에서 가만히 저를 보는 것입니다. 저는 어쩐지 그들이 무척 부럽습니다. 사람들은 동물원의 동물들을 불쌍히 여기는 것 같습니다. 푸른 초원을 뛰어다니지 못하고 자유롭게 살 수 없는 그들을 자유를 박탈당한 생물로 여기는 것이지요. 하지만 저는 그렇게 생각하지 않습니다. 초원을 뛰어다니는 동물들의 자유가 진정한 자유일까요. 사람들의 여행처럼 산책처럼 그런 것일까요. 아닙니다. 아니에요. 그들은 살기 위해 뛰어다닙니다. 넓은 초원은 몇 평 되지 않는 작은 동물원 우리보다 작고 위험한 곳입니다. 실제로 그들은 죽을 때까지 진정한 의미의 수면을 한 번도 취할 수 없다는군요. 생각해보세요. 눈꺼풀만 덮고 잠시 휴식을 취하면서도 적들이 가득한 야생을 경계하느라 온몸의 감각과 신경은 바짝 곤두선 그들의 피곤한 밤을요. 그들은 자신의 영역을 지키고 적들의 영역을 피하기 위해 너무도 분주하고 피곤한 생을 살아갑니다. 그런데 동물원은 그렇지 않지요. 먹이를 사냥하러 뛰어다닐 필요도 없고 반대로 자기 자신이 천적의 먹이가 되지 않기 위해 도망 다닐 필요도 없습니다. 그냥 자신의 영역에 마음 편히 배설물을 묻고 머물면서 자신에게 주어진 몸의 한계를 마지막까지 사용하며 천천히 늙어가는 겁니다. 실제로 야생동물보다 동물원의 동물들이 두 배는 오래 산다고 합니다. 무엇이 진짜 행복일지는 아무도 모르는 것입니다.

하지만 형사님. 먹이와 함께 지내면서 저는 달라졌습니다. 제 가난이 싫어진 겁니다. 무력했고 비참했습니다. 먹이는 하루에 최소한 두 마리의 닭은 먹습니다. 더 주면 더 먹을 수 있겠지만 저는 그 이상 준 적이 없습니다. 아니요. 더 이상 줄 돈이 없었습니다. 지독한 가뭄으로 말라붙은 우물의 밑바닥을 바라보는 심정이 이런 것일까요. 저는 어떻게 해야 할지 몰라 가끔 숨죽여 울기도 했습니다. 하지만 먹이는 배고픔을 이기지 못해 보채는 짐승은 아니었습니다. 늘 의연하고 무연한 표정으로 말없이 저를 바라볼 뿐이었죠. 그보다 더 큰 문제는 비좁은 방의 크기였습니다. 먹이는 자존심이 강하고 긍지 높은 생명이었습니다. 함께 사는 저에게조차 절대로 곁을 주지 않았습니다. 전 한 번도 녀석의 몸을 제대로 만져본 적이 없습니다. 좁은 방에 함께 살면서도 우리는 서로의 영역을 침범하지 않았습니다.

다행이라는 생각이 들었습니다. 녀석이 약해진다면, 그래서 제게 사랑과 관심을 구걸하고 몸을 낮추며 먹을 것을 갈구한다는 것은 상상조차 하기 싫거든요. 그동안 먹이의 몸이 많이 커졌습니다. 먹이는 평소에 거의 움직이지 않습니다. 그냥 무심코 쳐다보면 타르를 뒤집어쓴 석상 같아 보일 정도로 말이죠. 하지만 가끔 앞다리를 쭉 펴며 일어나 몸을 일으킬 때가 있어요. 그럴 때마다 저는 소스라치게 놀랍니다. 아직도 녀석이 무서운 탓도 있지만 몰라보게 커진 몸피 때문이기도 합니다. 커다란 허벅지 근육이 떨리며 꿈틀거리는 모습은 그 어떤 풍경보다 경이롭습니다. 하지만 저는 알 수 있었습니다. 먹이가 이제는 이 영역을 벗어나고 싶어 한다는 것을요. 방이 좁아 답답해한 것이죠. 형사님. 제 말을 듣고 계십니까? 사실 믿기지 않으시죠?

   선생님. 됐습니다. 이제 됐어요. 더 이상 선생님의 넋두리를 들어드릴 수가 없네요. 그만 말씀하시고 이제 제 질문에 답을 해주세요. 지금 선생님이 하셔야 될 말씀은 동물의 세계가 아니에요. 선생님이 발견될 당시 집 안에는 닭의 것으로 추측되는 짐승의 털이 흩어져 있었고 방바닥과 벽에는 배설물이 잔뜩 묻어 있었습니다. 그리고 여기저기에 핏자국들이 있었습니다. 선생님 말씀대로라면 키우시던 동물의 흔적들이겠군요. 하지만 그것이 말이 됩니까? 선생님 방은 8평도 안 되는 공간입니다. 강아지 한 마리도 키울 수 없을 만큼 좁은 곳이에요. 그런데 무슨 표범입니까? 그리고 또! 선생님의 몸 상태에 대해서도 의문이 많습니다. 영양실조에 걸리신 것처럼 너무 많이 마르셨어요. 그리고 온몸에 칠하신 것은 혹시 숯입니까? 왜 몸에 그런 것을 바르신 거죠? 그리고 선생님의 입가에 잔뜩 묻어 있는 피…… 정말 이상한 상황이에요. 그리고 아까 말씀드렸던 오른손은 왜 그 지경이 된 것입니까? 말해보세요. 도대체 누가 선생님에게 그런 짓을 한 겁니까?

먼저…… 들으셔야 되는 이야기가 있습니다. 그러니까 그때가 언제일까요…… 먹이와 함께 사는 것이 꽤 익숙해지려던 때였던 것 같습니다. 그때의 저는 먹이와 함께 지내는 익숙함에 행복을 느끼면서도 먹이를 잃어버릴 것 같은 불안함에 괴로움을 느끼고 있었습니다. 금방이라도 먹이가 창문을 깨고 집에서 나가버릴 것 같았거든요. 정말 행복하면서도 동시에 미칠 것 같은 하루하루였습니다. 그러니까, 그날 밤은 몇 시쯤 됐을까요. 형사님. 새벽의 어느 때가 가장 어두운가요? 아마도 그 마디를 지나는 시간이었을 겁니다. 저는 잠들어 있었습니다. 모든 자극이 죽음처럼 무의미하게 스쳐 지나가는 그런 종류의 잠을 자고 있었습니다. 그러다 불현듯 잠에서 깼어요. 깜깜한 밤에 눈을 뜨는 것이 무슨 소용이 있을까요. 눈을 떴지만 아무것도 보이지 않았기에 여전히 잠에서 깨지 않은 것 같은 시간이 진공 상태처럼 무중력 속 사물들처럼 더 이상 움직이지 않고 순간 딱 멈춰 서더군요. 그리고 보았습니다. 어둠보다 더 어두운, 마치 깊은 구멍과도 같은 깜깜한 밤을. 그것은 먹이의 눈이었습니다. 먹이가 자신의 얼굴을 내 얼굴에 대고 나를 빤히 쳐다보고 있었던 것입니다. 먹이의 동공은 완전히 개방되어 있었습니다. 단 한줄기 빛이라도 모아 잠든 내 얼굴을 보려는 것인지 아니면 동공을 완전히 열어야 비로소 떠지는 다른 눈이 있는 것인지 알 수 없습니다만 중요한 것은 먹이의 눈이 내 눈을 바라보고 있었다는 것이지요. 무거웠습니다. 밤의 모든 조직이 한순간 점액질처럼 흘러내리며 몸을 짓누르는 것 같았죠. 하지만 저는 견뎠습니다. 금방이라도 질식할 것 같던 그 압력을 저는 이겨냈어요. 그 순간 내 동공도 완전하게 열렸으리라 생각됩니다. 숨조차 쉴 수 없는 시간이 지나고 스르르 먹이의 눈동자가 닫혔습니다. 그리고 아주 천천히 어둠 속으로 사라지더군요. 그 큰 몸이 움직이는데 아무 소리도 들리지 않았습니다. 마치 어디론가 스며드는 것 같았어요. 그때 저는 생각했습니다. 먹이가 저에게 완고하게 그어놓은 경계가 희미해지고 있다는 것을요. 그리고 이런 생각도 했습니다. 녀석이 지금 그 희고 커다란 이빨로 내 목덜미를 물어뜯어 목숨을 단숨에 앗아간다고 해도…… 그래도 나는 정말, 하나도 억울하지 않을 것 같다. 그렇게 먹이가 단 일 초라도 더 살 수 있다면 나는 기꺼이 녀석의 먹이가 돼도 괜찮다고요.

다음 날, 저는 먹이처럼 행동했습니다. 아니요, 먹이와 같아졌어요. 옷을 모두 벗었습니다. 약하고 하얀 살결을 숯으로 검게 칠했습니다. 피부에 검정색이 완전히 흡수되기를 바라며 기도하는 마음으로 문지르고 또 문질렀습니다. 먹이처럼 네 발로 방을 걸어 다녔습니다. 먹이가 먹다 남긴 생닭도 썹어 먹었습니다. 먹이는 그런 저의 변화를 흥미롭게 바라봤습니다. 먹이의 코가 간간이 씰룩거리고 질긴 풀처럼 단단하고 긴 수염이 위아래로 흔들리더군요. 그 작은 변화가 저에게 주는 기쁨을, 그 기쁨이 저의 내부를 만지고 변화시킬 때의 감동을 어떻게 표현해야 할까요. 그때부터 저는 먹이와의 거리를 상당 부분 좁힐 수 있었습니다. 먹이가 아무렇지도 않게 뚜벅뚜벅 걸어와 누워 있는 저를 휙 넘어가기도 했고 제가 먹이 바로 곁에 누워도 먹이는 별로 신경 쓰지 않았습니다. 하지만 여전히 먹이는 자신의 몸을 터치하는 것만큼은 허락하지 않았습니다. 제 어깨가 살짝 먹이의 꼬리에 닿거나 제 다리가 먹이의 허벅지를 건드리기만 해도 먹이는 벌떡 일어났습니다. 숨겨져 있던 돌덩이 같은 근육이 검은 피부 위로 불뚝 솟아올라 꿈틀거리는 모습을 보고 있으면 숨이 탁 막혔죠. 하지만 그것이 다였습니다. 먹이는 그저 조금 예민한 녀석이었던 겁니다. 하지만 먹이와의 거리가 가까워진 것과 상관없이 제 방은 너무 좁았습니다. 마음 같아서는 먹이에게 방을 모두 주고 나가고 싶었습니다. 하지만 그러면 먹이의 먹이는 누가 구해다 주겠습니까! 그렇다고 먹이를 밖으로 보낸다는 것은. 아, 그것은 생각조차 할 수 없습니다. 사람들은 분명 먹이를 죽이려 들 것입니다. 먹이의 목에 함부로 마취 총을 쏘고 그 아름다운 몸에 더럽고 거친 그물을 던져댈 겁니다. 어쩌면 사살할지도 모르죠. 사람들은 힘없이 누워 있는 먹이의 몸에 손을 대고 사진을 찍겠죠. 안 되죠. 안 됩니다. 절대로 그럴 수 없습니다. 먹이는 제 목숨보다 소중한 녀석입니다. 누가 먹이를 감히!

하지만 형사님…… 먹이는 저의 그런 마음을 아는지 모르는지 책상 위로 올라가 작은 창 너머를 바라보는 날이 많아졌습니다. 그럴 때면 먹이의 눈은 창을 통해 들어온 빛과 섞여 주황색으로 변합니다. 저는 봤습니다. 먹이의 눈이, 단단하기만 했던 녀석의 눈이 흔들리고 있다는 것을. 먹이는 조금씩 동요하고 있었습니다. 형사님. 그것이 제 슬픔이었습니다. 저는 먹이를 감당하기에 너무 가난하고 허약한…… 벌레만도 못한 놈이었으니까요. 저는 더 노력했습니다. 어떻게 해서든 먹이의 흥미를 끌기 위해 온갖 노력을 다했지요. 먹이의 울음소리를 흉내 내며 으르렁거려보기도 하고 등을 바닥에 대고 사지를 버둥대기도 했습니다. 바닥에 엎드려 엉덩이를 뒤로 하고 흔들어보기도 했습니다. 먹이는 그런 저를 물끄러미 쳐다보고는 다시 책상 밑으로 들어가 엎드려 눈을 감았습니다. 저는 책상 위로 올라가 작은 창문마저 검은 천으로 덮어버렸습니다. 그래봐야 아무것도 나아질 것이 없다는 것을 잘 알지만 어쩔 수 없었습니다. 제가 할 수 있는 일이란 겨우 그런 것들이었습니다. 완고히 눈을 꾹 감고 있는 먹이의 얼굴을 바라보고 있자니 갑자기 화가 났습니다. 아무것도 할 수 없는 무력한 내 자신을 향한 것이기도 했지만 먹이에 대한 서운함이기도 했습니다. 저는 이미 알고 있었는지 모릅니다. 먹이가 이제 다른 곳으로 가고 싶어 한다는 것을요. 처음 제게 말을 걸고 데려가 달라고 했던 것처럼 다른 사람에게도 똑같은 방법으로 접근할지도 모릅니다. 아니면 자신을 키워줬던 사육사를 그리워하고 있는지도 모르죠. 먹이는 세상을 잘 모릅니다. 누가 저처럼 먹이를 사랑해주겠습니까. 먹이의 검고 탐스러운 가죽을 벗기려고 서로 다투며 잡으려 할 것입니다. 저는 미칠 것 같았습니다. 먹이는 우울증에 걸린 연약한 초식동물처럼 변해갔습니다. 조금도 움직이지 않았고 제가 아무리 소리를 지르고 먹이의 주의를 끌려고 노력해도 미동조차 하지 않았습니다. 어렵게 구해온 닭이 자신의 등을 밟고 돌아다녀도 먹이는 꿈적도 하지 않더군요. 그대로 죽으려는 것 같았습니다. 아, 형사님. 그 고통을 아십니까. 내장이 녹아내릴 것 같고 심장이 부서지는 것 같은 그 고통을요. 먹이는 점점 그림자 뒤에 숨고 그늘 속으로 흡수되어 갔습니다. 그래서 저는…… 결심했습니다.

네. 네. 선생님. 알겠습니다. 알겠어요. 네. 선생님이 키우셨다던 그 동물에 대해서도 충분히 들었습니다. 이해합니다. 그러니까 이제 그만하세요. 아무래도 선생님은 지금 엄청난 혼돈을 겪고 계신 것 같아요. 선생님이 지금 왜 이곳에 계신지 아십니까? 신고를 받으셨습니다. 이웃집에서 선생님을 신고했어요!

무슨 신고였습니까? 혹시…… 먹이에 대한 겁니까?

아니요. 그런 것이 아닙니다. 선생님 댁에서 이상한 냄새가 난다는 신고였습니다. 그리고 최근에 댁에서 전혀 인기척을 못 느껴 신고자는 선생님이 무슨 일을 당하셨다고 생각을 한 것이지요. 선생님은 특별한 전과도 없으시고 특이할 만한 이력도 없으시네요. 선생님께서 무슨 잘못을 하신 건 아니지만 선생님이 발견될 당시의 상황은 의문점이 많습니다. 그래서 선생님께서는 제게 말씀해주셔야 하는 겁니다. 말씀드렸지만 선생님이 발견될 당시 선생님 방은 온통 배설물과 닭들의 시체로 가득했습니다. 정체를 알 수 없는 피도 군데군데 묻어 있었고요. 선생님께서는 의식을 잃고 방에 쓰러져 계셨습니다. 혹시 정신을 잃기 직전의 일들이 기억나십니까? 누군가와 함께 방에 있었다거나 누군가가 선생님을 공격했다거나 그런 일들을 한번 떠올려보세요. 의사의 소견으로는 선생님의 오른손에 생긴 상처는 날카로운 칼이나 둔기로 인해 생긴 것은 아닌 것 같다고 했습니다. 이상하지만 뭔가에 물어뜯긴 상처 같다고 하는데. 누군가 선생님을 해쳤나요?

저는 이제 더 이상…… 먹이와 함께 있을 수 없다는 결론을 내렸습니다.

　선생님! 제발 선생님. 더 이상 그 짐승 얘기는 그만하십시오! 저도 인내심에 한계를 느낍니다. 선생님이 발견될 당시 선생님 외에 아무것도 댁에서 발견된 것이 없습니다. 개미 새끼 한 마리도 없었어요! 그런데 자꾸 이상한 동물 이야기를 하시면서 진술을 거부하시면 곤란합니다.

　하아, 먹이가 살아 있나 보군요. 아직 먹이가 사람들에게 발견되지 않은 겁니다. 다행스럽게도! 우리 먹이가! 늠름하게! 어쩌면 사람들의 눈을 피해 진짜 야생으로 돌아갔는지도 모르겠네요. 다행이네요. 제 판단이 옳았네요. 결국 제 행동이 맞았어요. 형사님. 제 말씀이 믿기지 않는 것은 당연합니다. 저도 이해합니다. 하지만 제 말은 진실이에요. 방에서 발견된 배설물과 죽은 닭들은 모두 먹이의 흔적들입니다. 제가 아까 말씀드렸지요. 먹이를 보고 있으면 죽어도 좋겠다는 생각을 했다고요. 제가 먹이를 죽일 수는 없지요. 그것이 가능하다면 그렇게 했을 겁니다. 먹이를 고통 없이 죽이고 저도 따라 죽으면 더할 나위 없이 좋을 것 같았거든요. 그 마음을 이해할 수 있으시겠습니까? 죽도록 사랑하는 대상을 더 이상 사랑할 수 없을 때 누구도 소유할 수 없도록 차라리 파괴시켜버리고 싶은 그런 마음을 말입니다. 하지만 먹이는 제가 파괴시킬 수 있는 생명이 아니었습니다. 저는 그저 벌거벗은 사람일 뿐이지요. 그래서 저는, 차라리 먹이에게 제가 줄 수 있는 마지막 선물을 주고 싶었습니다. 바로 제 자신입니다. 먹이도 저를 사랑했을 겁니다. 아니요. 분명합니다. 녀석도 저를 사랑했어요. 때문에 먹이는 이곳에서 나가고 싶어 하는 욕망을 감추며 제 옆에서 병들어가는 편을 택한 것입니다. 저는 그것을 용납할 수 없었습니다. 저는 더 이상 먹이가 두렵지 않았습니다. 저는 먹이에게 다가갔습니다. 먹이는 죽은 듯 누워 있었습니다. 먹기를 거부한 먹이의 검은 피부는 예전처럼 빛나지 않고 푸석푸석했습니다. 몰라보게 수척해진 먹이의 몸을 보고 저는 목이 메었습니다. 속에서부터 증기 같은 것이 올라와 순간적으로 눈 코 입이 뜨거워지더군요. 예전에 먹이가 제게 했던 것처럼 저는 먹이의 얼굴에 제 얼굴을 대고 먹이를 가까이서 쳐다봤습니다. 제 더운 숨이 먹이의 얼굴에 닿았습니다. 감겨 있던 먹이의 눈이 확 떠지더군요. 아, 그 눈. 커다란 초록색 동공이 한 점으로 바짝 조여지는 그 눈동자는 한 조각의 사파이어 같았어요. 저는 피하지 않았습니다. 먹이는 순간적으로 몸을 일으키며 입을 벌려 포효했습니다. 그때 저는 제 오른손을 먹이의 입에 집어넣었습니다. 먹이를 어떻게든지 먹이고 싶었습니다. 다시 녀석이 무엇인가를 씹어 먹는 모습을 간절히 보고 싶었거든요. 그리고 더 이상 이제…… 먹이와 함께 살 수 없는 나약한 제 목숨이 버거웠는지도 모릅니다. 먹이는 캑캑 소리를 내며 앞발로 저를 밀어내며 바닥에 뒹굴었습니다.

저 역시 먹이가 제 손을 뺄어낼 수 없도록 왼손으로 먹이의 목을 힘껏 감고 오른손을 더 깊이 밀어 넣었죠. 그때 저는 먹이와 눈이 마주쳤습니다. 먹이는 울고 있었어요. 일렁이는 눈동자의 수면 위에 떠 있는 제 모습은 잔뜩 구겨지고 흔들렸죠. 저도 그 순간 참지 못하고 악을 지르며 울고 말았습니다. 먹이는 저를 바닥에 눕히고 앞발로 제 가슴을 눌렀습니다. 갈비뼈가 당장이라도 우드득 부러져 나갈 것 같은 강한 압력이었습니다. 하지만 먹이는 그 순간까지도 발톱만은 세우지 않았습니다. 저는 어금니를 앙다물고 온 힘을 다해 오른손을 휘저었습니다. 순간 수십 개의 면도날이 피부를 도려내는 것 같은 날카로운 통증이 느껴졌습니다. 그리고 마침내 먹이는 제 손을 뿌리치지 못하고 입을 다물었습니다. 그것이 제 기억의 마지막입니다. 녀석이 드디어 다시…… 먹은 겁니다.

선생님…… 이런 말씀드리면 어떻게 생각하실지 모르겠지만 선생님께서 말씀하신 검은 표범은 댁에서 발견되지 않았습니다. 선생님 말씀처럼 집에서 도망쳤다 하더라도 근처에서 발견됐다는 이야기도 없고 주민들의 신고도 전혀 없었습니다. 제 생각에는 선생님께서 뭔가를 착각하고 계신 것 같아요. 이것은 방금 넘겨받은 선생님 댁에 대한 조사 결과입니다. 방에서는 닭털과 선생님의 것으로 보이는 머리카락 외에는 다른 어떤 짐승의 털도 발견되지 않았어요. 그리고 검은 표범 말인데요. 선생님 말쏨처럼 수개월 전에 동물원에서 검은 표범 새끼 한 마리를 잃어버린 사건이 있긴 있었네요. 그런데 일주일 뒤에 인근 야산에서 등산객에 의해 죽은 채로 발견됐다는군요. 사인은 굶주림으로 인한 탈수 증세라고 하고요. 동물원에서도 죽은 그 표범 외에는 없어진 검은 표범은 없다고 했습니다.

머, 머, 먹이가 아직 사람들에게 발견되지 않은 겁니다…… 다행입니다. 다행이에요. 먹이는 그렇게 쉽게 발견되거나 찾을 수 있는 동물이 아니거든요. 맹수 중의 맹수인걸요. 괜찮아요. 괜찮습니다. 어딘가에서 잘 지내고 있을 겁니다…… 그래도 조금 아쉽네요. 형사님께 늠름한 먹이의 모습을 보여드리고 싶었는데. 그런데 먹이는, 왜 그냥 갔을까요? 제가 그렇게 부탁했는데 저를 먹지 않고는…… 왜 그냥 저만 혼자 남겨 두고 가버렸을까요? 저는 이제 어떻게 해야 할까요? 먹이 없이 이제 제가 어떻게 살아야 할까요?
……아! 아! 형사님! 저기 보세요. 저기. 먹이에요. 먹이가 왔네요. 먹이야. 먹이야. 여기까지 어떻게 왔니? 여기는 위험한데 어쩌지. 형사님. 먹이가 왔어요. 저를 만나려고 위험한데도 여기까지 찾아왔어요. 형사님. 그래도 여기는 경찰서니까 형사님이 먹이를 보호해주시겠죠?

선생님……

어때요. 우리 먹이. 멋지지 않습니까? 아…… 아…… 먹이, 나의 먹이야. 이쪽으로 오렴.

여기 아닌
　　어딘가로

'페이지를 찾을 수 없습니다.' 그는 물끄러미 모니터를 쳐다본다. 세 번이나 부팅을 했고 할 수 있는 모든 방법을 동원했지만 페이지는 열리지 않는다. 그는 말없이 손가락으로 이마를 톡톡 때리다 전선을 잡아당긴다. 코드가 빠지는 동시에 방에 있는 모든 기계에 전원이 끊긴다. 방은 움푹 꺼진 웅덩이처럼 적막해진다. 암전된 모니터가 무뚝뚝한 짐승의 커다란 눈동자처럼 그의 모습을 반사하고 있다. 그는 손바닥으로 모니터를 꾹 눌러 손자국을 찍고 오랫동안 귀를 누르고 있던 헤드셋을 벗겨낸 후 의자에서 일어난다. 갑자기 할 일이 없어진 그는 불안하게 방을 서성거리다 벽에 등을 기대고 바닥에 주저앉는다. 오랫동안 자지 않았던 탓에 더운물이 머리 위로 쏟아진 것처럼 몸이 노곤해진다. 손바닥으로 눈을 세게 문지르며 맞은편 벽에 놓여 있는 어항을 본다. 어항 속에는 햄스터 한 마리가 유리벽에 앞발을 대고 그를 쳐다보고 있다. 그의 충혈된 눈과 햄스터의 빨간 눈이 서로 마주친다. 순간, 그는 기분이 상한다. 저 눈은 내게 감사하는 눈이 아니다. 저 눈 속에 꽉 차 있을 피 속에는 나를 향한 증오심이 소금처럼 녹아 있겠지. 저 눈. 나를 모욕하는 저 빨간 눈. 그때 살려두지 말았어야 했는데…… 그의 몸이 동력이 멈춘 기계처럼 서서히 바닥에 눕는다. 잠이 들기 직전 그는 생각한다. 스피커에 푸른 등이 꺼졌는데 왜 아직도 총소리와 헬기 프로펠러 소리가 귀에 들리는 걸까. 내 총은 잘 있을까. 잠드는 사이 그 세계가 끝나버리지는 않겠지. 그는 애벌레처럼 웅크리며 잠든다.

익사한 햄스터들이 극지방의 얼음처럼 수면 위에 고요히 떠 있다. 머리와 다리가 물속에 잠겨 있고 젖은 등은 하늘을 향하고 있다. 그들이 언제부터 죽어 있었는지 알 수 없으나 상하지 않아 온전한 몸은 금방이라도 움직일 듯 싱싱해 보인다. 그는 그것들이 파도의 움직임에 따라 느리게 흔들리는 것을 지루한 다큐멘터리의 영상처럼 감상하고 있다. 하지만 이내 깨닫게 된다. 지금은 꿈이고 여기는 내 머릿속이다. 죽었다고 생각됐던 햄스터들 중 한 놈이 갑자기 몸을 뒤집어 머리를 물 밖으로 꺼낸다. 몇몇은 물속으로 완전히 잠수하며 자취를 감춘다. 그는 눈 감고 있는 햄스터의 얼굴을 쳐다본다. 금방이라도 눈을 뜰 것 같은 햄스터는 슬픔과 비웃음이 섞인 기묘한 표정을 짓고 있다. 서서히 물이 줄어든다. 젖은 햄스터들의 몸이 물 밖으로 드러나기 시작한다. 여전히 죽은 듯 보이지만 그는 그것들이 죽지 않았다고 믿는다. 어느새 꿈속은 까만 밤이다. 햄스터들이 한 놈씩 눈을 뜨기 시작한다. 어둠 속의 LED 등처럼 작고 빨간 불이 한 쌍씩 공중에 떠 있다. 그것들이 조금씩 거리를 좁히며 그에게 다가오는 시간.

잠에서 깬다. 얼마나 잤는지 도저히 가늠할 수 없다. 많은 시간이 한꺼번에 자신을 비켜 흘러간 것처럼 오랜 시간이 지난 것 같기도 하고 반대로 아주 조금 잔 것 같다는 생각도 든다. 그는 바닥에 누워 왼쪽 관자놀이를 엄지손가락으로 꾹 누른다. 꿈속에서 햄스터들이 뇌의 일부를 씹거나 갉아먹은 것은 아닐까. 머리가 아프다. 그는 불쾌해진 마음으로 바닥에 손을 짚고 일어선다. 먼 곳에서 여전히 희미하게 총소리가 들린다. 그는 자신의 좁은 방을 본다. 방은 남은 식재료를 모두 집어넣고 끓여낸 정체불명의 스튜처럼 뒤섞여 있다. 그는 무릎을 감싸고 앉아 숨이 막힐 때까지 호흡을 참는다. 더러워졌다고 생각한다. 방이 지저분한 것 때문에 느껴지는 불쾌감은 아니다. 공기나 어떤 소리 같은, 보이지 않는 것들이 이상하고도 기분 나쁘게 달라져 있다는 생각이다. 오른손 검지를 송곳처럼 세워 자신의 오른쪽 귀를 쑤신다. 하지만 기어이 비집고 들어오는 총소리와 포탄 소리.

그는 바닥에 깔려 있는 겉옷을 집어 들고 밖으로 나간다.

냄새. 태어나서 아직까지 단 한 번도 맡아보지 않은 낯선 냄새다. 그는 방문을 등 뒤로 닫고 잠시 멍하니 기대고 서 숨을 규칙적으로 들이쉬며 이 냄새가 무엇일지 생각한다. 처음 맡아본 냄새였으나 본능적으로 이것이 화약 냄새라는 것을 안다. 왜 이런 냄새가 바깥에 가득할까. 그는 자신의 방문과 똑같이 생긴 일곱 개의 다른 방문들을 쳐다보다 문득 이상한 느낌이 들어 하늘을 올려다본다. 하늘은 푸르고 맑으나 지저분하다. 페인트가 덜 마른 흰 벽면에 함부로 끄적거린 미성숙한 아이들의 낙서처럼 하늘에는 비행기가 만들어낸 비행운으로 어지럽다. 두 줄 혹은 네 줄로 만들어진 구불구불한 구름은 배 밖으로 돌출된 짐승의 내장처럼 질서 없이 뒤엉켜 있다. 그는 그것이 이름 없는 작가의 실패한 추상화 같다는 생각을 한다. 뭔가 이상한 일이 일어났다. 그는 손가락으로 왼쪽 귓구멍을 몇 번 쑤시고는 들고 있던 겉옷을 걸치고 연립주택 계단을 내려간다. 한 층씩 내려갈 때마다 조도가 낮은 노란 센서등이 하나씩 켜진다. 건물을 벗어나기 전 마지막 계단 끝에 발끝을 대고 잠시 멈춰 선다.

거리가 이상하다. 텅 비어 있다. 물속에 잠겨버린 사물들처럼 세상이 고요하다. 아무도 보이지 않는다. 홍수에 떠밀려온 것처럼 차들이 이상한 방향으로 주차되어 있다. 아니 주차되어 있다기보다 누군가 마음대로 늘어놓은 것 같다. 그는 천천히 걷는다. 익숙한 거리와 주변 풍경이 낯선 나라의 소읍처럼 생경하게 느껴진다. 그는 작은 상점 앞에 멈춰 선다. 상점의 늙은 주인이 빈 병과 종이를 분류하고 있다. 'ㄱ'자로 굽은 주인의 등을 볼 때마다 그는 주인이 꼽추인지 아니면 나이가 들어 자연스레 등이 굽은 것인지 늘 궁금했었다. 호주머니에 있는 동전 몇 개를 꺼내 껌을 산다. 주인의 딱딱하고 오래된 손바닥 위에 동전을 올려놓는다.

오늘은 이상하게 조용하네요.
젊은이는 왜 아직도 이곳에 있나?
이곳에 있으면 안 되나요?
안 되는 것은 아니겠지만 안전한 곳으로 이동해야 할 거야.
무슨 일이 생겼나요?
전쟁이 일어났다네.
……
……
안전한 곳은 어디죠?
글쎄, 일단 여기 아닌 다른 곳이겠지.
그런데 아저씨는 왜 아직 이곳에……
글쎄, 아직은, 어디로 가야 할지 몰라서.

그는 고개를 숙여 짧게 인사하고 상점을 나온다. 그는 잠시 서서 상점의 간판을 올려다본다. 오래전에 떨어져 나갔을 상점의 이름이 뭐였을지 궁금해진다. 그는 도로를 향해 걸으며 여섯 개의 껌 중 한 개의 포장을 벗겨내 바닥에 버리고 내용물을 입에 넣는다. 전쟁이 일어났다. 전쟁이 일어났다. 껌을 우물우물 씹으며 그가 중얼중얼거린다. 도로에 들어선 그의 걸음이 멈춘다. 당황스럽다. 도로에 차가 없다. 아니, 차가 너무 많다. 왼편은 차가 한 대도 없고 오른편은 누군가 손바닥으로 쓱쓱 밀어붙여 한데 모아놓은 것처럼 빽빽하게 들어차 있다. 거대한 주차장 같기도 하고 보기에 따라서 폐차장 같기도 하다. 왼쪽으로 걷는다. 그는 처음으로 두려움을 느낀다. 지금의 풍경이 꿈속의 어떤 장면보다 더 비현실적이고 낯설다. 이국의 공항에 막 도착한 이방인처럼 움직임이 더디고 조심스럽다. 그는 비어 있는 도로를 향해 소리쳐본다. 적막하다. 메아리조차 돌아오지 않는다. 그는 노란 중앙선에 발을 맞추고 두 팔을 벌려 조심스럽게 걷는다. 평균대 위를 걷는 체조선수 같은 모습이다. 웃는다. 긴장이 풀리고 기분이 좋아진다. 이제껏 본 적 없는 이상한 하늘 아래 차가 없는 12차선 도로를 홀로 걷는 것은 퍽 근사한 일이라는 생각이 들었기 때문이다. 그는 입으로 슝슝 소리를 내며 비행기가 이륙하는 모습을 흉내 내며 달린다. 간혹 폴짝폴짝 뛰기도 한다. 그러다가 뭔가를 발견하고 갑자기 걸음을 멈추고 벌리고 있던 팔을 내린다. 오른편 인도 위에 청년 한 명이 서 있다. 청년은 흥미로운 표정으로 그의 행동을 쳐다보고 있다. 청년은 키가 컸고 보라색 스웨터에 청바지 차림으로 중형 크기의 검정색 캐리어를 끌고 있다. 어쩐지 머쓱해진 그는 고개를 푹 숙이며 느리게 걷는다. 청년은 인도에서 내려와 조금씩 차선을 바꾸며 그의 옆에 선다. 둘은 한참 동안 말없이 서로에게 곁을 주고 묵묵히 걷는다. 그가 청년을 따라 걷는 것 같기도 하고 청년이 그를 따라 걷는 것 같기도 하다. 보기에 따라서 오래된 친구 같기도 하고 서행하며 느리게 전진하는 차종이 다른 두 대의 자동차 같기도 하다. 왼쪽에 커다란 은행과 오래된 제지회사가 있고 건너편에 이 나라에서 가장 규모가 큰 서점이 있는 사거리를 지나는 무렵 말랑말랑한 껌으로 작은 풍선을 만들어 탁, 터뜨리며 그가 청년에게 묻는다.

어디로 가세요?
음, 글쎄요. 어디로 가야 할지 모르겠어요. 일단 사람들이 있는 곳으로 가야겠지요.
사람들은 어디에 있는데요?
모르겠네요. 길이 있으니 이렇게 걷다 보면 만나게 되겠죠. 분명한 것은 빨리 어딘가로 가야 한다는 겁니다.
왜죠?
왜라니요. 전쟁이 났잖아요.
그러면 어떻게 되나요? 죽나요?

저도 전쟁은 처음이라…… 하지만 아마도 이곳에 있으면 그럴지도 모르겠네요. 발전소가 모두 파괴되었다는 소식을 들었어요. 댐이 폭파되고 상수원이 오염되었다고 합니다. 이 도시를 잇는 모든 다리가 폭격당했고 고속도로가 끊겼다는군요. 터미널과 공항은 폐쇄됐고요. 그러니까, 음, 여기 말고 다른 곳으로 갈 수 있는 방법은 없는 것 같지만 그래도 이곳을 벗어나야 하는 것은 분명해요.

그렇군요. 그런데 캐리어에는 무엇이 들어 있나요?

아, 별것 없어요. 통조림과 몇 권의 책이 들어 있어요.

소풍 가는 것 같네요.

그렇습니까? 하하 그럴 수도 있겠네요.

그림자가 왼편으로 길게 늘어날 때쯤 그는 사람들이 모여 있는 곳에 도착한다. 청년은 그에게 눈인사를 찡긋하고 차선을 바꾸며 멀어져 간다. 이곳은 도시의 중요한 행사나 사건이 있을 때마다 사람들이 모였던 광장이다. 그러니까 이런 이상한 일이 생기면 사람들이 여기로 모이는 것은 어쩌면 당연한 일인 것이다. 웅성웅성 모여 떠드는 사람들은 규모가 큰 박람회장을 돌아보는 관람객이나 스트레칭을 하며 긴장을 풀고 있는 아마추어 마라토너들 같다. 저마다 표정이 상기되어 있고 조금씩 들떠 보인다. 어떤 이는 공원에 산책 나온 것처럼 여유 있어 보이고 어떤 이는 유명 가수의 콘서트를 보기 위해 기다리는 것처럼 즐거

위 보이나 공통적으로 낯선 이국땅의 생경한 풍경을 마주하고 있는 긴장과 막막한 빛이 얼굴에 묻어 있다. 저마다 커다란 가방을 손에 들거나 어깨에 하나씩 메고 있기는 했지만 어디로 가야 할지 모르기는 매한가지다. 사람들은 한 장소에 모여 있었으나 공통의 목적을 갖고 모여 있는 것은 아니었으므로 서로서로 적당한 거리를 유지하려고 노력했고 때문에 뭉쳐 있다기보다 산발적으로 삼삼오오 모여 있다. 그들은 마치 중대 발표를 듣기 위해 광장에 모여 오직 궁금증과 모종의 예상만 갖고 왕의 메시지를 기다리며 서 있는 우민들 같다. 그는 무리의 끄트머리에 서서 그들이 이제 무엇을 하는지 혹은 어디로 가는지 기다려보기로 한다.

짧고 굵은 함성과 노랫소리가 들린다. 물 빠진 낡은 군복을 입은 노인들이 도로 위에 오와 열을 맞추어 앉아 있다. 그들은 소매를 걷어 올린 희고 얇은 팔뚝을 공중에 붕붕 휘두르며 자신들만 아는 오래된 군가를 부르거나 맨 앞에 서서 붉은 깃발을 흔들며 그들을 흥분시키는 리더의 구호에 따라 소리를 지르고 있다. 뭔가 처절하고 간절한 외침들이지만 그는 어쩐지 그들이 즐거워 보인다. 마치 지금 이 순간을 위해 지금까지 죽지 않고 살아왔다는 표정들이다. 그는 씹던 껌을 뱉어내고 새 껌의 포장을 벗겨낸다. 갑자기 등 뒤에서 바닥을 울리는 군화 소리가 들린다. 완전무장을 한 군인들이 사람들이 있는 쪽으로 달려오고 있다. 검정과 갈색 위장크림이 꼼꼼하게 발라진 그들의 얼굴은 말라가는 팔레트 위 물감처럼 굳어 있다. 나팔 모양의 소염기와 탄창이 달린 기관단총의 총구는 전방을 향하고 있고 가늠좌를 노려보고 있는 그들의 눈빛은 비장하다. 하지만 그들의 행동과 표정은 어딘지 모르게 성글고 어색하다. 군인이라고 하기에는 너무 살집이 많아, 튀어나온 뱃살이 벨트를 넘어 출렁거린다. 군복 상의를 조이고 있는 단추는 금방이라도 뜯어질 것처럼 팽팽하다. 소대장으로 보이는 선두의 베레모를 쓴 군인이 오른손을 들어 주먹을 쥐고 왼쪽 오른쪽으로 흔든다. 전방사격자세를 유지하던 그들은 거리의 가로수와 쓰레기통, 작은 상점들의 입간판 사이사이로 일사분란하게 배치된다. 군인들의 갑작스런 출현에 다소 놀란 사람들의 긴장이 이내 풀린다. 그들이 군인을 가장한 밀리터리 동호회 회원들이라는 것을 어렵지 않게 깨달았기 때문이다. 그는 자신의 발밑에 앉아 쓰레기통에 몸을 은폐시키고 한쪽 무릎을 꿇고 사격 자세를 취하는 군인을 가만히 내려다본다. 거칠게 숨을 내쉬고 있는 군인의 왼쪽 관자놀이에 붙은 머리카락이 땀에 젖어 있다. 그는 씹고 있던 껌을 혀로 쭉 늘여 풍선을 만들고 탁, 소리를 내며 터뜨린다. 그 소리에 놀란 군인이 사격 자세를 흐트러뜨리며 어, 소리를 내며 옆으로 쓰러진다. 군인의 주머니에 들어 있던 하얀 비비탄알이 굵은 소금처럼 도로에 쏟아진다. 사람들이 움직이기 시작한다. 그는 오른쪽 입꼬리를 살짝 올려 애매한 표정으로 웃으며 사람들이 움직이는 방향을 따라 걷는다. 누구로부터 시작되었을지 모를 이동은 광장에 정체되어 있던 사람들의 모든 발걸음을 한곳으로 향하게 한다. 물을 찾아 건기의 사막을 건너며 앞서 걷는 동료의 뒤를 바짝 쫓는 초식동물의 무리 같은 맹목적 이동은 소음도 동요도 없이 고요하게 이루어진다. 그는 잠시 걸음을 멈추고 뒤를 돌아본다. 광장과 인근의 거리에는 두 무리의 군인들만 남는다. 깃발을 흔들며 군가를 부르는 노인들과 힘겹게 가늠좌를 노려보며 숨을 헐떡이는 비만한 저격수들. 그는 아직 단물이 배어나는 껌을 바닥에 뱉어내고 그 위에 침을 뱉고 운동화바닥을 땅에 질질 끌며 마지못한 태도로 느리게 걸음을 옮긴다.

강가 고수부지에 몰려 있는 사람들을 발견한 그가 걸음을 멈춘다. 흙탕물이 고여 있는 작은 웅덩이에 갓 부화한 올챙이들이 부대끼며 버글거리는 움직임처럼 새까맣고 숨 막히는 모습이다. 강 건너편 고수부지의 풍경도 마찬가지다. 이렇게 많은 수의 사람들이 한 장소에 모여 있는 것을 본 적이 없다. 그 모습은 물리적으로 불가능한 풍경을 화폭에 담은 그림처럼 초현실적으로 보인다. 두려움과 궁금증을 품은 불안한 눈빛의 그들은 하나같이 막연한 태도로 서로의 표정과 그다음 행동을 지켜보고 있다. 강에서 곧 시작될 화려한 워터쇼를 기다리는 것 같기도 하고 한 명씩 강물에 뛰어들기 위해 질서 있게 차례를 기다리는 심드렁한 자살 대기자들 같기도 하다. 크기와 종류가 다른 카메라를 세 대나 어깨에 걸고 있는 한 사진작가가 벅찬 표정을 지으며 사람들을 향해 셔터를 누르고 LCD 화면을 통해 결과물을 확인한다. 버려진 난민들을 연민하는 표정 같기도 하고 사생활이 드러나지 않은 동물들의 은밀한 행동을 촬영해서 감동한 표정 같기도 하다. 머리가 길고 낡은 야구 모자를 눌러쓴 중년의 남성은 강가에 앉아 사람들을 등 뒤로 하고 트럼펫을 불고 있다. 오늘은 왜 이렇게 사람들이 많아서 시끄러운지 모르겠다는 표정이거나 반대로 자신의 연주를 듣는 이가 많은 것 때문에 긴장한 표정이다. 붉은 책을 바닥에 펼쳐놓고 이상한 주문을 외우는 사람도 있고 어떤 메시지를 전하기 위해 분주히 돌아다니는 사람도 있다. 몇몇은 삼삼오오 모여 서서 전쟁의 원인과 앞으로의 전망에 대해 떠들고 있지만 하나같이 긴장된 표정들이다. 하지만 대부분의 사람들은 그냥 멈춰 서 있거나 뭔가를 지루하게 기다리고 있다. 연인들이 부둥켜안고 있고 그 연인들을 짝 없는 남자와 여자들이 쳐다보고 있다. 순간, 그는 문득 하나의 기억을 떠올린다.

몇 달 전 그는 길가에 버려진 작은 어항을 들고 방으로 들어왔다. 침전된 노폐물이 엉겨붙은 자갈과 모래를 버리고 유리벽에 달라붙은 녹색 이끼를 닦아냈다. 그는 한참 동안 속이 빈 투명한 어항을 내려다보다 뭔가를 키워야겠다는 생각을 했다. 근처 마트에 들러 햄스터 암수 한 쌍을 사왔다. 엄지손가락 두 개를 붙인 크기의 작은 햄스터는 흰색이었고 둘다 눈은 빨갰다. 어항에 부드러운 톱밥을 깔았고 녀석들이 숨거나 잘 수 있도록 짝을 잃어버린 양말 한 짝을 집어넣었다. 그는 어항 속에서 움직이며 조금씩 커가는 녀석들을 보는 것이 좋았다. 햄스터의 일상은 단순했다. 움직이거나 먹거나 틈틈이 교미했다. 햄스터는 그의 예상보다 더 빠르게 성장하며 번식했다. 새로 태어난 햄스터 새끼의 빨간 몸은 잘게 씹어서 뱉어낸 붉은 젤리 같았으나 어느새 털이 자라며 몸이 커졌다. 그가 오랫동안 어항에 신경을 쓰지 못하고 가상의 세계에서 전투를 치르는 동안 햄스터들은 엄청난 숫자로 불어났다. 할아버지와 손녀가 교미했고 그 사이에서 태어난 새끼가 다 자라기도 전에 삼촌과 사촌들이 달라붙어 교미를 하려 했다. 어항 속에 갇힌 햄스터들이 아침부터 저녁까지 조그만 몸을 끊임없이 떨며 교미하는 풍경은 결코 아름답거나 귀엽지 않았다. 햄스터는 이제 더 이상 그가 던져주는 먹이를 먹지 않았다. 다 자란 햄스터들은 막 태어난 새끼들을 빼앗아 물고 씹고 뜯었다. 육식을 시작한 설치동물은 견과류를 갉지 않고 갓 태어난 새끼나 성장이 더딘 녀석들을 노리기 시작했다. 그는 그 세계를 물끄러미 바라보다 먹은 것을 어항 속에 토했다. 햄스터들은 토해놓은 토사물을 뒤져 마음에 드는 것을 입에 물고 씹었다. 그는 더 이상 그것들이 귀엽지 않았고 보고 싶지도 않았다. 잠시 생각에 잠긴 그는 어항에 물을 붓기 시작했다. 톱밥이 떠오르고 바닥에 말라붙은 배설물이 떠오르기 시작했다. 갓 태어난 붉은 새끼들이 떠올랐고 탐욕스럽게 살찐 녀석들이 사지를 버둥대며 떠올랐다. 그는 어항 가득 물을 붓고 신문지로 입구를 막았다. 수조로 변한 어항은 소리 없이 분주해졌다. 어항 속은 따뜻한 대륙붕의 맑은 바다처럼 속이 비치며 출렁거렸다. 그는 떠오르지 않는 햄스터 한 마리를 발견했다. 양말에 발톱이 걸려 수면에 떠오르지 못한 것이다. 녀석은 버둥거리며 입에서 연신 작은 기포를 뿜으며 괴로워했다. 그는 잠시 생각에 잠겼다. 어쩐지 이 녀석은 이 상황을 억울해할 것 같다. 그는 물속에 손을 집어넣어 양말과 함께 녀석을 건져냈다. 탈진한 녀석은 그의 손바닥 위에 기운 없이 누워 겨우 숨만 쉬었다. 그는 건져낸 녀석을 제외한 모든 햄스터를 온종일 물속에 그냥 방치해두었다. 시간이 많이 지난 후 신문지를 걷어냈다. 톱밥과 햄스터들이 떠 있는 수면은 속이 보이지 않아 깊이를 알 수 없는 늪처럼 보였다. 그는 발로 어항을 툭 건드렸다. 햄스터들이 출렁출렁 흔들렸지만 꿈틀대거나 움직이는 녀석들은 없었다. 그는 어항을 화장실로 들고 갔다. 어항 속의 내용물을 조금씩 변기에 집어넣고 물을 내렸다. 레버를 다섯 번 내리고 나서야 어항 속이 예전처럼 다시 투명해졌다. 그는 손바닥 위에 누워 있는 햄스터를 빈 어항에 집어넣었다. 이제 방에 남은 생물은 그와 햄스터 한 마리밖에 없었다.

그가 상상한다. 강물이 넘친다. 사람들이 물에 젖는다. 소리를 지르겠지. 점잖은 사람들은 몸을 피하겠지만 어떤 이들은 깔깔대며 웃을 거야. 강물이 더 많이 넘친다면, 그래서 그들의 허리가 잠기고 목이 잠기고 나중에 키를 넘길 정도로 물이 불어난다면 어떨까. 그래서 그들이 햄스터처럼 홍수에 떠내려가는 돼지나 거위처럼 둥둥 떠다닌다면 어떨까. 그는 또 생각한다. 정말 전쟁이 났다면 그래서 우리 모두가 죽게 된다면 음, 나도 죽는다면 정말 그렇다면 나는 어떻게 해야 할까. 아니, 죽기 전에 지금 내가 무엇을 해야 덜 억울할까. 그는 사람들을 물끄러미 쳐다본다. 다시 햄스터가 생각난다. 정말 지금 곧 죽게 된다면 그래도 내가 하고 싶은 것은 어쩌면 햄스터의 교미와 비슷한 것이겠다. 갑자기 그는 아쉽다는 생각이 들었고 대상도 없는데 막연히 누군가에게 화가 난다. 만약 내가 지금 누군가와 교미한다면 누구와 해야 할까. 그는 사람들을 쳐다본다. 마땅한 사람이 없거나 혹은 너무 많다. 그는 씹던 껌을 뱉어내고 남아 있는 네 개의 껌 중 하나를 꺼내 씹기 시작한다. 그때 그는 뭔가를 발견하고 아, 소리를 내며 입을 크게 벌린다. 다리가 끊어져 있다. 얼마 전까지 양방향으로 많은 차들이 오고 갔을 8차선의 거대한 교각의 중간 부분이 사라지고 없다. 드러난 철골과 튀어나온 케이블이 기괴한 느낌을 준다. 그는 그것이 목이 잘린 거대한 공룡의 직립처럼 위협적인 느낌이 들어 처음으로 모종의 공포를 느낀다. 그는 어떤 이들의 대화를 듣는다.

전쟁이 났다는데 군인들은 도대체 어디에 있는 거죠?

나라를 지키겠죠.

나라요? 나라의 어디를 지킨다는 거죠? 우리를 지켜야 하는 것 아닌가요?

그러니까 우리를 지키기 위해서 나라를 지키겠죠.

무슨 소리예요. 군인들은 한 명도 보이지 않는걸요.

그들은 국경을 지키겠죠.

그때, 그는 다리 너머 먼 하늘로부터 뭔가를 발견한다. 태양은 서쪽 하늘 끝에 열기 없이 빨갛게 지고 있고 하늘은 주황색으로 물들어 있다. 태양의 반대편 하늘에 떠오른 정체불명의 그것은 미확인 비행물체처럼 흰 빛의 작은 점으로 보인다. 그것은 점점 커지며 붉은 모습을 띠고 사람들이 있는 쪽으로 다가오고 있다. 이제 사람들도 그것의 존재를 인식하기 시작한다. 몇 명이 하늘을 향해 손가락질을 하고 사람들은 그 방향으로 일제히 얼굴을 돌린다. 그것은 이제 동그란 알전구처럼 보인다. 그는 조금씩 뒷걸음질치며 그것의 움직임을 놓치지 않는다. 날아온다. 그것은 이제 멍징하고 붉은 불덩어리가 되어 그가 있는 곳을 향해 떨어지려 한다. 사람들의 표정은 황홀해 보인다. 불꽃놀이를 감상하는 연인들처럼 서로의 손을 꼭 잡고 포옹하는 사람들도 있다. 그것의 뒤를 쫓아 두 개의 불덩어리가 더 날아오고 있는 것을 발견한 그는 순간 얼굴에 열기를 느껴 고개를 돌려 반대편으로 뛰다 땅에 엎드린다. 불덩어리는 굉음을 내며 다리를 넘어 강 속으로 떨어진다. 주위가 짙은 안개가 깔린 듯 하얗게 변한다. 이내 쫓아오던 두 개의 불덩어리 중 하나가 사람들이 몰려 있는 고수부지에 떨어지고 남은 하나는 강 근처 높은 빌딩의 허리를 때린다.

 안개처럼 주위를 에워싸고 있던 증기가 서서히 걷힌다. 쓰러진 그가 정신을 차리고 주위를 둘러본다. 세상은 뮤트된 영화의 슬로모션처럼 아무것도 들리지 않고 모든 것이 느리게 움직인다. 그는 손바닥으로 귀를 툭툭 치고 손가락으로 귓구멍을 쑤신다. 어떤 소리도 들리지 않는다. 알 수 없는 울림의 잔향만 머릿속에 윙— 울릴 뿐이다. 그는 사람들이 몰려 있던 고수부지 쪽을 향해 느릿느릿 걸음을 옮긴다. 발에 뭔가가 치인다. 누군가의 몸에서 떨어져 나온 다리 한쪽이다. 청바지를 입고 있는 독립된 다리 한쪽은 솜이 빵빵하게 들어간 봉제인형처럼 기묘해 보인다. 그는 소리 없이 입을 벌리고 그것을 쳐다본다. 절단면이 거칠다. 힘이 센 누군가가 완력으로 함부로 뜯어낸 짐승의 다리 같다. 그는 본다. 사람들이 비명을 지르고 눈물을 흘리며 어딘가로 뿔뿔이 흩어지며 도망가고 있다. 그는 아무것도 듣지 못한다. 자리에 주저앉아 손가락으로 계속 귓구멍을 쑤신다. 주황색 하늘은 여전히 맑게 개어 있다. 사람들이 곳곳에 누워 있다. 아니 아무렇게나 널려 있다. 자신의 힘으로는 불가능한 방향으로 관절이 꺾여 있거나 몸의 일부가 사라진 사람들도 많다. 땅바닥에는 누군가의 신체의 일부로 보이는 것들이 여기저기 쓰레기처럼 흩어져 있다. 강 건너편 빌딩이 느리게 붕괴되고 있다. 콘크리트가 모래산처럼 떨어져 나간다.

그는 본다. 카메라에서 떨어져 나온 깨진 렌즈의 하얀 균열을, 가방에서 쏟아져 나온 여자의 속옷과 누군가의 발에서 빠져 나왔을 신발을, 피에 젖은 모자를, 목이 부러져 두 동강이 난 기타에서 삐져나온 터럭처럼 구부러진 여섯 줄의 현을, 부러진 안경을, 표지가 찢겨진 책을, 손톱이 붙어 있는 손가락을, 아직 죽지 않아 꿈틀거리며 피를 토하고 있는 목줄이 걸려 있는 개를, 상체가 콘크리트에 깔린 소녀의 하체를, 껍질이 으깨진 곤충의 다리처럼 규칙적으로 떨고 있는 사람들의 팔과 다리를, 바람 빠진 공처럼 찌그러져 있는 머리를, 상의가 벗겨진 채 죽은 남자의 오돌토돌한 척추뼈를, 그것들이 마치 꿈속에서 등장한 무의미한 사물들인 것처럼 아무 감정도 없이 그는 주위를 둘러본다. 거대한 탄산수가 된 것처럼 부글거리며 기포방울을 터뜨리는 강의 수면 위에는 흰 배를 뒤집고 떠오른 물고기들이 상한 낙엽처럼 떠 있다. 그는 더 이상 아무 맛도 나지 않는 껌을 바닥에 뱉는다.

그는 뒤돌아 강의 반대편을 향해 비틀거리며 걷는다. 왔던 길을 천천히 되짚어 걷는다. 아무도 없다. 거리는 텅 비어 있다. 그는 중얼거린다. 전쟁이, 전쟁이 났다. 전쟁이 났다. 그 많던 사람들은 대체 어디로 갔을까. 그는 바닥에 뒹굴고 있는 카메라 렌즈를 발로 밟는다. 렌즈가 깨지면서 설탕처럼 하얀 유리조각들이 바닥에 흩어진다. 여전히 그는 아무 소리도 듣지 못한다. 인상을 찌푸리며 손가락으로 다시 귀를 쑤신다. 뚫리지 않는다. 이명은 사라지지 않는 소용돌이처럼 귓속에 맴돈다. 고수부지의 화장실 건물에 일렬로 비둘기들이 앉아 있다. 그는 비둘기를 본다. 비둘기들의 붉은 눈을 본다. 비둘기들은 몸을 움츠리고 발톱에 힘을 주며 곳곳에 널려 있는 사람들을, 시체들을 쳐다보고 있다. 금방이라도 날개를 펼치고 달려들 것처럼 작은 몸을 팽팽히 벼르고 있다. 그는 바닥에 떨어진 돌을 집어 비둘기에게 던진다. 비둘기는 움직이지 않는다. 그는 몇 개의 돌을 한꺼번에 집어 비둘기를 향해 힘껏 던진다. 한 개의 돌멩이도 비둘기에 맞지 않고 한 마리의 비둘기도 도망가지 않는다. 비둘기의 붉은 눈은 집요하게 시체를 향한다.

그는 피로를 느끼며 비틀거리기 시작한다. 갑자기 왼쪽 귀에서 피가 흐른다. 연골에 긴 바늘이 박힌 것처럼 움직이는 것이 고통스럽게 느껴진다. 광장에 들어선다. 아무도 없다. 늙은 군인들과 비만한 저격수들은 모두 어디로 사라진 걸까. 광장의 중심부에 들어선 그가 걸음을 멈추고 천천히 주위를 둘러본다. 적막하다. 무리를 이탈해 극지방으로 잘못 날아온 철새처럼 외로움과 추위를 느낀다. 그는 크게 소리친다. 아무도 없나요. 되돌아오는 대답은 없다. 심지어 자신의 목소리조차 그에게는 들리지 않는다. 다시 걷는다. 귀에서 흐른 피에 상의가 젖고 이내 딱딱하게 굳는다. 다리는 더 이상 그의 것이 아닌 것처럼 무겁고 둔하다. 그는 쓰레기통에 처박혀 있는 소총을 발견한다. 진짜와 똑같은 외형으로 정교하게 만들어진 소총의 탄창에는 생선알처럼 하얀 비비탄알이 가득 들어 있다. 소총을 집어 든다. 비록 진짜는 아니지만 그가 처음으로 만져보는 총이다. 가상의 세계에서 자신이 얼마나 위대하고 정확한 저격수였던가. 방아쇠를 당길 때마다 적들의 머리가 폭죽처럼 터져 나갔던 것을 떠올린다. 개머리판을 움켜쥔 그의 손바닥에 땀이 찬다. 그는 뭔가를 쏘고 싶어진다. 소총의 가늠좌로 세상을 바라본다. 작은 원 안에 들어온 세상은 작은 표적에 갇힌다. 그는 능숙하게 장전을 하고 망설임 없이 방아쇠를 당긴다. 탕.

그는 실망한다. 총소리는 초라하고 비비탄알은 형편없다. 오른손에 소총을 움켜쥐고 왼손으로는 귀를 막고 총을 쏜다. 비비탄알은 날아가 쓰레기통에 맞는다. 가로등에 맞는다. 누군가 버리고 간 가방에 맞는다. 버려진 자동차 앞 유리와 백미러에 맞는다. 문구점의 유리창에 맞는다. 탄알은 그 어떤 표적에도 자그마한 흠집 하나 남기지 못한다. 그는 총구를 하늘에 겨누고 방아쇠를 당긴다. 허공을 향해 날아간 총알은 바람에 날려 먼 곳으로 사라진다. 그는 잠시 멍하게 하늘을 바라본다. 오후에서 저녁으로 넘어가는 하늘은 군청색과 붉은색이 교묘하게 섞여 아름답고 환상적이다. 그는 총의 개머리판을 손가락으로 쓰다듬으며 생각한다. 총을 잡아보니 알겠다. 사람을 쏘고 싶다. 총은 사람을 쏘기 위해서 만들어진 무기다. 이제 알 것 같다. 왜 전쟁이 일어나야 하는지. 왜 포탄이 사람들을 향해 날아와야 하는지 이해가 되는 것 같다. 무기는 사람을 겨냥하고 있고 만들어진 무기는 결국 사용될 수밖에 없다는 것을. 가상의 세계에서 적의 머리를 터뜨리고 심장을 꿰뚫었던 희열을 이 장난감 소총은 내게 줄 수 없다. 화가 난다. 사람들이 모두 사라졌다면 그래서 과녁이 사라졌다면 이 총으로 자신의 관자놀이라도 쏘고 싶다는 생각을 한다. 그는 소총을 들어 이명이 들리는 왼쪽 귀를 겨냥한다. 쏘고 싶다. 쏘고 싶다. 탕, 쏘고 싶다. 귓속에 고여 있는 혹은 회전하고 있는 이 울림을 꿰뚫어 소멸시키고 싶다. 탄알이 뇌 속까지 뚫고 들어가는 것도 좋겠다. 하지만 그는 총을 내려놓는다. 대신 손바닥에 총을 쏜다. 아, 하는 소리를 내며 그는 인상을 찌푸린다. 손바닥이 빨갛게 부어오른다. 후회가 된다.

   그는 총을 들고 거리 한복판에 서서 생각한다. 이제 나는 어디로 가야 하지. 어디로 가야 할까. 그는 추격이라는 단어를 떠올린다. 자연스럽게 격추라는 단어도 연상된다. 그는 고개를 돌려 뒤를 확인한다. 아무도, 아무것도 없지만 자신을 쫓는 어떤 힘을 느낀다. 은밀히 자신을 훔쳐보는 시선을, 소총의 가늠좌 속에 서 있는 가늠쇠를 노려보는 핏발선 눈동자를, 자석에게 끌려오는 쇠붙이처럼 자신을 향해 끌려오는 수많은 소리를, 혹은 반대로 밀려서 멀어져가는 소리들을, 먼 곳에서부터 정확히 자신을 겨냥해 날아오는 별처럼 무수히 많은 불덩어리들을. 그는 그것들을 하나씩 하나씩 격추하고 싶어진다. 탕, 탕, 탕 소리와 함께 격추된 불덩어리가 빛을 내며 유성처럼 떨어지는 궤적을 보고 싶다. 피할 수도 없지만 피하지도 않겠다고 생각한다. 아무도 없고 아무 일도 일어나지 않는 것보다 그편이 좋겠다는 생각을 하며 그는 주머니에서 껌을 꺼낸다. 남아 있는 모든 껌을 입에 집어넣고 염소처럼 우물우물 씹는다. 그는 소총의 멜빵을 어깨에 걸고 왔던 길을 천천히 되돌아간다.

어두워질 무렵 그는 집 근처에 도착한다. 상점의 노인이 굽은 등을 힘겹게 펴고 서서 셔터를 내리고 있다. 노인의 볼록한 등이 이상해 보인다. 마치 등 뒤로 기형적으로 붙은 자궁이 부풀어 오른 불행한 노파 같다. 그는 입속에 가득 고인 단물을 꿀꺽 삼킨다. 입속에 남은 맛이, 남은 침이 모두 고갈되고 말라붙을 때까지 삼키고 삼키며 그는 묻는다.

이제 문을 닫으십니까?

응, 이제 나도 가야지.
어디로 가시는데요?
글쎄, 일단 여기 아닌 다른 곳으로 가야겠지. 자네는?
저는 집으로 돌아갑니다.

그는 천천히 계단을 오른다. 한 계단 한 계단 오를 때마다 무릎에 칼끝이 들어오는 것처럼 고통스럽다. 층계를 오를 때마다 계단을 비춰주던 센서등이 켜지지 않는다. 층을 더할 때마다 어둠은 더욱 어두워지고 그는 동굴로 들어가는 것 같은 착각을 느낀다. 어깨에 걸려 있는 소총이 괘종시계의 추처럼 규칙적으로 달랑달랑 움직인다. 귀에서 흐르는 피는 누수되는 수도꼭지처럼 쉽게 멈추지 않는다. 마지막 층 옥탑의 다섯 번째 방 그곳이 바로 그가 누울 자리다. 숨을 거칠게 내쉬며 장비 없이 얼음산을 오르는 사람처럼 그는 자주, 자꾸, 쉽게, 주저앉는다. 그는 생각한다. 차라리 지금 이 순간 불덩어리가 이 건물로 날아왔으면 좋겠다. 그래서 이 계단이 사라졌으면, 이 건물이 사라지고, 돌아갈 방이 없어졌으면, 고통 없이 나도 사라졌으면, 그래서 이 지긋지긋한 낡은 건물이 모래처럼 곱게 부서져 동그란 나의 무덤이 되는 것도 좋겠다.

옥탑에 오르는 순간 태양은 서산의 대지 너머로 완전히 사라진다. 군청색 하늘에 주검처럼 널려 있는 구름이 아직 붉은빛을 띠며 서서히 어두워지고 있다. 그는 긴 한숨을 쉬며 손바닥으로 귀를 문지른다. 응고 직전의 피가 끈적하게 손바닥에 묻어난다. 그는 방문을 쳐다본다. 그의 방문을 제외한 일곱 개의 방문이 모두 열려 있다. 관처럼 좁은 방들의 풍경은 그의 방과 놀랍도록 흡사했고 그는 그것들의 내부를 하나씩 확인할 때마다 정체 모를 분노와 부끄럼을 느낀다. 그는 닫혀 있는 자신의 방문 앞에 선다. 신발을 벗고 문을 연다. 등 뒤로 문을 닫는다. 방이 어둡다. 스위치를 딸깍 올렸다, 딸깍 내린다. 형광등은 켜지지 않는다. 어항 속에 희미하게 햄스터의 실루엣이 보인다. 어두워서 보이지 않지만 녀석의 눈은 지금도 붉겠지. 그는 들고 있던 소총을 장전해 주먹만 한 크기의 작은 실루엣을 향해 남은 비비탄 알을 모두 발사한다. 타, 다, 다, 다, 다, 다, 다, 닥. 탄알은 모두 유리벽을 맞고 튕겨 나와 방바닥에 쌓인다. 햄스터는 조금도 움직이지 않고 여전히 유리에 앞발을 대고 버티고 서 있다. 그는 소총을 벽에 세워두고 바닥에 모로 눕는다. 바닥에 붙은 귓속이 여전히 윙— 울린다. 그는 힘없이 중얼거린다. 아직도 바깥에는 총소리가 들리고 폭약 냄새가 진동하겠지. 여기 아닌 어딘가로 가야 하는데…… 어디로 가야 할지 모르겠다. 피로가 잔 속에 담긴 물처럼 그의 몸을 가득 채운다. 자고 싶다. 자고 싶다. 꿈조차 없는 긴 잠을, 자고, 싶다. 그는 천장을 향해 열린 반대편 귀를 기계의 전원을 누르는 것처럼 손바닥으로 꾹 누른다. 전원이 나간 기계처럼 멈추는 것도 좋겠다. 영원히 다시

켜지지 않는 것도 좋겠다. 그의 충혈된 두 눈이 햄스터처럼 꾹 감긴다.

어느 날 갑자기
K에게

이제 막 잠에서 깨어난 K는 몽롱한 정신에 이불 속에서 손을 빼들어 머리를 만졌다. 정수리에 닿기 직전 K의 손은 경계하는 짐승의 웅크린 등을 쓰다듬어보려는 시도처럼 허공에 머문 상태로 잠시 주춤거렸다. 손가락 끝이 예민한 촉수처럼 조심스럽게 머리를 더듬었다. 이내 K의 표정은 악몽을 꾼 어린아이의 것처럼 변했다. K는 잠자리에서 천천히 기어 나와 의자에 걸터앉았다. K는 멍한 눈빛으로 암전된 모니터를 물끄러미 쳐다봤다. 모니터 속에는 흐릿하게 반영된 비정상적인 머리 하나가 불길한 그림자처럼 이편을 바라보고 있었다. K는 오른손을 움켜쥐고 책상을 쾅 내리쳤다.

　방문이 열리고 안나가 들어왔다. 왜 그래? 아침부터. 안나는 두 시간 전부터 일어나 메이크업을 끝내고 지난밤 자기 전에 결정해놓은 아이보리색 블라우스와 검은색 투피스를 입고 있었다. 오빠. 웬만하면 병원에 가봐. 계속 그렇게 놔두다가 몇 개 더 생기면 어떻게 해. 안나는 분홍색 매니큐어가 빈틈없이 칠해진 긴 손톱으로 K의 정수리를 톡, 톡, 톡 건드렸다. 어머, 굉장히 딱딱하네. 도대체 뭐지? 근데, 오빠. 부탁한 거 해놨어? K는 책상에 오른쪽 뺨을 대고 느리게 고개를 끄덕였다. 그래? 그러면 내 메일로 보내줘. 아! 그리고 이거 연고데 발라봐. 안나는 새끼손가락만 한 튜브형 연고를 책상에 올려놓고 방에서 나갔다. K는 안나가 나간 방문을 멍하니 바라봤다. K는 손바닥을 쫙 펴고 천천히 머리를 쓰다듬었다. 어제보다 커진 것 같다. 아니, 지금 이 순간도 물먹은 버섯처럼 조금씩 자라고 있는지 모른다. K는 의자에서 벌떡 일어나 베개를 발로 걷어찼다. 벽에 부딪쳐 바닥에 떨어진 베개의 한쪽 귀퉁이가 푹 들어갔다가 아무렇지도 않게 다시 부풀어 올랐다. K는 연고를 집어 들었다. 새살이 솔솔 돋아난다는 연고였다.

*

어느 날 아침, 잠에서 깨어난 K는 정수리에서 이제까지 한 번도 경험해보지 못한 종류의 느낌을 받았다. 이상하다, 라고밖에 표현할 수 없는 모종의 느낌은 낯설고 불편했으며 묘하게 불길했다. K는 떨리는 마음으로 조심스럽게 머리를 만져보았다.

작고 동그란 어떤 물질이 두피 속에 자리 잡고 있었다. 혹인가? 두피 속의 그것은 눌러도 아프지 않았고 감각이 전혀 느껴지지 않았으며 돌처럼 단단했다. 혹이라 함은 압력을 가하면 통증이 느껴져야 하고 약간은 말랑말랑해야 하는 것 아닌가. 그렇다고 해서 이것이 혹이 아니면 무엇이란 말인가. 이런저런 산란한 생각 탓에 혼란스러워진 K는 머리가 아팠고 가벼운 현기증을 느꼈다. 하지만 상처나 멍처럼 피부에 생기는 변화들이 대개 그렇듯 이것도 곧 사라질 거라고 믿었다. 하루가 가고 이틀이 갔다. 드디어 K는 자신에게 뭔가 심상치 않은 일이 일어났음을 깨달았다. 혹이라고 생각했던 그것은 사라지지 않았다. 도리어 조금씩 커지고 단단해졌다. 처음에는 크기가 크지 않아 머리카락 속에 충분히 감출 수 있었는데 이제는 동그란 원뿔 모양으로 자라나 머리카락 사이를 뚫고 올라왔다. K는 생각했다. 이것을 보고 사람들은 뭐라고 생각할까? K는 혼잣말로 '뿔'이라고 발음해봤다. 거칠고 뜬금없는 한 음절이 유독 낯설게 느껴졌다. K는 겁이 났다. 동물들의 머리를 뚫고 자라나는 깡마른 나무 같은 물체가 자신의 머리에 달려 있다고 생각하니 기가 막혔다. 이게 대체 어찌된 일이란 말인가. K는 스탠드 옷걸이 위에 걸려 있는 야구 모자를 집어 들어 머리에 쓰고 푹, 눌렀다. 모자는 푹, 눌러써지지 않았다. 그러나 K는 누르고 또 눌렀다.

올해 서른두 살이 된 K는 지방의 작은 국립대에서 경영학을 전공했다. K는 졸업과 동시에 곧바로 7급 세무공무원을 준비했다. 특별한 방황 없이 3년 동안 정말 열심히 했다. 하지만 합격은 쉽지 않았다. 남들처럼 운도 따라주지 않았고 시험 당일에는 늘 컨디션이 좋지 않았다,고 K는 생각했다. K는 9급 일반 행정으로 목표를 수정했다. 일단 9급을 합격한 후에 안정적인 상황 가운데 여유롭게 7급을 다시 준비하자는 것이 계획이었다. 그 후로 2년이 지났다. K는 시험의 1차조차 합격하지 못했다. 아무 성과 없이 서른두 살이 된 K는 아침부터 저녁까지 짙은 안개 속을 배회하는 것 같은 기분을 느꼈다. 답답하고 막막해서 죽을 지경이었다. 이제껏 취업 준비라고는 시험 공부만 했으니 시험을 포기할 수는 없었다. 그렇다고 방에 틀어박혀 성과도 없는 공부만 하고 있는 것도 이젠 가족들의 눈치가 보였다. K는 이러지도 저러지도 못하고 점점 의기소침해졌다.

하나밖에 없는 아들이 무능력하다는 믿지 못할 현실을 기어이 인정하게 된 어머니는 자식 자랑이라는 거대 담론을 잃어버린 우울증 환자가 되고 말았다. '가족들이여 다 들어라!' 하는 메시지를 꽉꽉 눌러 담은 한숨만 푹푹 내쉬었고 집안일을 할 때마다 짜증과 불평불만을 쏟아냈다. 그러다 갑자기 통곡을 하며 울기도 했고 때로는 가족들에게 살림을 하지 않겠다는 협박을 하기도 했다. 숙박업을 하는 아버지는 저녁부터 새벽까지 일했고 아침이 돼서야 집에 들어오거나, 들어오지 않았다. 그는 아들이 못마땅했다. 한때는 국립대에 당당하게 합격해 장학금까지 받는 아들이 자랑스러웠던 적도 있었다. 하지만 지금은 방구석에 틀어박혀 젓갈처럼 삭아가는 아들만 보면 울화가 치밀어 숨이 가쁠 지경이었다. 아버지는 숨기지도 않고 K에게 실망과 분노의 감정을 드러냈다. 노랗고 싸늘한 그의 눈빛은 K의 정신 한 면을 강하게 압박했다. 그나마 여동생 안나는 K의 편이었다. 안나 자신이 취업을 준비하는 입장이기도 했고 컴퓨터를 잘하는 K가 종종 문서 편집이나 사진 보정을 도와주었기 때문이었다. 하지만 K를 비난하는 분위기에 동조하지 않는 것뿐. 실제로 K에게 도움이 되는 부분은 아무것도 없었다. 선택은 불가피했다. 이제 와서 시험을 포기할 수도 없고, 그렇다고 집에서 가만히 앉아 용돈을 타 쓸 수도 없는 노릇이었다. K는 편의점에서 하루 여섯 시간 동안 하는 아르바이트를 시작했다. 용돈벌이와 도피가 목적인 어쩔 수 없는 선택이었다.

*

그것이 머리에 막 돋아났을 때만 해도 K의 일상은 비교적 평온했다. 평소와 다름없이 정해진 시간에 출근했고 아무 일 없이 퇴근했다. 일을 하는 동안 아무도 그것에 대해 관심을 갖지 않았으며 K 스스로도 상품을 정리하고 분리수거를 하고 바코드를 찍는 동안 그것의 존재를 인식하지 못했다. 머리를 움직이거나 한 번씩 머리를 만질 때, 어색하고 불편한 기분을 느끼기는 했지만 그것도 곧 익숙해졌다. 잠들기 전 K는 돌출된 그것을 어루만지며 생각했다. 무료한 일상에 찾아온 가벼운 해프닝이야. K는 자고 나면 그것이 쏙 들어갈 것이라고 믿어 의심치 않았다. 한 밤이 지났다. 그것은 여전히 머리에 붙어 있었다. K는 전날과는 달리 그것이 거슬리고 신경이 쓰였다. 하지만 대수롭지 않게 행동하려 노력했다. 편의점에서도 몇몇 고객만이 호기심 어린 눈빛으로 K의 머리를 쳐다봤을 뿐 누구도 그것에 대해 묻지 않았다.

하지만 다음 날 아침 세면대 거울 앞에 선 K는 뒷목의 솜털이 바짝 곤두설 만큼 깜짝 놀랐다. 숲 속의 바위가 불현듯 융기해 하루 사이에 커다란 언덕이 된 것처럼 그것은 머리카락 사이를 뚫고 솟아 있었다. 손가락으로 그것을 문지르자 뭔가 툭, 타일 바닥에 떨어졌다. 거대한 비듬이라고밖에 달리 표현할 길 없는 엄지손톱만 한 두피였다. 은밀히 숨어 있던 그것이 드디어 두피를 뚫고 정체를 드러낸 것이다. 누군가 잘 말린 호두 한 알을 자신의 머리 위에 올려놓고 '잘 보관해주십시오'라는 한마디를 남기고 어딘가로 사라져버린 것 같았다. K는 방금 사로잡혀 우리에 갇힌 동물이 같은 자리를 빙빙 도는 것처럼 화장실 안을 불안스럽게 맴돌았다.

K는 몇 년 전 객기로 구입하고 한 번도 써보지 않은 저렴한 중절모를 쓰고 거리로 나섰다. 평소보다 빠른 걸음으로 걸었다. 빠른 보폭과 상관없이 편의점까지의 거리는 상대적으로 더욱

멀어진 것만 같았다. K는 사람들이 자신을 쳐다보는 것 같은 강박에 시달렸다. 그들의 무연한 눈빛과 일상적이고 소소한 대화가 모두 자신을 향하는 것만 같은 압박감에 시달려야 했다. K의 숨이 가빠지고 중절모 아래 숨겨진 정수리가 뜨거워졌다. 편의점에 도착한 K의 등은 흠뻑 젖었고 귀밑은 땀에 절어 찐득거렸다. 중절모를 쓰고 일을 시작하던 K는 얼마 지나지 않아 전화 한 통을 받았다. 집에서 CCTV를 통해 편의점을 지켜보던 사장이었다. 전화를 끊고 K는 중절모를 벗었다. 편의점에 들어온 사람들이 겁에 질린 표정으로 계산대 앞의 K에게 머뭇거리며 물건을 내밀었다. K는 갑작스레 몸에 마비가 온 사람처럼 고개를 뒤로 꺾고 눈만 살짝 내리깔고 있었다. K의 목울대가 앞으로 돌출된 상태로 부담스럽게 위아래로 꿈틀거렸다. 사장에게 또 한 통의 전화가 걸려온 후에야 비로소 K는 정상적인 자세로 근무를 했다. 편의점에 들어온 사람들은 K의 정수리에 붙어 있는 정체불명의 그것을 향해 슬쩍 눈길을 던지며 관심을 가졌다. 호기심과 경악이 묘하게 뒤섞여 있는 표정 앞에서 아무렇지도 않은 척 바코드를 찍고 돈을 거슬러주며 K는 난생처음 죽고 싶다는 생각을 했다. K는 사장에게 '개인적인 사정으로 일을 그만둬야겠습니다'라는 문자 한 통을 보내고 편의점에서 뛰쳐나와 집으로 전력 질주했다. 바람이 그것에 부딪쳐 갈라지는 느낌이 생경하고 분명하게 정수리에 감각됐다. K는 방에 들어가자마자 문을 잠갔다. 핸드폰 배터리를 분리하고 책상 위에 던졌다. K는 고통스럽게 자각했다. 혹이 아니다. 이것은…… 뿔이다. 이 생각까지는 하고 싶지 않았지만 K는 마침내 자신의 모습을 형용할 만한 적확한 단어를 떠올렸다. 괴물. K는 이불을 뒤집어쓰고 발정난 개처럼 으헝으헝 울부짖었다.

*

K는 이틀 동안 아무것도 하지 않고 방에 틀어박혀 생각만 했다. 책상에 엎드려 생각하거나, 벽에 등을 기대고 서서 생각하거나, 이불을 뒤집어쓰고 웅크리고 누워 몸을 왼쪽 오른쪽으로 뒤집으며 생각했다. 나중에는 생각하는 K는 사라지고 생각만 독립적으로 존재하는 것 같았다. 불면의 어둠 속에서는 생각이 K를 왼쪽 오른쪽으로 뒤집었다. 걱정스럽다는 생각 하나만 오롯이 남고 세상 모든 것이 어둠 속에 녹아 형체를 잃은 것 같았다. 그러다 까무룩 잠이 들었다. 잠에서 깨어났을 때 K는 자신의 방 한가운데에 엉거주춤 서 있는 이상한 생물을 발견했다. 베이지색 면바지와 오래전에 구입한 낡은 청색 남방을 입은 볼품없이 작고 마른 생물은 K가 보기에 K였다. 그럼에도 불구하고 K는 K처럼 보이는 그것을 낯설고 기이하게 느낄 수밖에 없었는데 이유는 그것의 목이 엄청나게 길었기 때문이다. 그러니까, 그것은 K와 똑같았지만 목만 엄청나게 긴 K였다. 목뼈가 많아졌는지 목뼈 마디마디가 길어졌는지 알 수 없는 생물은 흔

들리는 제 목을 쉽게 가누지 못하고 위태롭게 비틀거렸다. 그 모습은 입에 긴 장대를 물고 접시를 돌리는 어린 아시아 소년 같기도 했고 막 태어난 기린 새끼 같기도 했다. 불안하고 처절해 보였다. K는 이것이 현실이 아니라는 것을 깨달았다. 나는 두 명일 수 없다. 나는 여기에 분명히 있다. 그러니까 저것은 절대로 내가 아니다. 혹 저것이 나라고 할지라도 인간의 목이 저렇게 길 수는 없는 법이다. 즉 이것은 악몽이다. 일어나자. K는 꿈에서 깨려고 했다. 몸을 움직이려고 했다. 늘 해왔던 방식으로 K는 K의 접혀진 무릎에게 펴라고 명령했다. K의 손가락들에게 이불을 움켜쥐고 들추어내라고 명령했다. 몸은 움직이지 않았다. K는 당황했다. 내 것이라고 여겼던 내 몸이 저 혼자 떨어져 낯선 곳에 놓여 있는 것 같았다. 신경이 분리된 하나의 사물 같은 몸을 향해 명령하는 K의 목소리와 의지는 덧없이 증발했다. 그저 눈동자만 계속 그 이상한 생물의 행동을 좇고 있을 뿐이었다. 순간, '뚝' 하는 소리와 함께 생물의 목이 꺾였다. 위태롭게 움직이던 머리가 돌팔매처럼 획획 돌며 바닥으로 떨어졌다. 놀란 K는 비명을 지르고 도망치려 했으나 소리는 입 밖으로 발성되지 않았다. 손가락 한 마디도 움직일 수 없었다. 바닥에 쓰러진 생물의 눈과 K의 눈이 마주쳤다. 무엇을 원하는지 도무지 알 수 없는 눈동자는 한참을 그렇게 K를 응시하더니 꾹 감겼다. 생물의 목이 점점 짧아지면서 K의 모습과 거의 흡사해졌다. 대신 목이 줄어든 길이만큼 머리 꼭대기에서 뿔이 길게 자라났다. K는 자신의 키보다 크고 긴 뿔을 달고 바닥에 누워 있는 K와 똑같이 생긴 이상한 생물을 쳐다보다 겁에 질렸다. 처음부터 지금까지 백번도 넘게 소리를 질렀지만 방은 물 빠진 수족관처럼 고요하기만 했다.

 방문을 두드리던 안나가 열쇠로 문을 따고 들어왔다. 안나 뒤에는 어머니가 단단히 화가 난 얼굴로 서 있었다. 안나는 바닥에 누운 K를 쳐다봤다. K는 입을 벌리고 아주 미세하게 떨며 자고 있었다. 안나가 엄지발가락 하나를 세워 K의 엉덩이를 쿡 찔렀다. K가 눈을 번쩍 뜨고 용수철처럼 몸을 쭉 펴며 자리에서 일어났다. 안나가 천천히 K의 방을 둘러보며 말했다. 뭐야? 도대체. 밥도 안 먹고 전화도 꺼놓고 방에서 잠만 자고 있으면서. 어머니가 K 옆에 쭈그리고 앉아 말했다. 도대체 왜 그러니? 밥도 안 먹고 나오지도 않고. 어제부터 계속 편의점 사장인가 뭔가 하는 사람한테 전화가 오던데 무슨 사고 친 건 아니지? K는 더듬거리며 머리를 만졌다. 여전히 K의 머리에는 엄지손가락만한 뿔이 돋아 있었다. K가 겁에 질린 목소리로 말했다. 어머니 저, 가위에…… 눌렸어요. 안나가 K의 의자에 앉아 빙글빙글 돌며 말했다. 방에서 잠만 자니까 그러지. 그러다 갑자기, 회전하는 의자를 탁 잡아 멈추며 안나가 소리쳤다. 응? 뭐야? 오빠 머리에 뭐가 났어!! 순간 K는 양손으로 정수리를 누르며 뿔을 숨겼다. 옆에 있던 어머니가 강한 힘으로 K의 머리에서 K의 손을 떼어냈다. 안나와 어머니는 K를 가운데 두고 서서 K의 머리에 돋아난 뿔을 유심히 쳐다봤다. 어머니가 말했다. 티눈이구나. 안나가 말했다. 티눈이라고 하기에는 너무 커. 어머니가 말했다. 사마귀인가? 안나가 말했다. 사마귀? 그런가. 어머니가 K의 등짝을 때리며 말했다. 씻지도 않고 방구석에만 틀어박혀 있으니까 머리에 지저분한 것이 나잖아. 얼른 나와서 밥 먹고 샤워 좀 해라. 그리고 편의점 사장인가 뭔가 하는 사람에게 전화 좀 하고. 고소를 한다는구나. 어머니는 혀를 차면서 방에서 나갔다. 조금 뒤 거실로부터 작은 돌풍처럼 어머니의 커다란 한숨 소리가 K의 방으로 몰아쳤다. 안나는 한참 동안 K의 정수리를 쳐다보더니 고개를 갸우뚱거리며 말했다. 사마귀라고 하기에도…… 너무 큰데. K는 얼빠진 표정으로 바닥에 주저앉아 말없이 벽만 쳐다보고 있었다. 안나는 한숨을 푹 쉬며 말했다. 그나저나 오빠. 나 이번에 증명사진 찍었는데 포토샵으로 보정 좀 해줘. 이번에 이력서에 붙일 거야. 최대한 하얗게. 알지? 안나는 들고 온 USB 메모리스틱을 K의 컴퓨터에 꽂고 바탕화면에 증명사진을 복사했다. 안나는 방을 나가면서 다시 한 번 K의 정수리를 골똘히 쳐다봤다. 곪은 건가. 아프면 병원에 가봐. K의 방문이 닫혔다. K는 이불을 뒤집어쓰고 다시 바닥에 누웠다. 방금 전에 봤던 이상한 생물처럼 뿔이 길어질까 봐 손바닥으로 정수리를 꾹 누르며.

*

K는 자리를 털고 일어섰다. 이래서는 안 되겠다는 생각이 들었다. 아무도 나를 이해하지 않는다. 가족조차 관심을 갖지 않는 이상 나를 구원할 사람은 나밖에 없다. K는 갑자기 자신에게 찾아온 기이한 현상을 객관적이고 냉철하게 바라볼 필요성을 느꼈다. 이게 정확히 무엇인지도 모르면서 그저 두려움에 떨고 있는 자신이 한심스러웠다. K는 손바닥으로 뺨을 가볍게 찰싹찰싹 때리고 컴퓨터 앞에 앉았다. 정보가 필요했고, 유사한 사례를 찾아야 했다. K는 포털사이트 검색박스에 '뿔'이라는 단어를 입력했다. 사슴, 염소, 코뿔소, 기린, 풍뎅이, 달팽이 등의 동물 사진과 보세 의류를 판매하는 쇼핑몰과 안경전문점이 검색됐다. 공지영의 소설과 인터넷 서점도 검색됐다. 온라인게임 속 기괴한 몬스터 캐릭터들의 몸값과 전투력이 소개됐다. 뉴스 카테고리에는 뿔을 달고 태어난 기형아의 출생과 이마에 갑자기 뿔이 돋아난 몽골인의 기사가 있었다. 몽골인의 주름진 이마에는 양의 것처럼 한 바퀴 꼬여 있는 뿔이 흉물스럽게 달려 있었다. K는 자기도 모르게 장탄식을 내뱉었다.

뿔―머리에 솟은 단단하고 뾰족한 부분을 말하며 공격이나 방어의 수단으로 사용된다.

K는 뿔의 사전적 의미를 소리 내어 읽었다. 공격이나 방어의 수단이라. 결국 내 머리에 달려 있는 이것은 싸울 때나 필요하겠군. K는 씁쓸하게 웃었다. K는 손가락으로 머리를 몇 번 쓰다듬었다. 까칠하고 단단한 감촉, 영락없는 뿔. K는 쥐고 있던 마우스를 모니터에 집어던졌다. K는 고개를 뒤로 젖히고 천장을 쳐다봤다. 답답했다. 정말 이것이, 정녕…… 뿔이란 말인가. 그때였다. 갑자기 스피커에서 음악이 흐르기 시작했다. K는 모니터를 쳐다봤다. K가 집어던진 마우스가 우발적으로 클릭한 페이지는 국내 음악을 전문으로 포스팅하는 블로그였다.

아침에 일어나 머리가 간지러워서 뒤통수 근처를 만져보니 뿔이 하나 돋아났네. 근심 찬 얼굴로 주위에 알리려다가 이상한 눈으로 놀려댈 걸 뻔히 알고 관뒀네. 하루가 가고 이틀이 가도 뿔은 자라나 어느새 벌써 엄지손가락 닮을 만큼 굵어졌네. 손톱이 길듯 수염이 길듯 영영 자랄까 불안한 맘에 잠을 못 자니 머리마저 빠져가네.

가벼운 펑크리듬과 경쾌한 멜로디, 보컬의 날창날창한 목소리. 의자 뒤로 몸을 넘기고 무심코 음악을 듣던 K는 튕기듯 몸을 구부려 얼굴을 모니터에 가까이 댔다. 음악은 패닉의 3집 앨범에 수록된 「뿔」이라는 곡이었다. 2분 4초 길이의 비교적 짧은 곡을 K는 연달아 다섯 번을 반복해서 들었다. K는 볼펜을 들고 곡의 가사를 들리는 대로 종이에 받아 적었다. K는 볼펜을 내려놓고 가사를 물끄러미 바라보며 천천히 읽었다. K의 표정이 복잡하게 변하며 점점 상기됐다. 꼭 귀신에 홀린 것만 같았다. K는 '패닉' '뿔'이라는 단어로 곡에 대한 정보를 검색했다. 「뿔」은 지금으로부터 10년 전에 만들어진 곡이었다. 하지만 K는 10년이라는 간극을 전혀 느낄 수 없었다. 가사가 정확하게 자신의 지금 상황과 똑같이 들어맞았기 때문이다. 작사와 작곡은 모두 이적이라는 가수가 했다. 이적이라…… 음악 감상에 취미가 거의 없는 K는 그의 음악을 별로 들어보지 못했지만 이름은 종종 들어본 적이 있었다. 이적이라. K는 곡을 다시 재생시켰다. 그리고 곡의 가사를 전부 적었다.

이쯤은 뭐 어때 모자를 쓰면 되지 뭐. 직장의 동료들 한마디씩 "거 모자 한번 어울리네" 어쩐지 요즘엔 사는 게 짜릿짜릿해. 나만이 간직한 비밀이란 이렇게나 즐거워. 하루가 가고 이틀이 가도 뿔은 자라나. 어느새 너무나 굵어 내 맘을 너무도 긁어 오 너무나 빨리 늙어. 손톱이 길듯 수염이 길듯 영영 자랄까. 너무도 늦어진 밤에 너무나 불안한 밤에 잠도 안 와 앞이 까매. 이쯤은 뭐 어때 모자를 쓰면 되지 뭐. 직장의 동료들 한마디씩 "거 모자 한번 어울리네" 어쩐지 요즘엔 사는 게 짜릿짜릿해. 나만이 간직한 비밀이란 이렇게나 즐거워. 나의 예쁜 뿔.

음악을 듣고 가사를 읽으면 읽을수록 K는 이 곡이 자신의 상황을 대변하고 있는 것처럼 느껴졌다. 10년 전에 만들어진 노래가 아니라 일주일 전에 이적이라는 가수가 자신을 몰래 관찰하고 있다가, 아니 K의 마음속에 들어와 살면서 만들었다고 해도 전혀 무리가 없을 정도였다. K의 공감은 흔히 사람들이 노래를 듣고 감동하는 정서적 반응과는 달랐다. 이것은 특정하고 희귀한 특별한 사건이 정확히 일치하는 명백한 공감이었다. K의 마음은 「뿔」을 들으면서 이상한 방식으로 위안을 얻고 안정을 되찾기 시작했다.

그동안 K는 이 문제를 아무에게도 말하지 못했다. 심지어 K 스스로도 이것을 받아들이기 어려워 거울도 보지 못했고 만지는 것조차 두려워했다. 불치병에 걸린 것만 같았고, 치명적인 바이러스의 최초 보균자가 된 것 같았다. 살갗에 좁쌀 크기의 빨간 점이 빼곡하게 생겨 온몸이 가렵기 시작한 환자처럼 두려움과 지독한 절망감이 마음을 사로잡았다. 끝없는 사랑으로 모든 것을 따뜻하게 품어주고 이해해줘야 할 어머니는 한숨만 내쉬었고 아들의 심각한 문제를 유치하고 별것 아닌 것으로 단정하고 등을 돌려 나가버렸다. 여동생의 눈빛은 따뜻함을 가장하고 있지만 사실은 무능력하고 열정 없는 한심한 패배자를 동정하는 눈빛이었다. 그마저도 K에게 부탁할 일이 없으면 바로 사라져버릴 종류의 가식적인 부드러움. 외모만 잘 가꾸면 취업을 할 수 있다는 생각에 사로잡혀 공부보다는 피부 관리와 미백에 신경 쓰는 한심한 여동생이 자신을 그렇게 생각한다는 것이 K는 자존심 상했다. 뭐? 티눈? 사마귀라고? K는 배신감에 온몸이 달아올랐다. 자신을 밥만 축내는 한심한 밥통쯤으로 여기는 아버지는 머리에 달려 있는 뿔을 보면 뭐라고 할까. 피 한 방울 나지 않게 살을 발라낼 수 있을 것 같은 칼날처럼 예리한 아버지의 눈빛과 싸늘한 표정. 상상만 했는데도 K는 극심한 현기증과 두통을 느꼈다. 다 필요 없다. 아무도 나를 알지 못한다. 이해? 바라지도 않겠다. K는 키보드 위의 손을 꽉 주먹 쥐었다.

 K는 이제 멜로디에 맞춰 노래를 따라 부르기까지 했다. 그런데 약간 의아한 구석이 있었다. 우선 전반적인 곡의 분위기였다. 너무 명랑하고 발랄하지 않는가! K도 처음에는 그것의 출현을 가볍게 생각했다. 하지만 이것이 진짜 뿔이구나!라는 결론에 이르러서는 그렇게 생각할 수가 없었다. 이적이라는 가수가 얼마나 긍정적인 사람인지 모르겠지만 머리에 뿔이 난 사건을 이토록 가볍고 흥겨운 목소리로 노래한다는 것이 이해되지 않았다. 결론도 이상했다. 그러니까 결국 뿔이 어떻게 되었다는 거야?라는 질문에 이 노래는 그냥 모자를 쓰고 숨기며 살면 스릴 있고 좋잖아. 예쁜 뿔을 잘 간직해!라고 다소 무책임하게 답하고 있다. K는 며칠간 면도하지 않아 지저분하게 자라난 턱수염을 하나씩 집어 뜯으며 생각했다. 아닌데, 뭔가 있는데. 믿는 구석이 있으니까 이렇게 여유를 부리겠지. K는 이적이라는 이

름을 입력하고 그의 이미지를 검색했다. 그는 가수라고 하기에는 썩 어울리지 않는 얼굴을 가진 전체적으로 너구리를 연상케 하는 외모를 갖고 있었다. K는 이적의 사진을 주의 깊게 봤다. 관찰에 가까운 집요한 눈빛이 얼굴과 머리를 샅샅이 살폈다. 이내 K의 표정이 환하게 밝아졌다. 뿔이 없다. 그 말은 뒤통수에 달려 있던 엄지손가락만 한 뿔을 그가 어떤 방식으로든지 제거했다는 말이다. K는 이적의 얼굴에서 뿜어져 나오는 구원의 흰빛이 자신의 얼굴에 닿는 것을 느꼈다. K는 확신했다. 이 사람은 머리에 달려 있는 끔찍한 뿔을 없애는 방법을 알고 있는 것이다! K는 이적의 공식 홈페이지에 들어갔다. 홈페이지에는 '이적에게 편지 보내기'라는 배너가 있었다. K는 이적에게 메일을 썼다. 이력서에 첨부할 자기소개서처럼 빽빽한 사연을 시간 순서로 적어나간 지루하고 식상한 형식이었지만 내용면으로는 전통적인 삼분할 원칙을 지킨 정성스러운 편지였다. 요약하면 다음과 같다. 머리에 뿔이 나서 너무도 힘들었습니다. 그런데 「뿔」이라는 노래를 듣게 되었습니다. 그나저나 뿔은 어떻게 하신 겁니까. 성공적으로 메일을 보냈다는 완료 메시지를 보고 K는 자리에서 일어나 몸을 뒤틀었다. 등뼈에 고여 있던 가스가 빠져나가면서 드드득, 소리가 났다. K는 오랜만에 환하게 웃었다.

*

아버지가 집에 들어왔다. 그는 집에 들어오기 전부터 심기가 뒤틀려 있었다. 퇴실하는 투숙객 중 한 명이 화장실 휴지통에 불을 지르고 나갔다. 화재경보 벨이 울렸고 투숙객들은 속옷 차림으로 복도를 뛰어다녔으며 그들 중 몇몇이 울며불며 소방서에 전화를 걸어 살려달라고 소리쳤다. 화재로 인한 피해는 휴지통 속의 화장지와 젖은 수건 일부를 태우는 경미한 수준이었지만 아버지의 정신적 피해는 막심했다. 경찰들과 소방관들에게 같은 이야기를 수도 없이 되풀이하며 진술해야 했고 분노한 투숙객들에게 고개를 조아리며 사과를 해야 했다. K보다 어려 보이는 여학생에게서는 똑바로 살라는 충고도 들었다. 안나는 간밤 오랫동안 울다 잠들었다. 만만하게 봤던 작은 회사에 서류심사부터 떨어진 것이다. 서류만 통과하면 면접에서 승부를 보겠다고 벼르고 있던 안나의 모든 노력이 물거품이 됐다. 안나의 눈두덩은 베이킹파우더를 집어넣은 빵처럼 부풀어 올랐다. 아침부터 시끄럽게 고함을 지르며 가족 모두에게 식탁 앞으로 소집을 명하는 아버지의 목소리가 반가울 리 없었다. 어머니는 요즘 숨 쉬는 것도 짜증나고 모든 것이 귀찮았다. 문을 잠그고 자폐아처럼 늙어가는 아들 때문에 속상했고, 겨드랑이에 손을 집어넣고 돈을 달라며 아침부터 저녁까지 앵앵대는 딸 때문에 짜증이 났으며, 오랜만에 들어와 가장 노릇을 하려드는 남편의 귀가가 너무도 성가셨다. K는 어제부터 거의 십 분에 한 번씩 메일을 확인했다. 메일 전송에 문제가 있을 것 같아 동일한 내용의 메일을 일곱 번이나 보냈다. 그중 네번째로 보낸 메일이 수신확인이 되어 있었다. 그러나 아무리 기다려도 답장은 없었다. 유일한 비상구의 문이 열리지 않자 K는 조급해졌다. 기다리다 지친 K는 하마터면 모니터에 의자를 집어던질 뻔했다. 그런데 아버지라니. K는 같은 메일을 복사해 다시 열 통쯤 보내고 나서 야구 모자를 눌러쓰고 발바닥을 바닥에 질질 끌며 방문을 열었다.

모처럼 K의 가족이 전부 모였다. 나른한 평일 오후 식탁에 둘러앉은 가족의 점심은 식성이 다른 동물들이 한 먹이통 앞에 앉아 있는 것처럼 어색했고 어딘지 모르게 살기가 돌았다. 찌개 속에 잠겨 있는 두부를 숟가락으로 건져내며 아버지가 말했다. 가장이 힘들게 돈 벌고 들어와도 수고했다고 인사하는 녀석이 없어. 밥그릇의 밥 절반을 들어내 K의 밥 위에 얹으며 안나가 중얼거렸다. 밥 좀 조금만 담으래도 엄마는 꼭. K는 안나를 쳐다보고 뭐라고 하려다 말고 고개를 숙였다. K의 오른손은 빠르게 움직였다. 최대한 빨리 밥을 먹고 일어서려는 의지가 느껴지는 일사분란한 행동이었다. 아버지가 K와 안나를 번갈아 쳐다보며 말했다. 이 시간에 다 큰 자식들과 점심을 함께 먹을 수 있는 가장이 이 나라에 몇이나 될까? K의 젓가락이 잠시 멈췄다가 다시 움직였다. 어머니는 말없이 팔짱을 끼고 아버지, 안나, K, 안나, K, 아버지 차례로 가족들의 얼굴을 천천히 쏘아보다 곧 꺼질 듯 한숨을 쉬었다. 숟가락으로 두부를 뚝뚝 잘라내며 아버지가 말했다. 밥 먹는데 너는 그 모자 좀 벗을 수 없냐. K는 대꾸 없이 잠자코 먹기만 했다. 아버지는 K의 모자를 노려보며 말했다. 잘 안 들려? 모자 좀 벗으라고. 젓가락으로 마른반찬을 쿡쿡 찌르며 안나가 말했다. 오빠 머리에 뭐 났어요. K가 식사를 멈추고 머뭇거리며 말했다. 저기 머리에 뭐가 나서요. 아버지는 K의 말이 끝나기도 전에 모자를 벗겼다. K가 왼손으로 머리를 감싸며 소리쳤다. 왜 그래요!! 아버지가 눈을 동그랗게 뜨고 한참 동안 K의 머리를 쳐다보며 말했다. 뭐냐. 머리에 붙은 똥 같은 것은. K는 '똥 같은 것'이라는 아버지의 말에 순간 욱, 했다. 똥이라니요! K의 입속 내용물이 아버지의 얼굴에 튀었다. 이 싸가지 없는 자식이 어디서. 아버지는 두부가 묻어 있는 숟가락으로 K의 머리를 내리쳤다. 깡— 숟가락이 뿔과 부딪칠 때 나는 파열음은 가족들의 모든 대화를 순식간에 얼어붙게 만들었다. 금속과 금속이 맞부딪쳐야만 가능한 날카롭고 영롱한 울림. 쌍꺼풀이 풀려 붕어처럼 변한 안나의 눈이 갑자기 커졌고 어머니는 뱉어낸 한숨을 모두 되삼키듯 헉, 소리를 내며 숨을 들이켰으며 아버지는 들고 있던 숟가락을 손에서 놓쳤다. K는 아버지의 손에서 모자를 뺏어 들고 방으로 들어갔다. 철컥, K의 방문이 잠겼다.

K는 사막의 선인장처럼 방 한가운데에 우뚝 섰다. K는 느꼈다. 혈압이 빨라지고, 피부 속 가느다란 모세혈관 속의 혈류량이 갑자기 많아지고 있으며, 발바닥에 열선이 깔린 것처럼 몸이 점점 뜨거워지고 있다는 것을. K는 화가 난 당나귀가 그저 끄엉끄엉 우는 것처럼 솟구치는 분노를 어떻게 다스려야 할지 몰라 어금니를 앙다물고 숨만 거칠게 내쉬었다. 당장이라도 아버지 면전에 먹었던 모든 것을 토해내고 온갖 욕설을 내뱉고 싶었다. 아버지의 목을 두 손으로 움켜쥐고 걸레를 짜듯 비틀고 싶었다. 하지만 그 순간에도 모종의 윤리 의식은 K를 억압했고 혀에 재갈을 물렸다. 또한 K는 자신의 분노와 상관없이 아버지보다 약한 자신의 근력을 재빨리 계산해냈다. 서른이 넘어도 K의 팔뚝은 중학생의 것처럼 얇고 가늘었지만 오랫동안 웨이트트레이닝을 쉬지 않았던 아버지는 환갑이 넘어도 세 갈래로 갈라지는 우람한 팔뚝을 갖고 있었다. 아, 아, 아, 아무것도 할 수 없는 K의 열은 어느 곳으로도 분출되지 못하고 고스란히 머리 꼭대기에 모였다. K의 얼굴은 금방이라도 터질 것처럼 빨갛게 달아올랐다. K는 오른손으로 뿔을 꽉 움켜쥐었다. 그래, 이게 진짜 뿔이라고 하자. 손톱이나 발톱이 딱딱해도 피부의 일종인 것처럼 뿔도 어차피 피부겠지. 그렇다면 잘라내도 하나도 아프지 않을 거야. K는 언젠가 봤던 다큐멘터리에서 사슴의 뿔이 시간이 되면 떨어진다는 것을 기억해냈다. 그래. 없애버리자. 그러면 되지. 그러면 돼! K는 단단해 보이는 물건을 찾았다. K는

책상 위에 놓인 커다란 머그컵을 손에 움켜쥐었다. K는 믿었다. 충격을 주면 머리 위에 달린 정체불명의 물건이 고통 없이 뚝 떨어질 것을. 마치 꿈을 꾼 것처럼 아무렇지 않게 다시 평범한 일상으로 돌아갈 수 있으리라는 믿음. K는 머리를 숙이고 움켜쥔 머그컵을 뿔에 정확히 조준했다. 퍼팅을 앞둔 골퍼가 클럽을 들고 스윙을 연습하듯 K는 머그컵과 뿔 사이의 거리를 재며 가볍게 손을 움직였다. K의 오른손이 공중에 멈췄다. K는 깊게 숨을 들이마시고 내쉬며 호흡을 가다듬었다. 마침내 K의 오른손이 정확한 각도로 뿔을 향해 빠르게 돌진했다. 캉— 숟가락과 부딪칠 때와는 비교도 안 될 만큼 커다란 소리가 울렸다. K는 그대로 정신을 잃었다. 머그컵이 바닥에 떨어졌고 K의 몸도 전원이 빠진 로봇처럼 힘없이 무너졌다. 하지만 뿔은. 뚝, 떨어질 것이라 믿어 의심치 않았던 뿔은. 단단히 조여진 나사처럼 견고하게 머리 꼭대기에 여전히 붙어 있었다.

저것이 도대체 뭘까. K가 빠진 식탁 앞에서 가족들은 모처럼 활기를 띠며 토론했다. 다양한 추측들이 쏟아졌다. 어머니는 최초의 생각을 계속 밀고 나갔다. 그것은 일종의 굳은살이다. 티눈이나 사마귀처럼 피부에 세균이 침투한 것이다. K가 만약 그것을 초기에 치료했다면 저렇게까지 커지진 않았을 것이다. 안나의 생각은 달랐다. 안나는 그것이 단순한 피부 질환이 아닌 심각한 병일 수도 있다는 추측을 내놓았다. 티브이나 인터넷에서 본 사례들을 열거하며 얼굴이 기형적으로 커지는 암이나 종양일 수도 있다고 했다. 아버지는 안나와 어머니의 생각 모두를 부정했다. 그것이 숟가락과 부딪칠 때 손으로 전해진 느낌은 절대로 그런 것이 아니라는 것이었다. 어쩌면 최근에 젊은이들 사이에서 유행하는 피부 속에 박아 넣는 피어싱의 일종일지도 모른다고 했다. 서로의 생각은 달랐지만 K가 요즘 이상해지긴 했다는 의견에는 모두 동의했다. 안나가 걱정스럽게 말했다. 지금은 방에 들어가서 문을 잠근 것 같으니까 내버려두고 나오면 병원에 보내야 해요. 어머니가 힘없는 목소리로 말했다. 너무 오랫동안 공부만 해서 그래. 자꾸 떨어지기만 하고 되는 것이 없으니 머리에 저렇게 이상한 것이 생기지. 아버지는 말없이 생각에 잠겼다. 내가 하나밖에 없는 아들을 잘못 키운 것 같구나. 나중에 K가 방에서 나오면 다시 이야기하자며 가족들은 각자의 방으로 흩어졌다. 집 안은 한낮의 동물원처럼 조용해졌다.

 K는 꼬박 열 시간 동안 기절했다가 일어났다. 방은 어두웠고 머리는 깨질 듯 아팠으며 몸은 커다란 해머에 어깨를 얻어맞은 것처럼 무거웠다. K는 어둠 속에 주저앉아 조각난 정신을 맞추었다. 아버지가 숟가락으로 뿔을 때렸던 것과 몹시 화가 나 견딜 수 없는 감정에 휩싸였던 것이 생각났고 마침내 머그컵으로 머리를 강하게 내리쳤던 기억이 떠올랐다. K는 떨리는 마음으로 머리를 만졌다. K는 이불에 얼굴을 묻고 울기 시작했다. 목을 맸지만 목에 건 노끈이 끊어져 바닥에 떨어진 사람이 숨을 몰아쉬며 만지고 있을 화장실 바닥의 차가운 타일, 모든 것들에

이별을 고하고 약을 먹고 눈을 감았지만 다음 날 멀쩡하게 눈이 떠진 이가 맞는 찬란한 아침, 손목을 긋고 잠든 이가 새하얀 병실에 누워 바라보고 있을 손목에 감겨진 하얀 붕대. 그리고 이 시간 K의 손가락이 감각하고 있는 딱딱한 한 조각의 뿔. 세계의 슬픔과 인생의 절망들을 모조리 다운로드 하듯 K의 뿔이 무선 안테나처럼 어둠 속에서 곤두섰다. K는 힘없이 의자에 앉아 책상 위에 얼굴을 묻고 생각했다. 영원히 이대로 시간이 멈췄으면…… 해도 뜨지 않고, 아침도 오지 않고, 빛조차 완전히 사라져 이 세상이 온통 깜깜했으면. 그러면 머리에 달린 망할 놈의 뿔도 어둠 속에 완전히 묻혀 보이지 않을 텐데. K는 더듬거리며 손을 움직여 마우스를 찾아 쥐었다. 눈감고 있던 모니터가 번쩍 눈을 뜨며 K의 얼굴에 환하게 빛을 비추었다. K는 무의식적으로 메일을 확인했다. 이적에게서, 한 통의 메일이 도착해 있었다. K는 마우스를 꽉 움켜쥐었다. 손에 땀이 났고 주먹만 한 심장이 쿵쾅거리는 소리를 내며 빠르게 수축과 이완을 반복했다. K는 입안에 고인 침을 소리 나게 꿀꺽 삼키고 메일을 클릭했다.

안녕하세요. 이적입니다. 즉각적인 답변을 드리지 못한 것에 대해 죄송스럽게 생각합니다. 판단이 서지 않았기 때문입니다. 그동안 저는 선생님처럼 뿔이 났다는 분들의 메일을 종종 받아왔습니다. 하지만 그 메일들은 일종의 장난스런 팬레터였을 뿐

저에게 해결 방법을 요구하지는 않았죠. 하지만 선생님의 메일은 그분들의 사연들과는 다르다는 판단이 들었습니다. 그래서 이렇게 답변을 드립니다. 우선, 가장 먼저 드릴 수 있는 말은 제가 만든 「뿔」이라는 노래의 가사는 허구라는 것입니다. 선생님은 노래에 담겨 있는 에피소드가 제가 경험한 실제의 사건이라는 믿음을 갖고 계신 것 같습니다. 하지만 저는 보시다시피 머리에 뿔이 난 적도 없고 당연히 해결 방법도 알지 못합니다. 그래서 선생님이 정말로 가사처럼 머리에 뿔이 나셨다고 해서 제가 알려드릴 수 있는 방법은 없습니다. 제 노래를 조금만 더 들어보시면 아시겠지만 가사의 배경과 사건은 리얼리티에 기초한 것이 아닙니다. 달팽이가 말을 하고 UFO가 날아와 지구를 지배하지만 사실이 아니죠. 일종의 문학적 접근입니다. 저는 이러한 음악적 성향에 대해 궁금해하는 몇몇 신문사와 문예지들의 인터뷰를 통해 음악의 주된 모티프를 카프카에게서 얻는다고 답한 적이 있죠. 선생님의 진지하고 아픈 사연을 해결해드리지 못한 점 죄송스럽게 생각하지만 그것이 제가 드릴 수 있는 답변의 전부입니다. 사연처럼 정말로 선생님의 머리에 뿔이 났다면 병원에 가보시는 것이 어떨까요. 항상 저의 음악을 사랑해주시고 후원해주셔서 감사합니다. 더욱 노력하는 이적이 되겠습니다.

K는 말없이 메일을 읽고 또 읽었다. 안면을 비추는 새하얀 빛이 K의 얼굴에서 감정을 앗아가는 것 같았다. 유령처럼 K는,

자신도 들리지 않을 만큼 작은 소리로 허구, 카프카, 병원, 리얼리티, 같은 단어들을 중얼거렸다. K의 마음은 서로 다른 색깔의 잉크가 하나의 비커에서 동시에 뒤섞이는 것처럼 혼잡해졌다. 그 마음은 '불합격하셨습니다'라는 결과를 확인한 직후의 마음 같은, 그러니까 지독한 패배감이 마음을 완전히 사로잡기 전에 재빨리 나중에는 잘될 거라는 막연하고도 허약한 희망을 함께 마음속으로 우겨넣는 것과 비슷한 종류의 감정이었다. 뜨거운 열이 K의 몸을 뜨겁게 달구다 일순간 쑥 빠져나갔다. K는 모니터를 끄고 아주 천천히 이불 속으로 들어갔고 느리게 눈을 깜박이다 이내 꾹 감고 뜨지 않았다.

*

이게 뭡니까. 머리를 숙여보라던 의사가 한참 말이 없더니 K에게 대뜸 물었다. 그것이 알고 싶어서 병원을 찾은 K는 당황한 나머지 더듬거리며 말했다. 글쎄, 저는 뿔 같은데요…… K의 대답에 이렇다 저렇다 말을 보태지 않고 의사는 손가락으로 뿔을 꾹 눌렀다. 아픕니까? 아니요. 의사는 눈꺼풀을 빠르게 껌뻑이며 생전 처음 보는 물건을 본 것 같은 표정을 지었다. 검사를 해봐야 정확히 알겠지만 글쎄요, 이런 것은 저도 처음 봅니다. 언제부터 이것이 머리에 생기셨습니까? 의사는 천천히 자신의 자리로 돌아가 앉으며 말했다. 한 일주일 됐어요. 뭘 이해했는지 의사는 고개를 끄덕이며 뭔가를 적었다. 최근에 머리를 다치신 적 있나요? 아니요. 그냥 갑자기. 자고 일어났는데 생겼어요. 의사는 여전히 뭔가를 빠르게 적으며 중얼거렸다. 그냥, 갑자기, 생기셨어요. K는 다급하게 물었다. 저기, 이런 게 왜 생긴 거죠? 의사는 어깨를 살짝 들어 가볍게 미소를 지으며 말했다. 글쎄요. 한번 검사를 해봅시다. 뭔가 세균에 감염됐을 수도 있고 선생님 말씀처럼 정말 뿔이 났을 수도 있죠. 의사는 볼펜을 내려놓고 K를 쳐다봤다. 웃음기가 완전히 가신 사무적인 표정이었다. 농담입니다.

의사는 K의 두상을 찍은 엑스레이 필름을 감광판에 대고 불을 켰다. K는 새까만 X선 필름을 보자마자 소리를 지를 뻔했다. 동그란 정수리 위에 노골적으로 붙어 있는 고깔 모양의 선명한 물체. 병원에서 확인하니 더 끔찍하게 느껴졌다. 의사는 입을 반쯤 벌리고 한참 필름을 쳐다봤다. 의사가 말했다. 이거, 놀랍군요. 의사는 담담하게 말했지만 미세하게 목소리 끝이 떨리고 있었다. 그 떨림을 감지한 K의 심장은 갑자기 빨리 뛰기 시작했다. 그러니까, 이것은 제가 보기에…… 의사는 한참 뜸을 들이더니 입을 열었다. 뼈 같습니다. 뼈라는 어감이 뿔이라는 어감보다 무섭고 차갑다는 느낌에 K는 덜컥 겁이 났다. K는 기계적으로 고개를 끄덕이며 말없이 의사의 설명이 계속되기를 기다렸다. 말 그대로입니다. 선생님 정수리 한가운데에 비정상적으로 돌출된 뼈가 있는 것이지요. 그런데 더 정확히 검사해봐야 분명히 알겠지만 필름으로만 보면 두개골이 상하거나 깨져서 자라난 것은 아닌 것 같습니다. 여기 좀 보십시오. 의사는 왼쪽 주머니에서 작은 지시봉을 꺼내며 말했다. K는 감광판에 얼굴을 쑥 내밀었다. 이것이 두개골입니다. 그리고 이 하얀 부분이 선생님의 머리에 난 뼈 같은 것이지요. 그런데 그 사이에 보시면 얇은 막 같은 것이 보이죠. 의사는 지시봉으로 그 경계를 가리켰다. K는 불안한 표정으로 빠르게 고개를 끄덕였다. 쉽게 말씀드리면 이 경계선은 정상적인 두개골 라인입니다. 즉, 이게 정말 뼈라면 말입니다. 이건 새롭게 생긴 관절이라는 거죠. 무슨 말인지 아시겠습니까? 계속 고개는 끄덕였지만 K는 정녕 의사의 말이 무슨 말인지 몰랐다. 변태적인 경우네요. 네? 변태요? 아! 생물학적인 뜻으로 사용한 단어입니다. 그러니까 선생님의 두개골 형태가 달라졌다는 뜻이지요. K는 변태라는 의사의 표현에 마음이 상해 입술을 꾹 다물고 미간에 힘을 줬다. 의사는 K의 눈치를 보며 말했다. 음. 이건 제가 함부로 치료하기가 어려울 것 같습니다. 큰 병원에 한번 가보시죠. 다른 병원에 가보라는 의사의 말에 다급해진 K가 말했다. 이거 그냥 잘라버리면 안 됩니까? 의사는 다시 감광판의 필름을 쳐다봤다. 이게 선생님 말씀대로 그냥 뿔이라면 가능하겠지요. 뿔은 피부의 일종이니까요. 하지만 말씀드렸다시피 뼈라면 그렇게 쉬운 문제가 아닙니다. 특히 머리에 달려서…… 신경이 뇌와

연결되어 있을 수도 있고 혹시 뇌의 일부가 저 속에 포함되어 있을 가능성도 있습니다. 제가 소견서를 써드릴 테니 대학병원으로 가보세요. 근데, 선생님. 혹시 그게 움직이기도 합니까? 네? 움직이다니. 무슨 말씀이신지…… K는 겁에 질린 목소리로 물었다. 아니요. 아닙니다. 관절이 있고 신경이 있다면 그것도 손가락이나 발가락처럼 움직일 수도 있을 것 같아서 말입니다. K는 힘없이 자리에서 일어났다. 움직일 수도 있다는 의사의 말이 꼭 자신이 곧 무엇인가로 정말 변태할 수도 있다는 말처럼 들렸다. K는 진찰실을 나가기 전 마지막으로 물었다. 의사 선생님, 갑자기 왜 이런 것이 생겼을까요? 의사는 웃으며 말했다. 글쎄요. 좀 특이한 경우라서 말씀드리기가 어렵네요. K는 한 번 더 물었다. 그래도 선생님 생각을 말씀해주세요. 의사가 말했다. 스트레스 때문이 아닐지. 만병의 근원은 스트레스 때문이니까요. 스트레스라구요? 의사는 천천히 고개를 끄덕였다. 평소에 저는 스트레스를 받지 않는데요. 글쎄요. 스트레스라는 것이 꼭 감정이나 인지의 형태로 느껴지는 것은 아니지요. 스트레스라면 도리어 이것이 생긴 후부터 시작됐는걸요. 의사는 모호한 표정을 지으며 대답했다. 글쎄요. 제가 드릴 수 있는 말씀은 스트레스를 받지 않도록 노력하시라는 것과 큰 병원에 가보시라는 겁니다. K는 진찰실을 나왔다. 복도를 걸으며 중얼거렸다. 뭔 말이야. 그게. K는 주머니에 구겨 넣은 중절모를 머리에 쓰며 말했다. 그래서 결국 뭐야. 나보고 어쩌라는 거야. 돌팔이 같은 자식.

 멍하게 거리에 서서 K는 잠시 생각했다. 어디로 가야 할까. 대학병원으로 가려면 왼쪽으로 걸어가야 하고 집으로 가려면 버스를 타야 한다. 도로에 뛰어들어 그냥 죽어버리는 간단한 방법도 있다. 하지만 내가 지금 죽어버리면 정체불명의 변태 인간이 도로에 뛰어들었다고 뉴스에 보도될지 모른다. K는 천천히 오른쪽으로 몸을 돌리고 버스정류장을 향해 느릿느릿 걸음을 옮겼다. K는 자기도 모르게 노래를 흥얼거렸다. 이제는 가사를 보지 않아도 부를 수 있을 만큼 많이 들은 「뿔」이었다. 이쯤은 뭐 어때. 모자를 쓰면 되지 뭐. 어이가 없군. 모자를 쓰면 뭐가 되는데. 바람만 불어도 모자는 날아갈 것이고 의사 말이 맞다면 뼈가 점점 자라날 것인데. 그러면 러시아인들이 쓰고 다니는 면봉 같은 커다란 털모자를 쓰고 다녀야겠군. K는 허탈하게 웃으며 이적이 보낸 메일을 떠올렸다. K는 이적의 말을 믿지 않았다. 허구라고? 그럼 내 모자 속에 숨어 있는 머리 꼭대기에 달린 이것은 뭔가. 허구라고 믿고 싶어도, 꿈이라고 믿으려 해도 멀쩡하게 존재하는 이 명백한 현실이 어떻게 허구란 말인가. 어찌하여 그는 경험하지 않고 그토록 정확하게 뿔이 난 상황을 이해하고 있단 말인가. 말이 되지 않는다. 그는 뭔가 숨기고 있다. 그는 어쩌면 내 메일을, 머리에 정말로 뿔이 났다고 보낸 그 메일을 허구라고 생각할지도 모른다. 그래서 그도 나에게 진실을 말할 수가 없는 것이다. K는 자신의 머리에 달린 뿔을 직접 찍어 그에게 보내야겠다고 생각했다. 그것만이 그에게 신뢰를 줄 수 있을 것이다. 버스를 기다리며 K는 생각했다. 집에 들어가면 이제 어떻게 해야 할까. 이것을 뭐라고 설명해야 할까. 병원에 가봤더니 뼈라고 하던데요. 대학병원에 가야 한대요. K는 갑자기 머리가 아팠다. 자신의 말을 듣고 있을 냉소적인 아버지의 표정, 안나의 가증스런 위로와 호들갑, 치료비부터 계산할 것 같은 어머니의 한숨 소리가 들리는 듯했다. K는 자신도 모르게 어금니를 꽉 물었다. 어쩌면 그들은 신기한 일들을 찾아 방영하는 방송 프로그램에 나를 제보할지 모른다. 우리 가족 중에 머리에 뿔이 난 사람이 있어요. K는 걸었다. 집으로 가는 방향도 아니고 병원으로 향하는 길도 아닌 낯선 길로 걸었다. 그냥 계속 걷고 싶었다. 그렇게 도시를 벗어나고 국경을 넘고 자신을 아는 사람이 단 한 명도 없는, 아니, 아니, 계속 걸어서 사람이고 동물이고 식물이고 살아 있는 생물이 하나도 없는 사막까지 가고 싶었다. 그러면 이 싸구려 중절모를 벗을 수 있겠지. K는 정신이 나간 사람처럼 멍하니 걷다가 갑자기 우뚝 멈춰 섰다. 서점이었다. K는 뭔가에 이끌리듯 서점으로 들어갔다. 시험을 준비하기로 결정하고 참고서를 구입하기 위해 들렀던 이후로 서점 출입은 처음이었다. K는 데스크에 단정하게 서서 정면을 바라보고 있는 직원에게 다가가 말했다. 카프카라는 사람이 쓴 책이 있나요? 직원은 가볍게 웃으며 빠른 걸음으로 어디론가 향했다. 마치 버튼을 입력하면 정확하게 프로그램이

실행되는 로봇처럼 기계적이고 어딘지 모르게 절제되어 있는 움직임이었다. 무슨 책을 드릴까요. 가장 유명한 책으로 주세요. 직원은 잠시 머뭇거리더니 K의 손에 '변신'이라는 제목의 책을 건네주고 다시 데스크를 향해 힘차게 걸어갔다. 변신……
K는 제목이 전해주는 느낌이 불길하다고 생각했다. K는 거리를 걸으며 목차와 책날개를 뒤적이며 책에 대한 간략한 정보를 눈으로 훑었다. 카프카라는 사람이 체코 사람이었군. K는 그의 얼굴을 바라봤다. 좁고 가냘픈 하관은 날카롭고 신경질적으로 보였고 새까만 눈썹과 머리카락은 묘하게 악마적인 느낌을 주었다. 무엇보다 그의 입술에 흐릿하게 걸려 있는 애매모호한 미소가 마음에 들지 않았다. 사실 K는 카프카가 뭔지 몰랐다. 어디서 많이 들어본 것 같은 낯설지 않은 느낌만 있을 뿐이었다. 검색해보기 전까지도 카프카가 의류 상표나 유럽의 작은 도시 이름인 줄 알았다. K는 눈에 띄는 작은 공원으로 들어갔다. 이제 막 완공된 아파트에서 환경 미화 차원으로 조성한 조악한 도심의 휴식 공간이었다. 공원 주위에는 초등학생들도 한 손으로 꺾을 수 있을 만한 작은 나무들이 듬성듬성 심겨져 있었고 무엇을 표현한 것인지 도무지 알 수 없는 화강암 조각들이 곳곳에 서 있었다. 외로워 보이는 노인 몇 명이 벤치 하나씩을 차지하고 앉아 지나가는 차들을 구경하고 있었다. K는 노인들과 가장 멀리 떨어져 있는 벤치에 따로 앉았다. 주위를 둘러보다 중절모를 벗었다. 지나가던 바람이 고여 있던 더운 공기를 바꾸며 K의

머리를 시원하게 만들었다. K는 잠시 아무것도 하지 않고 노인들처럼 가만히 앉아 그들처럼 지나가는 차들을 쳐다봤다. 압축된 시간이 풀리는 것처럼 모든 것이 더디게 흐르는 기분이었다. K는 구입한 책을 천천히 펼쳤다. 첫 문장을 읽기 시작했다.

*

'소풍의 목적지에 이르러 딸이 맨 먼저 일어나 젊은 몸을 쭉 펴며 기지개를 켜자 그들에게는 그 모습이 그들의 새로운 꿈과 멋진 계획을 확인해주는 것처럼 생각되었다.' 「변신」의 마지막 문장을 읽고 K는 책을 덮었다. K는 가늘고 긴 숨을 천천히 나누어 내쉬었다. 한참 하늘에 떠 있는 구름의 움직임만 쳐다보던 K는 다시 책을 펴서 카프카의 얼굴을 봤다. 새로운 꿈과 멋진 계획이라. 문득, 슬프다는 생각이 들었다. 소설책이라고는 언어영역 지문 속에 포함된 짧은 문장만 읽어봤던 K였다. 독서는 더디고 힘들었다. 생경하고 낯선 인물들의 이름이 불편하고 입에 붙지 않아 짜증이 났고 서사의 전개와 내용이 이해되지 않아 이미 읽었던 페이지를 몇 번이나 뒤적거려야 했다. 하지만 K는 태어나서 처음으로 앉은자리에서 카프카의 글 한 편을 온전하게 다 읽었다. K의 눈에서 떨어진 눈물 한 방울이 카프카의 얼굴을 적셨다. 카프카는 여전히 묘한 미소를 짓고 있었다. K는 떨리는 손으로 자신의 팔과 얼굴을 천천히 어루만졌다. 어느 날 갑자기 한 마리의 갑충으로 변해버린 불행한 체코의 사나이 그레고르가 불쌍하고 안쓰러워 견딜 수 없을 지경이었다. 어느 날 갑자기, 라니 이 얼마나 무섭고 끔찍한 시작인가. 이유를 찾을 수도 해결 방법을 찾을 수도 없이, 그냥 일어나버린 누구와도 공유할 수 없는 재앙. 이 저주받은 상황을 어떻게 해야 한단 말인가. K는 떨리는 손으로 자신의 뿔을 움켜쥐었다. 그리고 중얼거렸다. 방법이 없다. 어쩔 수 없다. 어쩔 수 없는 것은…… 정말 어쩔 수 없는 것이다. 그때였다. K는 머리 꼭대기로부터 또다시 이상한 느낌을 받았다. 처음 뿔을 손가락으로 감각하기 전에 느껴지던 불길한 느낌과 비슷하지만 어딘지 모르게 확연하게 다른 낯선 종류의 느낌이었다. 뿔이 하나 더 생긴 거 아닐까? K는 끔찍한 예감에 휩싸여 감히 그것을 만져볼 엄두를 내지 못했다. K의 머리끝이 간지럽고 묵직해지기 시작했다. K는 그것이 갑자기 책을 읽어 생긴 두통인 줄 알고 손가락으로 관자놀이를 꾹 눌렀다. 그리고 눈을 감으며 머리에 힘을 줬다. 순간, 움직였다. 뿔이 움직였다. K의 머리에 달린 뿔이 조금씩 움직이기 시작했다. 바람도 없는데 K의 머리카락이 살짝살짝 흔들렸다. K는 소스라치게 놀랐다. K는 다시 머리에 힘을 줬다. 힘을 주면 근육이 움직이듯 그것이 꿈틀꿈틀 움직였다. K는 의사의 말이 떠올랐다. 혹시 그것이 움직이기도 하나요? K는 계속 머리에 힘을 줬다. 뿔은 일정한 템포에 맞춰 툭툭 움직였다. K는 벤치에서 일어나 화장실로 달려갔다. K는 화장실의 거울에 머리를 비추어 봤다. 그리고 머리에 힘을 줬다. 어, 어, K는 어이가 없어 신음처럼 소리를 내뱉었다. 뿔은 부화를 앞둔 작은 메추리알이 지푸라기 속에서 저 혼자 움직이고 있는 것 같았다. 움직이는 뿔이 있던가. 코뿔소의 뿔이 움직이던가. 기린의 뿔이, 사슴의 뿔이, 양의 뿔이, 염소의 뿔이 곤충의 더듬이처럼 이쪽저쪽으로 움직인 적이 있던가. 뿔이 아니었나? 내 머리에 난 것은 그렇다면 도대체 뭐란 말인가. K는 화장실에서 나와 주머니 속에 구겨 넣었던 중절모를 꺼내 머리에 썼다. K는 왼손에 책을 들고 오른손으로는 모자를 잡고 천천히 공원을 빠져나왔다. K는 스스로에게 말했다. 괜찮아, 괜찮아. 벌레로 변한 사람도 있는데 나는…… 뭐, 이 정도면 괜찮아. K의 눈은 어느새 눈물로 가득 차 금방이라도 눈물이 쏟아질 것만 같았다. K는 계속 머리에 힘을 줬다. 모자가 규칙적으로 들썩였다. K는 눈물이 흐르는 그 순간에도 어이가 없어 피식 웃음이 나왔다. 이거 정말 티브이에 나올 일이네. K는 얼빠진 사람처럼 계속 혼잣말을 하며 발길을 집으로 돌렸다. 비둘기 한 마리를 숨기고 있는 마술사의 모자처럼 K의 중절모는 자꾸만 들썩들썩 움직이고 있었다.

사랑해서
그랬습니다

다음 달이면 만 스물세 살이 되는 사라의 배가 조금씩 부풀어 오르고 있다는 사실을 사라와 그의 가족들은 아직 모르고 있다. 그들은 미처 예상하지 못했을 것이다. 쉬지 않고 바람을 불어넣고 있는 빨간 풍선처럼 사라의 배가 점점 커지게 될 것이라는 것을. 터지기 직전의 표면이 갖는 날카로운 긴장처럼 이제 곧 모든 것이 얇아지고, 팽창하고, 위태로워지리라는 것을.

*

사라의 어머니는 최근의 사라가 어딘가 모르게 이상했다. 그 느낌은 그녀를 불안하고 초조하게 만들었다. 불쑥 떠오른 모종의 어떤 예감은 그녀의 의식을 사로잡았고, 오직 하나의 장면만 상상하며 그것을 주시하게 만들었는데, 그것은 딸 가진 어머니로서는 감당키 어려운 종류의 이미지였다. 그녀는 그렇게 하면 생각을 물리적인 힘으로 떨쳐낼 수 있다는 듯 목에서 소리가 날 정도로 세게 고개를 젓곤 했다. 하지만 자석에 달라붙은 까만 철가루처럼 생각은 징그러울 정도로 빽빽하게 그녀의 머릿속을 채웠다. 때문에 그녀는 그것이 아무 효력이 없다는 것을 이미 알고 있는 이가 무력하게, 그러나 집요히 반복적으로 외우는 주문처럼 중얼거렸다. 아닐 거야, 아닐 거야. 그러다 그녀는 입술을 달싹거리고 있는 자신을 거울에 비춰 보며 흠칫 놀라곤 했다. 거울에 반영된 모습은 분명 자신을 닮았지만 어딘지 모르게 조금씩 비껴나 있는 사람처럼 어색해 보였기 때문이다.

그녀는 믿었다. 그 누구보다 딸을 잘 알고 있다고. 하지만 그녀는 깨달았다. 그 믿음의 기반이 조금씩 흔들리고 있다는 것을. 눈에 잘 띄지도 않던 하얗고 예리한 실금이 모든 것을 붕괴시킬 수 있을 만큼 빠르게 뻗어 나가고 있는 과정을 그녀는 멍한 표정으로 바라보고 있다. 평소와 조금씩 달라져가는 사라의 모습을 발견할 때마다 그녀는 사라가 남의 집 아이처럼 낯설게 느껴졌다. 사라는 자정이 되기 전에 잠이 들었다 아침 연속극이 시작될 때쯤 일어났다. 사라는 낮잠이 없는 아이였다. 그런데 어느 날부터 낮잠을 자기 시작했다. 시험을 준비하는 다른 수험생들처럼 사라 역시 만성적인 피로와 가벼운 스트레스는 있었다. 하지만 그녀가 보기에 사라에게 특별한 고민이나 심적인 고통은 없어 보였다. 때문에 불면증도 없이 규칙적으로 잠드는 사라가 오후에 두세 시간씩 꼬박꼬박 낮잠을 자는 것은 분명 이상한 일이었다. 식성이 바뀌었다. 남편 외에는 누구도 손대지 않았던 김자반과 파래무침에 젓가락을 대기 시작했다. 사라는 그냥 갑자기 맛있어졌다고 했다. '그냥'과 '갑자기'는 변화의 근거도 적절한 동기도 될 수 없기에 그녀는 그것을 이상하게 여겼다. 반대의 경우도 생겼다. 그렇게 좋아하던 닭볶음탕을 먹지 않으려 한 것이다. 이것은 식성의 변화가 아닌 급작스런 거부였다. 아이는 티를 내지 않으려고 애를 썼지만 그녀는 보았다. 구역질을 참기 위해 입을 앙다물고 숨을 고르고 있는 딸의 모습을. 그러면서도 사라는 아무렇지도 않다는 듯 요즘 이상하네, 라고 말할 뿐 전과 똑같은 표정으로 생글생글 웃으며 그녀를 바라봤다. 까맣고 맑은 사라의 눈동자에는 그 어떤 혐의도 없어 보였다. 그녀는 그것이 더 불안했다.

불안했던 그녀의 예감이 절망스런 확신으로 바뀐 것은 사라와 함께 목욕탕에 다녀오고 나서였다. 딸과 함께 목욕탕에 가는 것은 그녀가 가장 기다리고 좋아하는 일 중 하나였다. 다 자란 딸과 옷을 벗고 함께 씻는 행위가 주는 기쁨을 무엇과 비교할 수 있을까? 사라의 뽀얀 몸을 보고 있으면 언제나 마음이 뿌듯했다. 몸매가 뛰어나게 좋다고 할 수는 없지만 사라의 몸은 아름다웠다. 매끄럽고 하얀 피부는 작은 점이나 흉터 하나도 찾을 수 없을 만큼 건강했고 내밀히 감추고 있는 유방은 작고 단단했다. 큰 키는 아니지만 전체적인 비율이 좋아 사라의 몸은 날씬하고 단정한 선을 가지고 있었다. 목욕탕에서 만난 이들은 하나같이 딸이 예쁘다는 말을 아끼지 않았고, 진심으로 예쁜 딸과 함께 목욕탕을 다니는 그녀를 부러워했다. 그럴 때마다 그녀의 마음은 풍선처럼 부풀어 올랐고 멋진 딸을 낳고 기른 자신이 자랑스러웠다. 이토록 딸의 몸을 잘 알고 있는 그녀에게 사라의 작은 변화가 눈에 띄지 않을 리 없었다. 매끈하고 평평했던 사라의 아랫배가 볼록하게 튀어나와 있었던 것이다. 그녀는 떨리는 목소리를 감추기 위해 일부러 목소리를 낮게 누르며 물었다.

사라야. 요즘 너 배가 좀 나온 것 같은데?

응. 속상해 죽겠어. 집에서 공부만 해서 그런가 봐. 다이어트 좀 해야겠어!

사라는 망설임 없이 대답하며 그녀의 겨드랑이에 손을 집어넣고 웃으며 말했다.

그런데 내일부터!! 오늘은 배고파 죽겠어. 엄마 오늘 반찬은 뭐야?

사라의 손을 잡고 집으로 돌아가는 그녀의 손바닥에 자꾸 땀이 났다. 그녀는 사라의 손을 놓고 팔짱을 끼며 한 번 더 물었다.

그런데 사라야. 너 최근에 언제 생리했더라?

사라는 걸음을 멈추고 잠시 생각에 잠겼다가 대답했다.

글쎄, 잘 기억이 안 나는데. 나 원래 불규칙하잖아.

그 밤, 그녀는 한잠도 못 잤다. 머리가 복잡하고 마음이 산란해 초저녁부터 아무것에도 집중할 수 없었다. 그녀는 설거지도 빨래도 모두 밀어놓고 일찍부터 안방에 틀어박혀 그 어떤 일도 하지 않고 벽을 보고 모로 누워 사라에 대한 생각만 했다. 많은 가정과 상상들이 위아래로 대류하며 끓는 물처럼 뒤섞였다. 몇 가지는 분명해졌다. 더는 사라와 함께 목욕탕에 갈 수는 없다. 내 딸은 임신을 했다. 그리고 이 사실을…… 누구도 알아서는 안 된다. 온갖 지저분한 추측과 소문으로부터 내 딸을 지켜야 한다. 하지만 몇 가지, 도무지 이해가 되지 않는 것들이 있다. 우선 사라의 태도다. 다 큰 여자애가 제 몸의 적지 않은 변화를 느끼지 못한다는 것은 말이 되지 않는다. 사라는 이미 알고 있을 것이다. 그렇다면 그것이 무엇을 의미하는지도 알 것이다. 그런데 왜 그렇게 행동하는 걸까? 마치 아무것도 모른다는 듯이 행동하고 있지 않은가. 변화를 숨기려고 하지도 않고 사실을 왜곡하려 들지도 않는다. 이상한 점은 또 있다. 임신을 했다면 사라에게 남자가 있다는 말인데, 반년 전 시험 준비를 이유로 학교를 휴학한 이후 사라가 외박을 한 적은 한 번도 없었다. 또 평소에 남자와 연락을 한다거나 누군가를 가족들 몰래 만나는 것 같지도 않았다. 그녀는 윗니로 아랫입술을 꾹 물고 손가락으로 머리카락을 잡아당겼다. 혹시, 나는 그동안 딸을 잘 안다고 믿고 살아왔던 순진하고 어리석은 중년 여자에 불과한 것은 아니었을까? 그녀는 몸을 일으켜 자리에 똑바로 앉았다. 일단 확인이 필요하다는 생각이 들었다.

다음 날 그녀는 이른 아침 약국에서 구입해온 임신테스터를 사라에게 조심스럽게 내밀었다. 사라는 그녀의 손에서 그것을 받아들더니 물끄러미 쳐다본 후 빙긋 웃으며 말했다.

이게 뭐야?

이렇게까지 했는데도 여전히 모른 척을 하는 사라에게 순간 화를 낼 뻔했지만 그녀는 마음을 가다듬고 차분하게 말했다.

음, 임신 여부를 확인하는 테스터인데, 소변 좀 묻혀서 엄마에게 보여줘봐.

엄마는…… 누가 그걸 몰라? 그런데 왜 이걸 나한테 주는 거냐고.

사라는 황당하다는 표정을 지었지만 얼굴은 여전히 웃고 있었다.

끝까지 엄마를 속이려 드는 딸에게 더 이상 참을 수 없어진 그녀는 와락 소리를 지르고 말았다.

시끄러! 변명 그만하고 빨리 화장실 다녀와.

웃음이 사라진 사라는 겁에 질린 얼굴로 뒷걸음질쳤다.

엄마……

빨리 들어가!

그녀는 사라의 손목을 잡고 억지로 화장실에 밀어 넣고는 문을 닫았다. 그녀는 문밖에서 사라를 기다리면서 뜨거웠던 마음이 일순간 빙벽처럼 얼어붙는 것을 느꼈다. 실망과 분노보다는 딸에 대한 걱정이 앞섰다. 정말 사라의 말처럼 단지 살이 찐 것이길 바랐다. 보란 듯이 테스터에 한 줄만 나타난다면, 그래서 펑펑 울면서 딸에게 미안하다고 사과를 한다면 얼마나 좋을까. 잠시 후 사라가 멀뚱한 표정을 지으며 화장실에서 나왔다. 사라는 망설이지 않고 그녀에게 테스터를 건넸다. 붉고 선명한 두 줄. 그녀는 말없이 사라의 얼굴을 바라봤다. 사라는 입을 꾹 다물고 그녀를 쳐다보더니 어이없다는 듯 픽, 웃으며 말했다.

엄마, 이거 이상해. 불량인가 봐. 임신이라니. 말이 안 되잖아.

그녀는 눈물을 뚝뚝 흘리며 임신을 부정하는 사라에게 당분간은 아무 데도 나가지 말고 누구도 만나지 말라고 소리를 지르고는 안방으로 들어왔다. 복잡했던 머릿속이 명료해졌다. 확인을 한 이상 더 이상 주저할 필요가 없었다. 누구의 아이인지, 명백히 밝혀진 사실을 왜 부정하는지, 그동안 어떤 일이 있었는지 그녀는 알지 못했다. 사라는 끝까지 아니라고 부정했다. 자신은 남자와 잔 적도 없고 최근에 누굴 만난 적도 없다는 것이다. 하지만 사라의 말은 더 이상 귀에 들어오지 않았다. 이제 그녀의 머릿속에는 배 속의 아이가 사람의 형상을 갖기 전 최대한 빨리 지워야 한다는 생각뿐이었다. 그녀는 알고 있었다. 감상에 빠져 괴로워할 시간도 없다. 낳을 수 없는 아이를 갖는 것이 여자에게 어떤 것인지, 그것에는 그 어떤 이유도 누구의 잘잘못도 필요 없다는 것을, 모든 책임과 통증은 여자 혼자 다 감당해야 한다는 것을, 경험상 그녀는 누구보다 더 잘 알고 있었다. 그녀의 마음은 급해졌다. 어쨌든 사라는 계속 부정을 하고 있다. 진위를 따지고 이유를 묻는 동안 남편이 알고, 아들이 알고, 소문이 나고, 이런저런 사람들이 모여 수군거리는 동안에도 내 딸의 자궁을 차지한 아기는 통통하게 자라날 것이다. 그녀는 알고 있었다. 진정 사라를 위한 것이 무엇인지를, 딸을 사랑하는 엄마가 취할 수 있는 가장 현명한 방법이 무엇인지. 그것은 딸의 마음을 풀어주고 말을 잘 들어주는 것이 아니라, 받게 될 피해를 최소화시키는 것이었다. 그녀는 중얼거리기 시작했다.

내 딸, 사랑하는 내 아이. 내 속에서 난 하나뿐인 딸…… 딸을 지켜야 해.

전화기를 들고 한참 동안 수첩을 뒤적거리던 그녀는 마침내 산부인과의 전화번호를 찾아냈다.

*

사라의 아버지는 운전석에 앉아 시동도 걸지 않고 주먹을 꽉 쥐었다 펴기를 반복하고 있다. 그것은 견딜 수 없는 분노나 화가 치밀어 오를 때마다 뜨거운 감정이 아무 일도 만들지 않고 그냥 지나가도록 노력하는 그의 오래된 습관이었다.

근무시간이 바뀌어 그가 일찍 퇴근한 날 아내와 사라는 거실에서 다투고 있었다. 아내가 사라의 팔목을 꽉 붙잡고 현관문 쪽으로 끌고 있었고 사라는 바닥에 주저앉아 버티며 울고 있었다. 무슨 일이냐는 그의 질문에, 아내는 당신은 알 것 없다, 아무것도 아니니 상관하지 말라고 했다. 아내의 목소리가 평소와 달리 워낙 단호하고 날카로워 더 이상 아무 말도 하지 않았지만 '상관하지 말라'는 말이 입술을 꿰뚫고 들어온 낚싯바늘처럼 그의 마음을 날카롭게 건드렸다. 사라가 아내의 손을 뿌리치고 그의 품에 안겨들어 울면서 말했다.

아빠, 엄마 좀 말려줘. 엄마가 이상해. 아빠 나 정말 임신 같은 거 안 했어. 아빠는 나 믿지? 제발 아빠.

아내는 한동안 말없이 사라를 노려보다 안방으로 들어가버렸다. 그는 울고 있는 사라를 진정시켜 일단 방으로 보낸 뒤 안방으로 들어와 아내에게 물었다.

무슨 말이야? 임신이라니.

얼굴을 감싸고 주저앉아 있던 아내는 한참 동안 그의 말에 대꾸 없이 방바닥만 쳐다보고 있었다. 그는 기어코 대답을 듣겠다는 듯 아내의 곁에 서서 움직이지 않았다. 아내는 마침내 움켜쥐고 있던 것을 천천히 그에게 내밀었다. 그것은 두 줄이 선명한 임신테스터였다. 그 역시 그것의 용도와 두 줄의 의미를 알고 있었다. 뭔가가 돌이킬 수 없게 이상한 방향으로 틀어졌다는 것을 느끼며 그는 차분한 목소리로 말했다.

확실한 거야? 사라는 아니라잖아. 병원에서 제대로 검사는 해봤어?

아내는 그의 손에서 테스터를 빼앗으며 말했다.

당신은 이 일에 상관하지 마요. 내가 알아서 할 테니까. 여자들의 일이에요. 애가 지금 마음이 복잡할 테니까 사라에게는 아무 말 하지 마시고요.

또다시 상관하지 말라는 말, 하마터면 그는 아내의 뺨을 칠 뻔했다. 그는 말없이 주먹을 꽉 쥐었다 펴기를 반복하며 아내의 정수리를 내려다보다 방에서 나왔다. 그는 이제까지 느껴본 적 없는 종류의 이상한 감정에 휩싸여 사라의 방문을 쳐다봤다. 사라가 뭐 어떻게 됐다고? 그는 식탁 의자에 잠깐 앉아 안방 문과 사라의 방문을 번갈아 쳐다보다 차 키를 들고 밖으로 나갔다.

그는 차에서 내렸다. 계속 앉아 있다가는 운전석에 불이 붙을 것 같았다. 그는 천천히 동네를 돌며 흥분을 가라앉히고 차분하게 생각하려 애썼다. 그럴 수도 있지. 요즘 세상에 그런 게 뭐 별일이라고 이렇게 호들갑을 떨다니. 아내와 결혼 전에 만났던 여자가 떠올랐다. 그녀 역시 자신의 아이를 가졌었다. 당시 그녀는 병원에서 아이를 떼어낸 후 몸도 추스르지 못하고 곧장 퇴원했었다. 미역국에 밥을 말아 먹으며 그녀는 씩씩하게 말했었다. 맹장수술보다 간단했어. 아무것도 아냐. 신경 쓰지 마. 그는 생각했다. 남녀가 만나고, 좋아하다 보면 그럴 수 있지. 별거 아니야. 하지만 그의 생각과 상관없이 몸은 난로 위에 놓인 알루미늄 주전자처럼 빨갛게 달아올랐다. 혈관 속의 피가 다 말라붙을 것처럼 그의 몸은 점점 뜨거워져만 갔다. 그런데 도대체 누굴까? 학교에서 만난 사람일까? 아니면 최근에 공부 때문에 알게 된 사람일까? 최근에…… 최근에…… 문득 그는 딸이 최근에 무슨 생각을 하고 누구를 만나고 다녔는지 자신은 아는 것이 전혀 없다는 것을 깨달았다. 시험 준비를 위해 휴학했다는 것과 공부는 집에서 한다는 것, 일주일에 한 번 집에서 아들과 아들의 친구에게 영어를 가르친다는 것 외에는 아무것도 아는 것이 없었다. 그러다 그는 고개를 흔들었다. 아니야. 사라가, 속 한 번 썩인 적 없던 내 딸이 거짓말을 할 리 없어. 부모 몰래 남자를 만나고 다녔다는 것은 상상도 할 수 없는 일이지. 벌써 동네를 세 바퀴째 돌고 있는 그의 걸음은 점점 더 빨라졌다. 그런데…… 진짜 누굴까? 어떤 자식이 내 딸에게 그런 짓을 한 걸까? 그는 머리털 끝까지 뻗치는 흥분을 이기지 못해 독백처럼 욕을 내뱉기 시작했다. 아…… 씨팔. 개새끼. 진짜 어떤 놈일까? 어떻게 생긴 녀석이길래 내 딸이…… 그는 사라의 어린 시절을 떠올렸다. 아빠 같은 사람하고 결혼할 거라며 하얀 원피스를 입고 그의 팔에 매달려 결혼해달라고 보채던 장면이 생각났다. 그는 쓸쓸히 웃었다. 아냐. 사라가 눈물을 흘리며 말했잖

아. 아니라고. 아빠는 믿어달라고. 테스터에 두 줄이 분명하게 생겼는데도 아니라고 한다는 것은…… 그는 우뚝 멈춰 섰다. 치명적인 상상이 그의 의식과 발목을 붙잡은 것이다. 그래, 사라는 누구도 만난 적이 없어. 그러니까 누군가와 잔 적도 없겠지. 그렇다면 이유는 그것밖에 없어. 그는 잠시 하늘을 쳐다보며 숨을 크게 들이마셨다가 쿠— 하고 내뱉었다. 누군가 사라를 강제로 범한 거야. 순하고 연약한 사라는 저항할 수 없었겠지. 어쩔 수…… 없었겠지. 그는 오른 주먹으로 왼 손바닥을 탁탁 치며 이를 꽉 물고 웅얼거렸다. 누굴까. 누굴까. 발걸음을 집으로 돌리며 그는 생각했다. 모르는 사람에게 당한 걸까? 아니면 아는 사람이 그런 걸까? 성범죄는 대부분 아는 사람들의 소행이라는데, 때문에 사라가 말할 수 없는 것일 수도 있지. 그는 위아래 어금니를 꽉 맞물어 갈며 다짐했다. 그 남자가 누구라도 상관없다. 내 딸을 범하고 그 위에서 땀을 흘렸을 그 남자가 누구라도 나는 그 새끼의 성기를 잘라내고 가죽을 벗길 테다. 아, 사라. 그 착한 애가 그동안 말도 못하고 얼마나 힘들었을까. 그는 충혈된 눈을 손바닥으로 거칠게 문지르며 대문을 열고 집으로 들어갔다.

그는 목소리를 부드럽게 가다듬고 사라의 방문을 노크했다.
사라야. 뭐하니? 아빠야. 들어갈게.
방문은 잠겨 있었다. 그는 조급해진 목소리로 말했다.

사라야, 사라야. 문 좀 열어봐. 아빠가 할 말이 있어. 사라야, 문 좀 열어봐.

문은 열리지 않았고 사라도 아무런 대꾸를 하지 않았다. 그는 거의 매달리다시피 방문에 딱 붙어 말했다.

사라야, 어서. 문 좀 열어봐. 아빠랑 얘기 좀 하자. 걱정할 필요 없다. 아빠는 다 이해해.

지금은 아무 말도 하고 싶지 않아요.

사라의 목소리가 방문 안쪽에서 아주 작게 들렸다. 그 소리를 듣자 더 견딜 수가 없어졌다. 제 잘못이 아닌데도 죄책감과 두려움에 문을 잠그고 숨어버린 자신의 소중한 딸이 미치도록 안쓰럽게 느껴졌다. 그는 포기하지 않고 사라의 방문을 두드렸다.

사라야, 괜찮아. 아빠잖아. 아빠에게 다 말해봐. 힘들어 하지 말고. 어서. 문 열어!

그는 이제 거의 주먹으로 방문을 때리는 것처럼 세게 두드리기 시작했다. 간혹 잠겨 있는 문을 완력으로 열어보겠다는 듯이 문고리를 잡고 흔들기도 했다. 사라는 더 이상 아무 말도 하지 않았고, 문도 열어주지 않았다. 울음을 참으며 흐느끼는 사라의 미세한 소리는 그의 마음을 송곳처럼 후벼 팠다. 그는 소파에 걸터앉아 허탈한 표정으로 주먹을 쥐었다 펴기를 반복했다. 그때 아내가 방에서 나와 그에게 말했다.

여보, 일단 진정해요. 그렇게 해결할 문제가 아니잖아요.

당신은 상관하지 말고 방으로 들어가.

아내의 얼굴을 쳐다보지 않고 그가 낮게 말했다. 아내는 누구보다 남편을 잘 알고 있었다. 그래서 이 일을 될 수 있으면 그에게 알리고 싶지 않았던 것이다. 드득드득 손목을 돌리며 뭔가를 참고 있는 그의 오른손에 들린 리모컨이 부들부들 떨리고 있었다. 겁에 질린 아내는 조용히 방으로 들어갔다. 그는 눈을 감고 생각했다. 누굴까, 누가 사라를 저렇게 만들었을까? 그는 꽉 쥐고 있던 주먹을 쫙 폈다. 하얗게 눌렸던 손바닥이 다시 붉게 변했다. 도저히 더 참을 수가 없었다. 순전한 사라의 몸을 만지고 그 몸을 천천히 쳐다봤을 얼굴을 모르는 그 남자의 얼굴이 미치도록 궁금했다. 사라의 몸을 만졌던 손목을 잘라내고 욕정에 들끓었을 새까만 두 눈동자를 당장이라도 뽑아내고 싶었다. 그는 거실장 서랍을 뒤져 사라의 방문 열쇠를 찾아들고 사라의 방으로 향했다. 그는 사라의 방문을 열쇠로 열었다. 침대에 등을 기대고 바닥에 웅크리고 앉아 울고 있던 사라는 열쇠로 방문을 따고 들어오는 그를 보자 놀라 소리를 질렀다.

악! 아빠, 지금 뭐하시는 거예요?

그는 자신을 쳐다보는 사라의 눈이 겁에 질려 있다는 것을 느끼고 최대한 부드러운 목소리로 사라를 달래기 시작했다.

사라야, 괜찮아. 아빠잖아. 잠깐 이야기 좀 해. 말해봐. 괜찮으니까 아빠에게 말해보렴. 누구니? 누가 너에게 그런 짓을 한 거야. 응?

도대체 무슨 소리예요? 아니라구요. 임신이 아니라구! 아빠까지 왜 그래?

사라는 울음을 터뜨리며 소리치기 시작했다.

왜 내 말을 아무도 믿지 않는 거야? 뭘 말하라는 건데! 도대체 뭘!

사라는 그의 가슴을 손바닥으로 밀어내며 말했다.

나가요. 내 방에서 얼른 나가! 아빠도 똑같아!

사라가 자신의 가슴을 완력으로 밀어내자 이제까지 힘겹게 억누르고 있던 감정이 순간적으로 폭발했다. 그는 사라의 손목을 잡아 거칠게 뿌리치며 아이의 뺨을 때렸다. 손에서 놓쳐버린 종이인형처럼 사라는 아무 저항 없이 침대로 나가떨어졌다.

그는 아내의 곁에 누워 밤새 뒤척였다. 뭔가를 말하면서 답답함을 해소하고 싶었지만 아내는 그에게 등을 보이고 누워 아무 말이 없었다. 가능하다면 평생 말을 하지 않겠다는 의지가 강하게 느껴지는, 벽처럼 보이는 등이었다. 그는 방에서 나와 어두운 거실 소파에 앉았다. 주머니에서 담배를 찾아 빼물었다. 사라의 간곡한 부탁에 몇 년째 집에서는 담배를 피우지 않았던 그는 오른손을 펴고 물끄러미 쳐다봤다. 사라의 뺨을 때렸던 손이었다. 화를 잘 참지 못하는 그는 본의 아니게 가족들에게 손찌검을 했다. 말다툼 끝에 아내도 때렸고 그의 말에 반항하고 버릇없이 행동하는 아들의 뺨도 때렸었다. 그때마다 그럴 수밖에 없었던 이유가 있었고 때로는 그런 행동이 꼭 필요했다는 생각도 들었기 때문에 후회하지는 않았다. 하지만 이번엔 달랐다. 딸에게는 단 한 번도 손을 댄 적이 없었다. 기분이 이렇게 더럽고 비참한 적이 없었다. 마음에 한 컵의 염산이 뿌려진 것처럼 내벽이 천천히 녹아내리는 것 같았다. 도대체 왜 이런 일이 일어났을까? 사라의 뺨을 때리다니, 미친개를 쳐다보듯 두려움에 떨며 자신을 바라보던 딸의 눈빛, 그는 정말 미칠 것 같았다. 이런 비극이 왜 일어난 걸까? 도대체 왜! 그는 두 손으로 머리를 쥐어뜯으며 괴로워했다. 하지만 나는 딸을 사랑해. 대신 죽으라고 하면 죽을 수도 있어. 그는 주먹을 꽉 움켜쥐었다가 서서히 펼쳤다. 그래, 사라에게 우선 사과를 하자. 그리고 사라와 내가 이렇게 고통스러운 시간을 보내리라고는 짐작도 못하고 무책임하게 사라를 범한 녀석을 빨리 찾아내자. 내 정녕 그 새끼에게 이 모든 책임을 물으리라. 그는 소파에서 일어났다. 인조가죽 소파의 외피가 펴지는 소리가 어둡고 고요한 거실에 크게 울렸다. 그는 딸의 방문을 향해 느리게 걸어갔다. 그는 천천히 노크하며 조용하고 부드럽게 말하기 시작했다.

사라야, 아빠야. 문 좀 열어봐. 아빠가 할 말이 있어.

*

사라는 최근 자신에게 일어난 모든 일들이 악몽 속에서 일어난 지독하고 기분 나쁜 해프닝에 지나지 않을 거라고 생각했다.

꿈이다. 어떤 상황과 조건도 가능하고, 비논리적인 서사일지라도 충분히 자신이 주인공이 될 수 있는 세계, 그곳은 현실의 것들을 모방하고 실제의 사건과 기억을 이용하여 교묘하게 만들어진 곳이지만 공간은 비어 있고 시간은 갈라진 벽처럼 온통 균열투성이라. 잠에서 깨고 나면 아무것도 만질 수도 기억해낼 수도 없다. 사라에게 있어 임신은 곧 사라지게 될 꿈과 같은 것이었다. 사라에게는 모든 것이 제자리로 돌아가게 될 것이라는 믿음이 있었다. 사라는 생각했다. 나는 남자와 잔 적이 없다. 남자를 알지 못하는 여자가 어찌 임신을 할 수 있겠는가. 완력으로 누군가에게 성폭행을 당한 적도 없고, 취해서 집이 아닌 아무 데서나 허술하게 잠든 적도 없다. 아니, 휴학 후 몇 개월 동안 집 밖을 나간 적도 거의 없다. 임신이 감기처럼 공기를 통해 쉽게 전염되는 병이 아닌 이상 내가 임신을 할 가능성은 없는 것이다. 그것을 곁에서 지켜봤던 아빠와 엄마가 어떻게 내게 그런 말을 할 수가 있지? 사라의 이런저런 복잡한 생각들이 끝으로 향하면 결국엔 억울하고 서럽다는 감정만 남았다. 사라는 밤마다 책상에 얼굴을 묻고 울었다. 나를 사랑한다면서, 믿는다면서, 임신이 아니라는 내 말은 왜 믿지 못하는 걸까? 무엇을 고백하라는 건지, 일어나지도 않은 일을 어떻게 사실대로 말하라는 건지, 그러면서도 나를 이해한다니. 하지만 사라 역시 불안한 마음이 들긴 했다. 실제로 배가 불러오고 있었기 때문이다. 생리가 끊겼고, 연속극에서 여배우가 음식을 앞에 두고 헛구역질을 해서 모두에게 임신 사실이 알려지는 것처럼 사라 역시 입맛이 급격하게 변했고 어떤 음식 냄새는 견딜 수 없을 만큼 역겨웠다. 모든 상황이 자신이 임신을 했다는 것을 순순히 인정하기만을 말없이 종용하는 불량배처럼 위협적이었다. 자신의 편은 아무도 없다는 것을 알게 된 사라는 산부인과를 찾았다.

임신이에요. 벌써 십육 주나 되셨네요.
그게 무슨 축하할 일이라고 활짝 웃으며 손을 내미는 의사의 손을 잡지 않고, 사라는 물었다.
확실한가요?
의사는 의아한 표정을 지으며 그러나 얼굴에는 미소를 잃지 않고 화면에 나타난 초음파 사진을 보여주며 친절하게 설명을 했다. 그것은 재능 없는 화가 지망생이 서툴게 끄적거린 형편없는 데생처럼 보였다. 도대체 그것이 무엇을 증명할 수 있는지 따지고 싶었지만 사라는 환자가 의사에게 느끼는 모종의 권위에 짓눌려 아무 말도 할 수 없었다. 진찰실을 빠져나오기 전 사라는 의사에게 조용히 물었다.
남자와 자지 않았는데 임신이 되는 경우도 있나요?
의사는 얼굴에서 미소를 서서히 지우며 대답했다.
이 정도 크기면…… 아이를 지우기엔 너무 큽니다. 너무 많이 자랐어요.

사라는 실로 말도 안 되는 이 악몽 같은 상황이 거짓이 아니라는 것을 인정하기 직전까지 이르렀다. 그것은 압력에 의해 있지도 않은 죄를 거짓으로 자백해야 하는 이가 느끼는 감정과 비슷했다. 억울하고 치욕스러웠다. 사라는 이제 거의 포기하는 마음으로 이런저런 상상을 해보았다. 가령, 혹시 내가 상상임신을 한 것은 아닐까? 정말 임신한 것처럼 배도 나오고, 입덧도 하고, 생리도 끊겼지만 결국엔 아무것도 없는 헛배라는 것이 밝혀질 수도 있다. 하지만 초음파검사에서 의사가 지시봉으로 콕 찍으며 이것이 아기입니다, 라고 말했으니 그럴 가능성은 없었다. 이런 상상도 했다. 내가 영화에서처럼 외계 생명을 잉태한 것은 아닐까? 손가락 크기의 정체불명의 생명이 은밀히 기어와 자고 있는 내 입을 열고 쑥 들어가 자궁에 달라붙어 기생하고 있을지도 모른다. 하지만 사라는 곧 쓸쓸히 웃고 말았다. 이런 종류의 생각들은 사라를 지치게 만들었다. 싸워야 할 대상도 실체도 확인하지 못하고 포기하는 마음이 생겼다. 그래, 이유야 어쨌든 그냥 없애버리자. 결국엔 내 배 속에 뭐가 됐든지 생겨버린 것이고, 그것을 없애버리는 것이 가족 모두가 원하는 것이라면 그렇게 하자. 내가 이것을 지켜야 할 이유가 없다. 사라는 드디어 결심을 했다. 오랫동안 열지 않았던 방문을 열고 부모님을 대면하기로 마음을 먹었다. 아빠와 엄마에게 진실을 알릴 수 있는 방법은 아무것도 없다는 것을 무력하게 깨닫게 된 것이다. 엄마의 손을 잡고 말없이 병원에 가자, 그리고 아무렇지도 않게 떼어내자, 라고 생각하며 문손잡이를 움켜잡은 그 순간, 사라는 헉 소리를 내며 바닥에 주저앉고 말았다.

사라는 문손잡이를 잡고 있던 손을 자신의 아랫배로 살며시 가져갔다. 잠깐의 시간이 흐르고 사라는 다시 아, 소리를 내며 배에서 손을 뗐다. 무엇인가 조심스럽고도 분명한 움직임으로 사라의 배 속에서 똑, 똑 노크하고 있었다. 사라는 멍한 표정으로 자신의 볼록한 배를 내려다봤다. 사라는 다시 배에 손을 대 보았다. 손바닥 밑으로 방금보다 더 명징하고 힘찬 움직임이 툭 툭 느껴졌다. 이번에는 배에서 손을 떼지 않았다. 사라는 천천히 침대에 바로 누웠다. 그리고 파티에 초대한 손님을 기다리는 마음으로 배 속의 움직임을 기다렸다. 똑, 똑, 똑, 그것은 다시 노크했다. 처음으로 태동을 느낀 사라는 신경이 끊어진 짐승처럼 침대에 누워 꼼짝하지 못했다. 누워 있는 사라의 가슴이 가쁜 호흡 탓에 위아래로 빠르게 오르고 내렸다. 배 속에서 사라의 내벽을 두드리는 움직임은 일정한 간격으로 계속 이어졌다. 그때마다 사라는 자신에게 내밀고 있는 손을 잡는 심정으로 아랫배에 손을 댔다. 숨을 쉴 때마다 작은 숯불이 붉은빛을 보이는 것처럼 은밀한 열기가 배 속에서부터 느껴졌다. 사라는 인정하게 됐다. 내 배 속에 뭔가가 자라고 있구나. 그것이 살아 있고, 움직이고, 지금 내게 말을 걸고 있구나. 사라는 경건한 마음으로 똑바로 누워 그것의 움직임을 예민하게 느끼려고 노력했다. 사라는 눈을 감고 상상했다. 따뜻한 양수에 잠겨 물고기처럼 부드럽게 유영하며 입술을 열어 호흡하고 뭔가를 우물우물 말하는 모습. 사라의 몸에 잠복하고 있었지만 한 번도 사용해보지 못했던 아가미 같은 결이 일어나 배 속에서부터 전해지는 자극을 흡수했다. 스위치가 움직여 전극이 완전히 뒤바뀐 것처럼 사라의 마음은 돌아섰다. 그동안 그것에 무관심했고 모른 척했던 시간들이 미안했고 살아 있는 그것을 떼어내려 했던 생각이 소름 끼치게 무서웠다. 사라는 배를 감싸 안고 울었다. 나는 내 배 속에 무엇이 들어 있는지 모른다. 모두의 예상처럼 아이일 수도 있고 처음부터 내 속에 살고 있었지만 그동안 잠들어 있었던 쌍둥이 형제일 수도 있다. 그것이 무엇이든 사라는 배 속에서 자라고 있는 이것을 아주 오래전부터 사랑하고 있었다는 확신이 들었다. 사라에게 더 이상 의문은 생기지 않았다. 그동안의 모든 종류의 회의가 의미 없고 중요하지 않게 느껴졌다. 분명한 것은 지금 배 속에서 느껴지는 이 생생한 움직임이었다. 그것이 모든 것에 우선한다는 생각을 하며 사라는 침대에서 일어났다. 너를 뭐라고 부르면 좋을까? 너는 내게 무엇일까? 사라는 그것이 무엇이 되었든 지켜야겠다고 생각했다. 배 속에서 또다시 태동이 느껴졌다. 사라는 힘없이 웃으며 말했다. 지키겠어. 사라는 배를 천천히 쓰다듬으며 말했다. 누군가 너를 죽인다면 나도 죽을 거야.

*

사라의 연년생 남동생은 누나의 방문 앞을 가로막고 서서 아버지와 어머니를 노려보았다. 아버지의 손에는 누나의 방문 열쇠가 들려 있었고 아버지의 등 뒤에 서 있던 어머니는 아들의 갑작스런 행동에 당황하며 그를 타일렀다.
너까지 왜 이래? 그러지 마. 엄마 힘들어.
그는 어머니의 말에 아랑곳하지 않고 한 발짝도 움직이지 않았다. 그는 거칠게 숨을 몰아쉬며 손가락으로 현관을 가리키며 말했다.
우선, 저 사람들부터 보내. 집에서 빨리 나가라고 해!!
두 명의 구급대원들이 현관문을 등지고 뭘 어떻게 해야 할지 모르겠다는 표정으로 서 있었다. 그들은 어이없다는 듯 입술을 비틀어 웃으며 지금이라도 우리는 당장 집에서 나갈 수 있다는 듯 부모님을 쳐다봤다.

병원에 가지 않고 아이를 낳겠다는 사라의 강경한 선포 이후 집 안에는 내전이 일어난 시내의 오후처럼 팽팽한 긴장감이 감돌았다. 부모님은 사라를 대하는 데 완전히 지쳐버렸다. 사라는 부모님의 끈질긴 설득에 아무 대꾸도 하지 않았고, 모든 종류의 질문과 요구에 침묵했다. 그러는 와중에도 사라의 배는 눈에 띄게 불어만 갔고 그것이 폭탄이라도 되는 양 가족들의 촉각은 시한을 정해놓은 시계의 초침 소리를 듣는 것처럼 말없이 하지만 미치도록 불안하게 사라의 배를 향하고 있었다. 더 이상 아버지는 참지 못하고 119에 전화를 걸어 내 딸이 아픈데 병원까지 갈 수가 없는 상황이라며 다급하게 구조를 요청했다. 완강하게 거부하는 사라를 억지로라도 병원에 데려가야겠다고 생각한 것이다. 집에 도착한 구급대원들은 처음에는 사태 파악을 못해 우왕좌왕했지만 사정을 이해하고 나서는 이 상황이 어떻게 마무리될 것인지 흥미로운 마음으로 기다려보기로 했다. 완력으로라도 사라를 끌어내리려고 하는 아버지와 그 앞을 막아선 장성한 아들. 화가 난 아버지는 망설이지 않고 곧장 아들의 멱살을 잡았다. 하지만 이미 아들의 키는 아버지보다 한 뼘 이상 컸고 몸도 청소년의 부드러운 그것과는 달랐다. 그는 아버지의 손목을 강하게 움켜잡고 저항했다. 아들이 전력으로 힘을 쓰자 아버지는 그를 조금도 이동시키지 못했다. 중년이 된 아버지는 뼈와 살이 단단하게 무르익은 스물한 살의 그에 비하면 너무도 약한 사내였다. 구급대원들은 두 남자의 대치를 흥미롭게 지켜보다 아버지의 말보다는 아들의 말을 들어야 한다는 판단을 내렸다. 구급대원들은 아버지에게 이런 식은 곤란하다고 점잖게 불만을 토로하고 현관문을 열고 밖으로 나갔다. 어머니는 말없이 안방으로 들어갔고, 아버지는 괴성을 지르고는 현관문을 발로 걷어차고 밖으로 나갔다.

누나가 임신했다는 것을 알게 된 그는 처음에는 가족들의 행동이 이해가 되지 않았다. 물론 누나의 임신이 충격적이긴 했지만 그것은 깜짝 놀람, 그 이상도 이하도 아니었다. 남녀가 만나서 섹스를 하고 재수가 없으면 임신을 하는 것이다. 착실하게 콘돔을 사용해도, 남자가 순발력을 발휘해 질외 사정을 해도, 여자가 착실하게 피임약을 복용해도 임신할 사람은 임신하는 거다. 성년인 누나가 남자를 만나 잠을 잔 것이 뭐 대순가. 그런데 누나의 임신이 마치 초등학생 딸이 강간당한 것처럼 비약하는 부모님의 태도가 촌스럽고 맘에 들지 않았다. 혹시 부모님은 아직도 누나가 순수하게 처녀라고 믿고 그것을 뿌듯해하는 것은 아니겠지? 누나도 이해가 되지 않았다. 물론 쪽팔리긴 하겠지만 그래서 그 사실을 숨기고 싶겠지만, 배가 저렇게 빵빵하게 불러와 밥상 앞에서 헛구역질을 꺽꺽 하면서 자신은 임신이 아니라고 남자를 만난 적이 없다고 발뺌을 하는 건 또 뭔가 싶었다. 그러면서도 기어이 낙태를 하지 않으려는 누나…… 정말로 애를 낳아 기를 셈인가. 임신시킨 남자가 어떤 사람이길래 누나가 저렇게 아이에 집착할까? 정말 사랑하는 사람이야, 결국 이런 종류의 것인가. 그런 여자들에 대해 들은 적이 있다. 사랑한다는 이유로 남자의 아이를 몰래 낳아 기르는 미혼모들. 하지만 아이들을 키우는 것이 지겹고 버거워지면 아이를 안고 그 남자에게 찾아가 아버지 노릇을 요구하며 그의 모든 조건들을 박살내는 것. 뻔하고 지저분한 사례들. 그는 누구의 편도 들지 않고 가족들이 서로를 물고 물리며 구겨져가는 것을 관망했다. 하지만 자신의 책상 세번째 서랍을 열어보고 난 후, 모든 것이 전복됐다.

서랍에 얌전하게 놓여 있어야 할 두 개의 물건 중 하나가 없어진 것을 알게 된 그는, 왜 그것이 사라졌을까를 골똘히 궁리해보다 치명적인 생각 하나가 떠올랐다. 순간, 그는 현기증에 비틀거려야 했다. 어렵게 구한 물건이었다. 어렵게 구한 물건인 만큼 쉽게 사용하지 않아야겠다고 다짐했던 물건이었다. 함부로 사용해서도 안 되는 물건이었고 장난삼아 지인들에게 성능을 시험해보는 것도 절대로 안 되는 물건이었다.

이게 그거야?
친구의 눈은 반짝거렸고 목소리는 떨렸다. 그는 말없이 고개를 끄덕거리며 손을 대보려는 친구의 손을 저지했다. 그는 그것을 세번째 서랍에 넣고 문을 닫았다.
나중에 진짜 몰릴 때, 그때 써먹자.

그의 회상은 비틀거리며 계속 이어졌다. 그로부터 일주일이 지난 금요일 밤, 그는 친구와 늦게까지 술을 마셨다. 그날은 친구가 좀 우울해 보였고 때문에 친구의 맘을 위로해주기 위해 평소 주량을 초과해 마셨다. 그는 집에서 한잔만 더 하자며 들어가려는 친구를 끌고 집으로 들어왔다. 평소에 자주 집에 드나드는 친구가 그의 방에서 자는 일은 특별한 일이 아니었다. 경찰 시험을 준비하는 그는 친구와 함께 성적이 잘 오르지 않는 영어를 일주일에 한 번씩 사라에게 배웠다. 중학교 때부터 동생과 알아왔던 친구를 사라는 친동생처럼 여겼다. 친구는 입버릇처럼 그에게 말했었다. 사라 누나는 정말 편하고 좋아. 어떤 때는 엄마 같기도 하고. 정말 천사 같은 여자야. 진짜 내 누나였으면 좋겠어. 친구는 그와 가족에게는 그만큼이나 익숙한 사람이었다. 하지만 그날의 기억이 그에게 유독 불편하게 떠오르는 이유는, 오후 세 시쯤 잠에서 깨어난 뒤 멍하니 집 안을 둘러봤을 때 평소와 달랐던 몇 가지 이상한 점 때문이다. 결국 치명적인 상상은 그 이상스러웠던 인상 몇몇이 소환해낸 것이었다. 우선 집 안에 사라 외에는 아무도 없었다. 친구는 급한 일이 생겼는지 먼저 일어나 집으로 돌아갔다. 의식도 없이 잠든 그는 어렴풋이 친구가 먼저 간다고 말하는 소리를 들었던 것도 같았다. 부모님은 아침부터 일찍 집에서 나가 부부동반으로 등산을 갔다가 밤늦게 들어왔다. 자주 있는 일은 아니지만 충분히 그럴 수 있다. 이상한 것은 오히려 사라였다. 사라는 오후에 잠들어 있었고, 배고프다고 저녁 좀 차려달라는 그의 채근에도 꿈적도 하지 않고 계속 잤다. 꼭 죽어버린 것처럼 잠들어 있었다. 그때는 몸이 아프거나 피곤하겠거니 쉽게 여겼던 기억이다. 사라는 부모님이 들어오기 직전에 일어났는데, 그때 그는 거실에서 티브이를 보고 있었다. 사라는 숙취를 호소하듯 관자놀이를 손가락으로 꾹 누르고 비틀거리며 방에서 나와서는 화장실에 들어가 계속 구토를 했다. 그는 사라에게 어제 술을 많이 마셨냐고 크게 소리쳤는데, 그러고 보니 그때도 그것은 좀 이상했다. 이상하네. 누나는 술을 못 마시는데. 그는 괴로워하는 사라를 부축해 거실 소파에 뉘었다. 사라의 얼굴은 창백했다. 사라는 손등을 이마에 대고 인상을 찌푸렸다. 그는 사라에게 물었다.

왜 그래. 어디 아파?

사라는 이유를 모르겠다고 했다. 아까 점심에 일찍 일어나 소파에 앉아 있는 친구와 주스 한 잔 마시고 잠깐 이야기했는데 좀 피곤한 것 같아서 방에 들어왔다고 했다. 그때부터 기억이 하나도 안 난다는 것이었다.

기억이 하나도 안 난다는 누나에게 그날에 대해 자세히 물어보는 것은 힘든 일이었다. 아니, 두려운 일이었다. 아무리 기다려도 일어나지 않길래 심심해서 일찍 왔다는 친구에게 뭔가를 추궁하는 것도 힘든 일이었다. 그것 역시 두려웠다. 심증 외에는 아무것도 확인할 수도, 확인한다고 해도 아무것도 해결할 수 없는 상황이었다. 아니라고 하면 아닐 수밖에 없는 종류의 일이라는 것을, 그는 누구보다 잘 알고 있었다. 그 어쩔 수 없는 이유 때문에 구입한 물건이었다. 그날부터 그는 사라를 볼 때마다 알 수 없는 죄책감에 시달려야 했다. 아무리 스스로 그것은 말도 안 되는 일이다, 라고 마음을 다독여도 소용없었다. 그것은 날카롭게 마음을 뚫고 나와 불쑥 고개를 치켜들고 그를 똑바로 쳐다봤다. 하나가 없어졌는데 너 혹시 몰라? 친구에게 슬쩍 물어본 적도 있었다. 친구는 아무렇지도 않게 모른다고 했다. 그때 네가 서랍에 집어넣지 않았냐고 되레 묻는 친구의 얼굴에 주먹을 날리고 외치고 싶었다. 너지? 네가 그랬지? 누나가 엄마 같다며? 천사 같다며? 씨팔 새끼! 너는 니 엄마랑도 하고 천사랑도 할 수 있는 말 그대로 개새끼야. 하지만 그는 그렇게 말하지 못했다. 상자 안에 무엇이 들어 있는지 모르는 사람이 그것을 열지 못할 때는 그것이 무엇인지 알 것 같거나 그것이 예상했던 그것이면 도저히 견딜 수 없을 것 같을 때다. 그에게 친구와 없어진 물건의 행방은 일종의 판도라의 상자였다. 열면 감당이 안 될 것 같아서 부들부들 떨며 껴안고 있는 치명적인 진실. 처음에는 그도 부모님의 원대로 사라가 병원에 가서 그것을 떼어냈으면 했다. 그로서는 당연한 바람이었다. 하지만 그는 누나가 부모님 때문에 힘들어 하고 괴로워하는 것을 지켜보았다. 지치고 피로한 사라의 얼굴은 금방이라도 손목을 긋거나 망설임 없이 목에 수건을 걸 수 있는 사람처럼 불안정해 보였다. 오랫동안 방에서 나오지 않는 사라가 방에서 무엇을 하고 있을지 불안한 마음을 견딜 수 없어 몇 번이나 사라의 방에 귀를 대봤다. 무엇보다 임신이 아니라고 굳게 믿고 있는, 남자와 잔 적이 없다고 주장하는 누나에게 낙태를 강요하고 싶지 않았다. 그럴 수 없었다. 그것은 불합리한 계약서에 무력을 사용해서 강제로 찍게 만드는 지장처럼 폭력적으로 느껴졌다. 생각이 복잡해 머리가 터질 것 같던 그는 우선 위태로운 사라의 편을 들어주는 쪽을 선택했다. 누나의 미래보다 지금 현재가 더 불안해 보였다. 그는 생각했다. 더 이상 상상하지 말고 가정하지 말자. 증거도 없고 심증만 있는 말도 안 되는 생각은 그만하자. 우선 누나를 지켜야 한다. 누나의 원대로 해주자. 위태로운 벼랑에 서 있는 누나를 우선 내가 지켜주자. 그는 전에는 한 번도 느껴보지 못한 누나에 대한 동정과 사랑이 샘솟는 것을 느꼈다. 누나의 편에 서면 설수록 이상하게 그는 맘이 편해졌다.

*

사라의 깊숙한 곳에서 살아왔던 나는 사라를 잘 알게 됐다. 노크를 통해 서로가 서로를 확인한 이후부터 내 마음은 사라의 결심과는 다른 방식과 방향으로 자라났다. 나는 알고 있었다. 내가 사라에게 어떤 존재인지, 무엇이 사라를 위한 것인지, 또 무엇이 서로에게 최선인지. 나는 사라의 감정과 기분을 공기처럼 호흡하고 물처럼 흡수했다. 사라의 말은 거짓이었다. 괜찮아, 괜찮아, 배를 쓰다듬을 때마다 사라의 혈관을 통과하는 피는 뜨겁고 빠르게 돌았다. 사라의 웃음도 거짓이었다. 사라가 아랫배를 내려다보며 힘없이 짓는 미소 이면에 고통스럽게 일그러져가는 사라의 진짜 표정을 나는 보았다. 너를 지켜줄게. 침대에 누워 잠들 때마다 중얼거렸던 사라의 고백 뒤에 숨은 두려움을, 자신의 배 속에 자라고 있는 정체불명의 생명을 무서워하는 어린 여자의 진심을 누구보다 나는 잘 알고 있었다. 내가 사라의 좁고 좁은 산도를 통과하고, 빛을 보고, 사라의 가족을 만나게 되면, 나와 사라가 어떤 일을 겪게 될지, 나는 어쩐지 알 수 있을 것 같았다.

안다는 것은, 누군가를 가장 많이 또 깊이 안다는 것은 얼마나 슬픈 일인가, 많이 생각한 마음이다. 내 모든 것을 지금 멈추겠다. 사라를 사랑하기 때문이다.

해설

아팠지, 사랑해

김형중

1

스끼가 오블로에게 묻는다. "그런데, 누나. 오블로모프는 죽을 때 어땠을까? 죽는 것이 슬펐을까? 아니면 이 무력감에서 벗어나는 것이 행복했을까? 난 그것이 궁금해…… 어떤 죽음은 차라리 삶보다 더 행복할 수도 있을 것 같아서"(「굿나잇, 오블로」, p. 130). 노예 21이 자문한다. "나는 살고 싶은가?〔……〕어차피 죽어버리면 통증과 감각이 분해될 것이고 아무것도 느끼지 못할 것이다. 또 생각한다. 그런데 죽기까지 얼마나 많은 고통을 이겨내야 하는 걸까?"(「벽」, p. 93). 이미 죽어 바다를 부유하고 있는 한 시신이 회고한다. "시간은 죽고 싶다는 생각의 끝없는 회귀이고, 삶은 그것을 버텨내는 불안함이자 미쳐가는 정신의 바다를 항해하는 돛 없는 배였다. 난 끝없이 표류하고 조금씩 침몰했다"(「가나」, p. 52). 머리에 뿔이 난 K가 기도

한다. "영원히 이대로 시간이 멈췄으면…… 해도 뜨지 않고, 아침도 오지 않고, 빛조차 완전히 사라져 이 세상이 온통 깜깜했으면"(「어느 날 갑자기 K에게」, p. 240). 검은 표범을 자아 이상으로 삼은 망상증 환자가 진술한다. "형사님. 검은 표범의 송곳니를 보신 적이 있으십니까? 그 크고 단단한 하얀 이빨을 보고 있으면 말입니다. 너무도 황홀해, 죽어도 좋다는 생각을 하게 됩니다. 저 이빨이 내 경동맥을 찢고 쇄골을 부스러뜨린다면 그래서 온몸이 조각조각 나뉘어 저 붉은 입속으로 한 점씩 넘어간다면 마지막 통증조차 쾌락으로 기억될 것 같았거든요"(「먹이」, p. 171). 더 나열할 필요가 없을 만큼, 예외 없이, 정용준의 작품 속 주인공들이 하는(정확하게는 '하지 못하는') 말은, 요약하자면 '죽고 싶(었)어'이다.

2

알다시피 프로이트가 죽음충동Thanatos의 존재를 발견했(다고 공언했)던 것은 1차 대전의 참상을 목도한 이후다. 이 사실은 죽음충동이 파괴나 폭력에 우선적으로 관여한다는 말과 같은데, 억압가설을 받아들일 경우, 법의 과도한 억압은 언제나 리비도를 데스트루도Destrudo로 전화할 수 있는 바, 그것이 폭력적인 것은 바로 그 과잉억압에서 배태되었기 때문이다. 정용준의 소설에서도 사정은 마찬가지여서, 어떤 경우 그의 인물들은 지극히 폭력적이고 파괴적이다. 대표적인 장면이 있다(가급적 천천히 또박또박 감정을 실어서 읽으면 좋다).

나는 발소리를 죽이며 선생에게 은밀히 다가가. 선생의 주름진 목 밑에 숨은 경동맥은 평화롭고 규칙적으로 천천히 뛰고 있겠지. 숨을 깊게 들이마시고 잠시 멈춰, 손가락 관절 하나하나에 힘을 주겠어. 그리고 아무 망설임 없이 선생의 목에 연필을 찔러 넣을 거야. 도살되는 돼지처럼 꾸익꾸익 소리를 지르는 선생의 사지가 버둥대며 흔들리겠지. 나는 연필을 똑바로 잡고 손바닥으로 꾹꾹 눌러. 목 밑으로 점점 짧아지는 연필을 보며 선생의 표정을 확인하지. 값나가는 돼지의 머리처럼 미소 지어서는 곤란해. 연필을 연필깎이의 핸들처럼 돌리며 선생의 숨이 고통스럽게 멎는 소리를 들을 거야. 눈 하나 깜빡하지 않고 조롱하며 소리 없이 웃어주겠어. 선생의 목에서 흐른 피가 녹아내린 딸기맛 아이스크림처럼 흰 블라우스를 적시고 교탁 위에 동그랗게 고이면 선생의 눈앞에서 교과서를 쫙 펼치며 이렇게 말할 거야.

천천히 읽어봐. 한 문장씩. 또박. 또박. 또박. (「떠떠떠, 떠」, pp. 12~13)

정용준의 글쓰기를 추동하는 어떤 에너지가 있다면, 그것은

보다시피 죽음충동, 혹은 그 충동이 용도 변경시킨 리비도, 곧 데스트루도 에너지다. 온순하고 착해 보이는 작가 정용준은 겉모습과는 달리 '죽음과 함께' 혹은 '죽음으로부터' 글을 쓰는 작가다. 그런데 다행인 것은 위의 장면(사실 저 장면 또한 성인이 된 화자의 머릿속에서만 발생하는 상상적 복수일 뿐이다)을 포함한 몇 장면을 제외하고 다른 주인공들의 죽음충동은 직접적인 파괴와 폭력에는 이르지 않은 채, 어떻게든 통제된다는 사실이다. 작가가 고안한, 가까스로 데스트루도의 분출을 막는 글쓰기 전략이 있는 듯싶다.

그 전략을 편의상 '갈등적 물화(物化)'라고 불러보자. 그의 소설에서 갈등적 물화는 대체로 묘사되는 사태(죽음과 폭력)와 묘사하는 서술자(관찰자)의 태도 간 '타협 형성물'로 나타난다.

그는 본다. 카메라에서 떨어져 나온 깨진 렌즈의 하얀 균열을, 가방에서 쏟아져 나온 여자의 속옷과 누군가의 발에서 빠져 나왔을 신발을, 피에 젖은 모자를, 목이 부러져 두 동강이 난 기타에서 삐져나온 터럭처럼 구부러진 여섯 줄의 현을, 부러진 안경을, 표지가 찢겨진 책을, 손톱이 붙어 있는 손가락을, 아직 죽지 않아 꿈틀거리며 피를 토하고 있는 목줄이 걸려 있는 개를, 상체가 콘크리트에 깔린 소녀의 하체를, 껍질이 으깨진 곤충의 다리처럼 규칙적으로 떨고 있는 사람들의 팔과 다리를, 바람 빠진 공처럼 찌그러져 있는 머리를, 상의가 벗겨진 채 죽은 남자의 오돌

토돌한 척추뼈를, 그것들이 마치 꿈속에서 등장한 무의미한 사물들인 것처럼 아무 감정도 없이 그는 주위를 둘러본다. (「여기 아닌 어딘가로」, p. 206)

'그'는 그저 '본다'. 무심하고 무관하다. 오로지 주어와 동사로만 이루어진 이 가장 단순한 형태의 문장은 그가 지금 보고 있는 장면과 묘한 부조화를 일으킨다. 아무런 감정의 동요도 보이지 않는 이 문장의 고요와 냉정에 비할 때, 그의 시선에 잡힌 폭력의 정도나 사물 혹은 신체의 훼손 정도는 가히 엽기적이다. 손톱이 붙어 있는 손가락, 피 토하는 개, 상체는 콘크리트에 깔린 채 하체만 드러낸 소녀, 몸에서 분리되어 경련하는 팔과 다리, 찌그러진 머리, 드러난 척추뼈 등의 묘사는 '필요 이상'으로 상세하고 주의 깊다.

이외에도 「굿나잇, 오블로」에서 오블로의 심하게 훼손된 신체나, 「벽」에서 수인들의 몸에 가해지는 폭력의 강도, 「구름동 수족관」에서 '구름이'의 녹아내리는 듯한 얼굴 형체, 「떠떠떠, 떠」에서 '판다'의 간질 발작 등의 묘사들을 같이 상기해도(그러고 싶지 않겠지만) 좋겠다. 동시간에 속해 있는 묘사 주체와 묘사 대상 간의 상태가 너무도 극렬하게 대조적으로 갈등한다.

게다가 이런 장면에서는 인간의 것과 인간의 것이 아닌 것, 고쳐 말해 사람과 사물 간의 경계도 사라진다. 그는 깨진 카메라 렌즈와 찢긴 사람의 다리를 구별하지 않는다. 찢긴 책과 찢긴 사지도 구별하지 않는다. 사람의 신체를 사물처럼 간주, 즉 물화함으로써 묘사 주체는 무엇인가를 획득하게 된다.

'필요 이상'으로 상세하고 주의 깊은 묘사라고 했지만, 엄밀하게 말해 그것은 어떤 '필요' 때문에 작용한다. 데스트루도는 오로지 시선의 쾌락을 통해 부분적으로만 죽음과 폭력을 향유한다. 그럴 때, 묘사 주체가 유지하고 있는 냉정함과 평정은 일종의 '방어' 혹은 '부인'이다. 자신과는 무관한, 사람이 아닌 사물들의 세계에서 일어나는 일이므로, 그것을 자세히 관찰할 자격을 부여받고, 그리하여 향유하지 않는 듯하면서 향유하는 정당성을 확보한다. 종종 정용준의 저런 장면들이 일종의 도착, 특히 시신애호증이나 관음증 증상의 형성 과정처럼 느껴지는 것은 그런 이유 때문이다. 알다시피 신경증은 항상 타협 형성물이다. 이것과 유사하게 정용준의 문체이자 특히 참혹한 것들 앞에서 자주 그 모습을 드러내는 갈등적 물화는 일종의 타협 형성물이자 죽음충동의 부분적 향유이다.

3

그러나 그 향유가 부분적으로만 작용하는 한에서 데스트루도는 남는다. 묘사 주체의 냉정함은 또한 노골적인 향유의 포기이기도 하기 때문이다. 그렇다면 향유되지 않은 여분의 데스트루도는 어떻게 되는가? 프로이트는 저 데스트루도라는 용어를 사용하자마자 폐기했으니 그가 남긴 문헌에서 답을 얻을 수는 없겠으나, 만약 리비도와 데스트루도가 각각 상이한 충동에 동원되는, 그러나 그 기원에 있어서는 같은 에너지의 두 이름이라면, 데스트루도도 '승화suiblimation'가 가능하리라는 추론이 성립된다. 그리고 문학을 포함해 예술이란 리비도 에너지의 탈성화(脫性化) 작업이 낳은 산물이라는 사실은 상식에 속한다.

그렇다면 아마도 (이런 명칭이 가능하다면) 죽음의 작가들, 가령 장용학, 손창섭, 남정현, 박상륭, 백민석, 백가흠, 편혜영 등으로 이어지는 한국 소설의 아주 어두운 계보는 죽음충동의 에너지, 곧 데스트루도를 탈성(폭력)화한 작가들을 담고 있다고 보아도 무방할 듯싶다. 그리고 문학적 계보란 그 기원에 의해서가 아니라, 항상 현재 시점에서 사후적으로 배열되고 구성된다는 말이 진실이라면, 정용준 소설은 그 계보의 맨 끝자리이자 맨 첫자리에 놓인다. 부럽게도 그에게는 이런 문장들이 있기 때문이다. 한국 문학사를 통틀어 이토록 아름다운 죽음의 문장들을 만나게 되는 일은 쉽지 않다.

크고 작은 바위들이 곳곳에 솟아 있고 바위틈마다 색색의 말미잘들이 셀 수 없이 많은 촉수를 흔들며 움직였다. 크고 작은 물고기들이 뺨을 스치고 지나갔고, 작은 새우들은 머리카락과 수염 속에 기어들어와 제 몸을 숨겼다. 해류가 몸의 방향을 바꾸어놓았다. 난 꽃씨처럼 느릿느릿 바닷속을 떠다녔다. 모래 속에 반쯤 잠긴 폐선이 보였다. 수초와 이끼가 폐선의 몸체를 뒤덮고 있었다. 폐선은 진흙을 뒤집어쓰고 낮잠을 자는 게으른 당나귀 같았다. 불 꺼진 폐선의 선실은 발광하는 꼬리민태들로 분주했다. 청록색으로 빛나는 꼬리가 흔들릴 때마다 낡은 선실은 등을 켜놓은 것처럼 조금씩 되살아났다. 조타실에는 해마들이 단정한 모습으로 떠 있었다. 마치 오래전부터 조타실의 주인은 자신들이라는 듯, 곧게 선 해마의 몸은 고상하고 위엄 있어 보였다. 폐선의 갑판에 달라붙은 검은 고동들의 더듬이는 물속에서 느릿하게 흔들렸고 몇몇은 바지 위로 기어 올라왔다. 정수리 위로 커다란 바다거북이 천천히 지나갔다. 무심한 바다거북의 눈동자가 나와 잠시 마주쳤다. 폐선의 엔진이 곧 돌 것만 같았다. 녹슨 스크루가 회전하고 모래 속 깊이 처박힌 닻이 거품에 둘러싸여 천천히 떠오를 것만 같았다. 나는 조타실의 타를 잡고 바다거북이 만들고 간 길을 따라 항해하고 싶었다. 몸이 조금씩 짓물러갔다. 몸속에서 푸른 가스가 피어오르고, 난 점점 가벼워짐을 느꼈다. 발밑의 폐선이 우물에 떨어진 돌멩이처럼 조금씩 작아져갔다. (「가나」, pp. 62~63)

장용학과 박상륭은 사변화하고, (최근의) 편혜영과 백가흠은 사회화하고, 백민석은 탈승화한 그 데스트루도를 정용준은 서정화한다. 가까스로 죽음충동을 이겨낸 곳에서 생성된 그의 문장들에서는 죽음이 유랑처럼 아름다워진다. 그의 소설 속 대부분의 죽음이 그렇다.

4

그런데 그들에게 무슨 일이 있었던 걸까? 무엇이 그들을 죽음충동에 사로잡히게 한 것일까? 틀림없이, 차마 입에 담지 못할 일이 있었다. 이때의 '차마 입에 담지 못할'이란 말은 수사가 아니다. 흔히들 언어를 초과하는 어떤 사태 앞에서 '말할 수 없는' 혹은 '차마 입에 담지 못할'이라는 표현을 쓰곤 하지만, 정용준의 주인공들은 단순히 비유로서가 아니라 '실제로 말할 수 없는' 어떤 상태에 이른다.

"힘겨워하긴 했지만 조금씩 움직였고 밥도 스스로 먹을 수 있었으며, 말도 잘 했"(「굿나잇, 오블로」, p. 120)던 오블로는, 스끼로서는 알 수 없는 어떤 일을 겪은 후 영원히 입을 다문다. 죽을 때조차 그녀는 입안에 빵을 가득 문 채 실어 상태에서 죽는다. 「떠떠떠, 떠」의 주인공, 그리고 「구름동 수족관」의 주인공은 둘 다 말더듬이 증세를 보인다. 「가나」의 주인공은 이미 죽은 상태이므로 말할 수 없다. 그의 아내 하비바 또한 벙어리다. 다시 말해, 그들은 모두 실어증자이며, 작가는 이러한 상태를 독자들에게 반복적으로 제시한다. 분명히 그들의 입을 차마 열지 못하게 할 만한 어떤 일이 있었다.

  그 일의 실체를 밝혀내는 데 가장 직접적인 실마리를 주는 작품은 「벽」이다. 알레고리적으로 읽을 때, 「벽」은 폭력으로만 이루어진 세계에 내던져진 [전(前)]주체들이 어떤 방식으로 폭력에 전염되고 그것을 내재화하는지, 그럼으로써 어떻게 (폭력적) 주체로 거듭나게 되는지를 보여주는 작품이다. 문제는 그토록 극악한 폭력적 세계를 정초하는 최초의 폭력이 무엇인가 하는 것이다. 그것은 '법'이고 '계율'이다. 최초의 법은 어떠한 근거도 정당성도 필요로 하지 않는다. 다만 주어질 뿐이다. 의지와 무관하게 '굴도'라는 세계에 내던져진 존재들에게 가장 먼저 강요되는 것은 어떤 서류(문자로 이루어진 계율)에 손도장을 찍는 일이다. 그 서류에는 굴도에서 그들이 지켜야 할 최소한의 계율 네 가지가 적혀 있다. 그 첫 계율은 이렇다.

  아, 저 사람은 법을 어기고 말았네. 지금 말해주려고 했는데. 그러니까 잘 들어. 먹여주고 재워주고 월급도 주는데 씨발, 말이라도 잘 들어야지. 아, 이것저것 많은데 차차 알아가기로 하고 몇 가지만 알려줄게. 일단 방금처럼 말하면 안 돼. 화장실 가도 돼요? 안 돼! 일은 언제 끝나요? 안 돼! 집에 가고 싶어요. 안 돼! 또. 씨발, 입 아파. 어쨌든 말은 안 돼. 알았어? (「벽」, p. 84)

단순해 보이는, 아니 너무도 단순하므로 저 금지의 명령문들은 아주 많은 의미를 담고 있다. 이어지는 다른 계율들, 가령 '귀향 금지' '질병 금지' '사유 금지'보다 '말의 금지'가 가장 선행한다는 사실, 그리고 최초의 입법은 금지(저 수많은 '안 돼'들)로 이루어져 있다는 사실, 그것은 초법적으로 외부에서 주어진다는 사실 등(이에 관해서라면 벤야민이나 아감벤을 상기해도 좋겠다).

그런데 프로이트 이후로, 우리는 최초의 입법자가 바로 아버지라는 사실을 안다. 굴도에서 작성한 서류 속 계율은 계통발생적으로는 모세가 시나이에서 '아버지'에게 받은 계율과 같고, 개체발생적으로는 상상계에 도입된 '아버지의 이름'과 같다. 물론 그것은 금지의 기표이기도 하고 상상계가 파열하는 신호이기도 하다. 아버지의 이름 아래서 그는 이제 주체가 될 테지만, 상상계의 언어(크리스테바의 주장처럼 만약 이런 것이 있다면)를 잃은 주체, 말에 의해 항시 결여에 시달리는 주체가 될 것이다. 그럴 때, 정용준의 주인공들이 앓는 실어증은 어떤 측면에서는 그들이 상상계에서 분리되어 상징계에 제대로 편입되지 못한 증거로 보이기도 한다. 상징계란 무엇보다도 말로 이루어진, 말과 같은 형태로 구조화된, 말하는 자들의 세계일 것이니 말이다.

「떠떠떠, 떠」의 주인공은 학교에서 가혹한 교사 때문에 실어증을 얻었는데(최소한 악화되었는데), 학교만큼 용의주도하게 주체를 법에 편입시키는 이데올로기적 국가기구는 없다. 그는 상상 속에서만 더듬더듬 선생님의 목에 연필을 박는다. 그러고 보니, 「가나」의 주인공은 또 어떤가? 조상들의 법에 의해 사랑하는 여자를 삼촌에게 빼앗겼는데(그는 처음에는 그것을 운명으로, 그러니까 벗어날 수 없는 계율로 받아들인다), 혈연으로 이루어진 가족만큼 자연스럽게 주체를 법에 편입시키는 이데올로기적 국가기구는 학교를 제외하고 달리 없다. 그러나 그는 결국 죽어서, 실어증 아내 하비바의 분신 '가나(노래)'로 말한다. 아마도 '가나'는 상징계의 언어로 이루어지지는 않았을 것이다. 오블로의 침묵 또한 '괴물—아버지'의 폭력으로 비롯되었는데, 입법자 아버지를 죽이고 스끼와 오블로가 택한 것은 완전한 침묵 속의 죽음이었다.

5

그들이 상징계의 언어에 서툴고, 그런 이유로 많이 더듬는다고 해서 그들의 언어 이전의 발성을 우리가 어떤 의미 있는 문장들로 번역할 수 없는 것은 아니다. 정용준의 첫 소설집 『가나』를 지금 막 읽은 우리들의 귀에 최소한 두 개의 단어가 들린다.

스끼가 오블로의 입을 막고 코를 막는다. "정신이 아득해지면서 오블로는 갑자기 스끼가 보고 싶어"진다. "스끼가 자신의 몸을 씻어내며 물었던 질문에 대한 답을 해주고 싶었기 때문이다"(「굿나잇, 오블로」, p. 133). 스끼가 오블로에게 물었던 질문을 다시 옮기자면 이런 것이다. "오블로모프는 죽을 때 어땠을까? 죽는 것이 슬펐을까? 아니면 이 무력감에서 벗어나는 것이 행복했을까? 난 그것이 궁금해"(「굿나잇, 오블로」, p. 130). 물론 오블로는 말하지 못한 채 실어 상태 그대로 죽는다. 그러나 이제 우리는 이 작품을 읽었으니, 러시아인 오블로모프의 아내가 남편에게 보낸 마지막 편지 내용이 '사랑한다'였다는 사실을 안다. 틀림없이 오블로와 스끼가 죽이고 죽으면서도 말하지 못한 그 말, 그것은 '그간 아팠지, 사랑해'였을 것이다.

죽은 사내가 아내에게 말한다. "하비바, 나는 당신이 좋아했던 노래가 되었다." 물론 그는 이미 죽었으니 결코 노래하지 못한다. 그러나 이제 우리는 이 작품을 읽었으니, 이국땅에서 연기로 사라진 한 아랍 사내의 아내 이름 "하비바"가 무슨 뜻인지, 그들의 아이 이름 "가나"가 무슨 뜻인지 안다. "오래 걸리지 않"아 먼지의 형태로 고향에 당도한 그가 아내에게 부르려고 한 노래 가사 첫 부분은 '그간 아팠지, 사랑해'였을 것이다.

틀림없다. 엄마의 인생을 위해 이제 막 죽음을 결행할 작정인 태아가 태중에서 하지 못한 마지막 말(「사랑해서 그랬습니다」), 벚꽃 매달린 나뭇가지가 든 냄비를 앞에 둔 창녀와 말더듬이가 끝내 삭이고 만 그 마지막 말(「구름동 수족관」), 그것도 다, '그간 아팠지, 사랑해'였을 것이다.

그 결정적인 증거가 여기 있다.

떠, 떠떠, 떠떠, 떠떠떠, 떠, 떠, 아아, 아아아하아아, 아아아, 아, 사, 사, 사아, 아, 아아, 아아아, 라라, 라라라라, 라, 라라라, 아, 아아앙, 해. (「떠떠떠, 떠」, pp. 38~39)

번역해본다. 간단하다. 역시 같다.
'그간 아팠지, 사랑해.'

6

 도착적이지 않을 경우에 한에서, 즉 타인과 인류의 재화를 파괴하는 데 사용되지 않을 경우에 한해서, 데스트루도가 리비도보다 윤리적일 거란 생각을 종종 한다. 리비도는 개체보존에 관여할 것이다. 에로스는 알려진 것하고 다르게, 이기적이다. 데스트루도는 종족보존에 관여할 것이다. 문명 이전에는, 나의 소진과 소멸로 타자를 살게 하는 것이 그것의 본성이었을 것이다.
 사랑은 바타유의 말대로 목적 없는 '소모'이자 '작은 죽음'일 것이고, 바디우가 그토록 예찬해 마지않는 '사건'일 것이고, 그런 의미에서 완전히 이타적인 유일한 인간 행위다. 그리고 그 사건의 에너지는 제 자신의 탕진과 소멸을 두려워하지 않는 죽음충동에서 오는 것일지도 모른다. 저 더듬거리는 문자들의 자간과 행간에서 우리가 읽어야 할 것이 그것이다. 저기서 들려오는 '가나', 그러니까 사랑의 노래를 듣지 못한다면, 그는 정용준의 훌륭한 독자가 아닐 것이다.

작가의 말

1

불면은 내게 가장 익숙한 인격이다.
자궁 속에 함께 잉태되었던 얼굴 없는 쌍생이 아닐까 고민했던 적도 있다.
깜깜한 밤이, 그 속을 멀쩡한 정신으로 깨어 있어야 하는 새벽이.
어릴 때는 유령처럼 두려웠으나 지금은 오래된 친구처럼 친근하다.
두려움과 친근함의 힘에 의지해 글을 쓰고 책을 읽었다.
생각을 하고 의자에 멍하게 앉아 타닥타닥 타이핑을 했다.
프린트된 원고를 물끄러미 보고 있으면 불쑥 외롭다는 생각이 들곤 했다.
그럴 때면 우편비행기를 타고 홀로 밤하늘을 날고 있는 우편

배달부가 된 것 같았다.
  외로웠으나 충만했고, 절망스러웠으나 슬프지 않았다.
  어느새 밤이 나를 까맣게 물들였다. 이제 얼룩도 없고 흔적도 없다.
  글이 준 선물이고, 글이 준 장애다.
  모든 소설을 새벽에 썼다.
  소설집 제목을 '야간비행'으로 짓고 싶었다.

2

  책을 읽고, 소설을 쓰는 삶이 되었다.
  앞으로도 평생 계속될 것이고
  그리 되도록 힘쓰고 애쓸 것이다.
  소설은 내 자신을 많이 바꾸어놓았다.
  많은 것을 잃었고 많은 것을 잊어버렸다.
  하지만 나는 내 삶이 이렇게 되어버린 것이 좋다.
  소설가의 유일한 윤리는 좋은 글을 쓰는 것이라고 믿는다.
  그 믿음대로 살 것이고 함부로 낙담하거나
  글의 힘을 의심하지 않을 것이다.

3

사람들에 대해 말해야 하는데 엄두가 나지 않는다.
호명하기 시작하면 끝나지 않는 길고 긴 편지를 써야만 할 것 같다.
하지만 결국 그 편지를 부치지 못하고 구겨버릴 것이다.
희미해지거나 투명해지거나 아주 작아지길 원한다.
그대 곁에 서서 들리지 않는 목소리로 끝없이 말하고 싶다.
혹은 투명한 내가 그대의 몸에 포개어 서서
당신이 갖고 있는 몸의 부피와 형상을 느껴보는 것도 좋으리.
나는 아직 포기하지 않았다. 기도할 것이다.
사랑을 전하고 마음 다해 용서를 구한다.

4

첫 책이 추운 날 나오는 것이 좋다.
누군가 책을 사들고 거리를 나설 때
하늘에서 눈이 펑펑 쏟아졌으면 좋겠다.
그가 집에 도착해 외투를 벗고 책 표지에 쌓여 있는
하얀 눈을 손바닥으로 쓱 밀어내면 멋지겠다.

그런 것들을 상상하면 뭐랄까, 행복해진다.

5

오늘은 그늘.

결말도 없고 끝도 없는 길고 긴 소설을 꿈꾼다.
소설을 평생 칠백 편 정도 쓰고 싶다.

수록 작품 발표 지면

떠떠떠, 떠 『문학과사회』 2010년 겨울호
가나 『현대문학』 2009년 12월호
벽 『문학들』 2009년 가을호
굿나잇, 오블로 『현대문학』 2009년 6월호
구름동 수족관 『미네르바』 2009년 겨울호
먹이 『좋은소설』 2010년 가을호
여기 아닌 어딘가로 『현대문학』 2011년 1월호
어느 날 갑자기 K에게 알라딘 〈웹진 뿔〉 2009년 9월
사랑해서 그랬습니다 『문학동네』 2011년 봄호